내 장례식 하루 전

내 장례식 하루 전

초판 1쇄 인쇄	2024년 11월 12일
초판 1쇄 발행	2024년 11월 20일
지은이	이바하
펴낸이	김양수
책임편집	이정은
교정교열	연유나
펴낸곳	휴앤스토리
	출판등록 제2016-000014
	주소 경기도 고양시 일산서구 중앙로 1456 서현프라자 604호
	전화 031) 906-5006
	팩스 031) 906-5079
	홈페이지 www.booksam.kr
	이메일 okbook1234@naver.com
	블로그 blog.naver.com/okbook1234
	페이스북 facebook.com/booksam.kr
	인스타그램 @okbook_
ISBN	979-11-93857-12-0 (03800)

휴앤스토리, 맑은샘 브랜드와 함께하는 출판사입니다.

내 힘으로 이룩한 업적이나 소유는
저세상에 가져갈 수 없지만
사랑의 기억만은 가져갈 수 있을 것 같은
생각이 들면
죽음조차 두렵지 않아진다.

- 박완서 《세상에 예쁜 것》 중에서 -

차 례

프롤로그

쾅. 쾅. 쾅.

현관문 두드리는 소리가 거실 소파에 늘어져 누워있는 태인의 몸을 잡아 일으켰다. 모처럼 누리는 망중한에 돌멩이를 던진 사람이 누굴까 하는 생각을 하며 소파에서 일어난 태인은 비칠비칠 현관 쪽으로 걸어가 문을 열었다. 문 앞에는 환한 미소를 짓고 있는 젊은 여자가 서 있다.

이게 누구야. 정… 수지.

"오랜만이야."

수지가 건네는 인사에 태인도 오랜만이라고 머쓱하게 인사를 건넸다. 태인은 반가움과 동시에 현실과 괴리감을 느꼈다. 문 앞에 서 있는 수지, 태인과 초등학교 동창인 그녀는 당연히 동갑이니 마흔아홉 살인데, 지금 눈앞에 서 있는 그녀는 세월의 흔적이 비껴갔는지 여전히 20대 모습이었다. 태인이 기억하는 연한 화장과 단정한 단발머리 스타일에 흰색 티셔츠와 청바지. 예전 모습 그대로인 그녀가 지금 태인 눈앞에 서 있다.

그런데 내 집은 어떻게 알고 온 거지?

비현실적이고 비정상적인 상황이 태인을 흔들며 재빠르게 현재 상황을 파악하게 했다. 지금 상황은 꿈이라고.

꿈이라는 것을 알면서도 태인은 수지의 젊은 모습을 보고 있는 게 좋았다. 오랜만에 보는 그녀의 미소. 케이크를 덮고 있는 생크림을 손가락 끝으로 떼어내듯 그녀 얼굴에 가득한 미소를 떼어내고 싶은 마음이 꿈속에서도 꿈틀거렸다.

수지가 웃으며 흰색 봉투를 건넸다. 태인은 수지가 건넨 봉투에 들어있는 카드를 꺼냈다. 신랑 이름이 적혀있다. 이태인. 이게 뭐지, 청첩장인가?

그런데 이상하다. 신랑 이름은 있는데 신부 이름이 없다. 고개를 들었다. 수지는 사라지고 태인은 결혼식장으로 추측되는 곳에 서 있다. 야릇한 환상에 취한 꿈속 태인과 꿈 밖의 태인은 꿈이라는 것을 잊고 이 상황의 끝을 궁금해하며 주위를 둘러보았다.

아무도 없는 결혼식장. 저 멀리 어둠 속에 누군가 있는 것 같다.

태인은 끌려가듯 그곳으로 걸어갔다. 지금 상황이라면 저 어둠 속에는 신부가 숨어있어야 한다. 숨바꼭질하는 거라면 다행이지만 그런 기분은 꿈 밖의 태인도 들지 않았다.

어둠 속 존재가 신호를 보냈다. 그 신호는 여자의 웃음소리다. 공포 영화의 한 장면처럼 소름이 돋을 상황이지만 웃음소리에는 기분 좋은 유쾌함이 묻어있었다. 빨리 어둠 속으로 들어오라고 유혹과 함께.

　태인이 어둠 안으로 들어가려는 순간, 어둠을 순식간에 걷어 버리는 노크 소리에 이어 낭랑한 현실 목소리가 꿈속으로 파고 들어 왔다. 이제 그만 꿈에서 깨어나라는 현실의 목소리다. 아, 왜 하필 지금. 어둠 속에 숨어있는 웃음소리의 정체를 알아야 하는데.

　"아빠, 저 학교 가요!"

1
사전(死前) 장례식과 수지

눈을 뜬 태인의 시선이 서서히 닫히는 문 쪽으로 움직였다. 등교 인사를 하고 문을 조심스럽게 닫는 딸 예린의 뽀얀 손목이 살짝 보였다 사라졌다. 매일 아침 예린의 등교 인사가 태인에게는 알람 역할을 하고 있다.

침대에 누워있는 태인은 힘겹게 상체를 일으킨 후 습관적으로 침대 옆 작은 탁자에 놓여있는 리모컨을 들어 텔레비전을 켰다. 간밤에 일어난 사건과 사고 소식을 간추린 뉴스가 흘러나왔다. 교통사고와 산업 현장의 사고, 한 시대를 풍미한 유명 연예인 죽음 소식이 줄줄이 뒤를 이었다.

지난밤, 어디에선가 새 생명이 탄생했고, 어디에선가 누군가는 죽었고 그 가족은 하얗게 밤을 지새웠을 것이다. 세상은 그렇게 돌아가고 있다. 탄생과 죽음이라는 단순하지만 사람의 감정을 폭발케 하는 반복으로.

태인은 기지개를 켜며 새로운 하루가 시작되는 것에 감사하는 한숨을 내쉬었다. 현재 태인은 지극히 평범한 일상에 고마워할 수밖에 없는 상황이다. 죽음이라는 절벽 끝에 위태롭게 서 있기 때문이다.

단 한 번도 생각해 본 적이 없는 삶으로 방향이 틀어진 것은

10개월 전이다. 일하던 중 갑작스레 느낀 복통으로 회사 근처 병원에 갔다. 스트레스로 인한 위경련 정도로 대수롭지 않게 생각했는데 의사는 암이 의심된다며 큰 병원으로 가보라고 했다.

일주일 뒤 종합병원에서 검사 결과를 기다렸다. 기다리는 동안 머릿속에서는 불길한 폭죽이 터지며 태인을 긴장하게 했다. 설마 아니겠지. 오진일 거야. 무슨 벌써 암이야. 아직 오십도 안됐는데.

바싹 긴장하고 이마가 훤한 의사 앞에 앉아 그의 입을 주목했다. 의사 입에서 나온 말은 위암 말기라는 서늘한 통보였다. 이후 의사가 뭐라고 말을 계속했지만, 태인은 깊은 맨홀에 빠진 것처럼 의사 목소리는 윙윙거리며 맨홀 위를 지나가는 바람 소리로 들릴 뿐이었다.

서둘러 수술을 받았다. 수술이 잘되었다고 해서 안심했는데 몇 달 후 검사에서 부지런한 암세포 놈들이 다른 곳으로 전이가 되어있었다. 할 때마다 지치고 힘든 항암치료를 이어갔지만 자기 영역을 굳건히 지키려는 암세포 때문에 치료는 제대로 먹히지 않았다. 항암치료 후 기진맥진해 침대에 누워있을 때면 죽음의 짙은 향기가 무거운 절망으로 쌓이는 것 같았다.

한동안 제정신이 아니었다. 처음에는 아니야, 그럴 리 없어, 라고 현실을 부정했고, 어쩔 수 없이 현실을 받아들이자 극도의 우울함이 뒤를 따랐다.

마흔이 넘어가면서 죽음이라는 단어가 그리 멀리 있지 않다는 것을 실감했다. 정기적으로 날아오는 명세서 우편물처럼 해마다 몇 차례 친구와 직장 동료 부모의 부고가 날아온다. 특히 학교 동기나 선후배, 친한 친구의 돌연사와 사고사, 스스로 생을 마감했다는 소식을 들을 때면 죽음이 멀리 있는 게 아니구나, 하는 생각에 쉼 없이 돌아가던 삶의 수레바퀴가 잠시 주춤하며 멈췄다. 그렇게 멈췄다 움직이기를 반복하며 굴러가던 태인 삶의 바퀴는 브레이크를 밟지도 않았는데 완전히 멈춰버렸다.

죽음이 그렇게 빨리 찾아올 줄은 몰랐다. 그것도 오십이 되기도 전에 삶이 끊어질 거라고는 상상조차 한 적이 없다. 대한민국 남자의 기대 수명까지는 아니더라도 평균 수명 정도는 살 줄 알았는데, 내 차례는 아직 멀었지, 라고 생각했는데 갑자기 예고도 없이 저승으로 연결된 흔들다리 위에 덜컹 서버렸다. 도둑맞은 미래 계획들은 장밋빛 그대로 쓰레기통에 처박혔다. 과거는 단절되었고, 미래는 사라졌으며, 현재는 비루하고 처참했다.

태인은 정확하게 언제인지는 기억에 없지만, 쉰 살 정도가 되면 어디 즈음에 서 있을까 생각한 적이 있다. 그 나이가 되면 서 있는 자리가 좀 높고 넓고 폼났으면 하는 막연한 바람과 기대를 했다. 이제 해가 바뀌면 그 나이가 되는데 바라던 자리는 없고, 무덤 자리를 봐둔 죽음이 두 팔 벌리고 기다리고 있다.

밤이 지나가면 다시 해가 뜨듯이 당연히 찾아올 쉰이라는 나이를 한 해 앞두고 이렇게 간절히 기다릴 줄 누가 알았는가. 쉰을 지천명이라 하는데 하늘의 뜻을 알기는커녕 하늘을 원망할 뿐이다.

그래, 지천명이라고 뭐 대단한 게 있겠어. 알아야 할 하늘의 뜻이란 게 뭐 뻔하지. 먹고 살려고 개고생하더라도 현재를 만족하고 주위를 돌보고 사랑하며 사람답게 살라는 것이겠지. 혹시나 하는 허황된 꿈은 들키지 않게 마음속 깊이 숨기고. 제기랄, 그런 쇼를 할 기회라도 좀 주지.

지천명이 대단할 게 없다는 것은 이미 지나온 불혹이 증명했다. 마흔이 미혹되지 않는다는 나이라고 불혹이라고 하는데, 40대에 온갖 유혹에 갈대처럼 이리저리 흔들리는 사람을 나부터 포함해서 얼마나 많이 보았는가. 이성의 유혹에 주체하지 못해 흔들리다 바지 내리는 사람들, 사사로운 눈앞의 이익에 눈을 부라리던 사람들, 티끌만큼의 손해도 보지 않으려고 길길이 날뛰는 그런 사람들을.

내가 죽으면 나를 알고 있던 사람들은 나를 어떻게 평가할까.

태인은 얼마 전 문득 이런 생각을 했다. 존경받을 만큼 훌륭한 삶을 살지는 않았지만 그렇다고 욕먹을 만큼 개차반으로 살지도 않았다. 정말 그럴까, 내 착각은 아닐까. 누군가는 자신만 생각하며 산 지독한 이기주의자라고 뒤에서 호박씨를 까지는 않을까.

죽음이라는 현상은 하나지만 각각의 죽음은 모두 다르다. 누군가는 죽음으로 신화나 전설이 되기도 하고, 누군가는 죽음조차 조소의 대상이 되기도 한다. 또 어떤 누군가는 잘 죽었다며 박수를 받고 술자리 건배 대상이 되기도 한다. 물론 대부분은 슬픔 속에 고인을 추억한다.

나도 그럴 거야. 날 생각하며 눈물을 흘릴 거야, 그렇게 위로 하자. 이런 자위에도 속을 뒤집어 놓을 것 같은 고통이 찾아오면 원망과 분노가 치민다. 왜 나에게… 왜 벌써 나에게… 이 생각만 처절하게 되새김질한다.

유명 인사인지 철학자인지 모를 사람들이 텔레비전에 나와 죽음이 어떻고, 죽음으로 가기 전 준비할 것들을 강연하는 방송을 본 적이 있다. 이렇게 생각을 바꾸면 마음이 편해지고, 저렇게 생각을 바꾸면 편안하게 죽음을 맞이할 수 있다나. 정말 그럴까.

인간은 절대 모른다. 그 상황으로 자신이 직접 들어가기 전까 지는. 방송에서 떠드는 그런 수박 겉핥기 같은 말로 사람들이 죽음과 삶의 가치, 의미를 깨달았으면 세상이 이렇게 혼탁하지는 않았을 것이다.

당신이 좋아하는 전복죽이야.

아내가 동그란 작은 밥상을 들고 방으로 들어왔다. 항암치료 후유증인지 어제저녁에 심한 구토를 한 태인을 위해 아내가 준비한 아침이다.

태인은 엊그제 아내 손에 끌려 병원에 가서 항암치료를 받았다. 태인과 달리 아내는 아직도 가느다란 희망의 끈을 놓지 않고 있다. 치료를 받으면 며칠간 중노동을 한 것처럼 녹초가 된다. 그 상태로 죽은 듯 잠이라도 자면 좋으련만, 전이된 암세포 놈들이 시시때때로 벌이는 노략질에 자다가 눈을 떠 진통제를 찾는다. 약 기운에 정신은 몽롱해지고 고통은 사라지지만 그에 비례해 허무함과 절망감은 커진다.

어쩌면 이런 것들이 가장 힘든 것인지 모른다. 죽음의 두려움조차 잊게 하는 고통과 삶의 의지를 망가뜨리는 허무함과 절망의 축적. 그러다 그렇게 만나고 싶지 않은 저승사자에게 구걸한다. 너무 힘드니까 이제 제발 데리고 가라고.

아내는 작은 밥상을 태인 앞에 내려놓으며 침대에 걸터앉았다. 태인은 숟가락으로 죽을 떠 입 안으로 넣었다. 전복 알갱이를 품은 고소한 죽이 혀가 느낄 새도 없이 식도를 타고 넘어갔다.

"당신이 한 거야? 맛있네."

"에이, 내 요리 실력 알면서 그래. 내가 했겠어? 당연히 사 왔지. 어제 집에 올 때 죽 가게에서 사 온 거 다시 데운 거야."

아내는 빙긋 웃으며 다시 입을 열었다.

"참, 초대장 나온 거 볼래? 어제 나왔어. 당신도 어제저녁에 식탁 위에 있는 거 봤지? 하나 가져올게."

아내가 말한 초대장은 사전(死前) 장례식 초대장이다. 말이 거창해 사전 장례식이지 보고 싶은 사람들을 초대해 밥 한 끼 먹이는 게 전부다. 아내가 인터넷으로 주문했는데 어제 커피숍으로 왔나 보다.

태인이 사전 장례식을 하려고 하는 데는 나름의 이유가 있다.

너덜너덜해진 비루한 모습으로 요단강에 휩쓸려 가는 모습을 누가 보여주고 싶겠는가. 그럼에도 불구하고 태인이 사전 장례식을 하려는 이유는 찾아온 사람들에게 '당신들 마지막도 나와 다르지 않을 테니 현재의 소중한 시간을 헛되게 보내지 말라'는 메시지를 주고 싶어서다. 죽음이 코앞에 닥친 사람이니 수백 마디 말보다 직접 한 번 보는 것으로 강력한 메시지를 줄 수 있다. 현재 태인이 다른 누군가를 위해 유일하게 할 수 있는 선한 일이다.

태인은 이런 생각을 아내에게 말했다. 아내는 왜 그런 걸 하냐고 불쾌해했지만, 태인이 마지막 부탁이라고 사정하는 바람에 어쩔 수 없이 동의해 줬다.

태인이 추리고 추린 초대할 사람들은 열대여섯 명 남짓. 가까운 사람은 초대장을 촬영해 메시지로 보냈고, 그래도 예의를 갖춰야 할 사람들에게는 초대장이라는 형식을 갖췄다.

초대장을 받는 사람들은 당황할지 모른다. 태인의 현재 상황에도, 사전 장례식이란 것에도. 들어보지도 못했을, 행여 들어보았더라도 잘 모르는 사전 장례식에 장례식처럼 옷을 입고 가야 하는지, 조의금을 준비해야 하는지도 고민일 것이다. 그런 부분도 초대장에 남겼다. 아무것도 준비하지 말고 편안한 일상 복장으로 오라고.

초대장 하나를 들고 다시 방 안으로 들어온 아내가 봉투에서 꺼낸 흰색 카드를 태인에게 건넸다. 태인은 건네받은 카드를 펼쳤다.

'이런 초대장을 보내 죄송합니다. 삶이 얼마 남지 않은 지금,

제 인생에 흔적이 남아있는 귀하를 마지막으로 보고 싶어 초대합니다. 불편하시면 오지 않으셔도 괜찮습니다. 당신을 기억하는 것만으로도 저는 행복합니다.'

태인은 자신이 쓴 초대장 문구를 물끄러미 바라보다 아내에게 다시 건넸다.

"초대장은 커피숍 가는 길에 우체국에 들러 보낼게. 그런데 사람들이 올까?"

"뭐… 나를 보고 싶어 하는 사람은 오겠지."

"혼자 있기 심심하지 않아?"

방에서 나가기 전 아내가 물었다.

"괜찮아. 조금 이따가 인규 올 거야."

아내는 태인의 몸이 조금씩 안 좋아지자 자신이 집을 비운 시간에는 간병인을 쓰겠다고 했지만 태인이 거절했다. 아직 누군가의 도움을 받고 싶지 않았다. 되도록 마지막 순간까지 스스로 버티고 싶은, 아직 건재하다는 것을 보여주고 싶은 자존심 또는 억지 고집일지도 모른다.

아내는 일이 있으면 전화하라는 말을 하고 출근했다. 아내가 고생이 많다.

학원 강사로 일하던 아내는 태인과 결혼 후 보습학원을 운영했다. 십 년 가까이 학원을 운영하다 힘들다며 몇 년 전에 그만두고 지금은 집에서 멀지 않은 곳에서 커피숍을 운영하고 있다. 사무실과 식당가 중간 길목에 있어 매출이 나쁘지는 않다.

침대에서 일어난 태인은 창가에 엉거주춤하게 서서 창밖을 내다보았다. 며칠 동안 황사로 뿌옇더니 오늘은 날이 맑았다. 그럼에도 기분은 황사로 덮여있던 때와 다르지 않았다. 시간이 갈수록 이런 기분은 더할 것이다. 날이 아무리 화창한들 마음 깊숙하게 들어와 자리 잡고 있는 거무죽죽한 우울감이 세상을 더 어둡고 칙칙하게 보여줄 것 같다.

암 투병을 하면서 동반된 것은 우울증이었다. 죽는다는 공포, 남은 가족의 걱정과 미안함, 아직 갈 때가 아니라는 억울함. 뒤섞인 이런 감정은 우울감이라는 한 방향으로 태인을 몰고 갔다. 그래야 죽을 때 어둠으로 들어가는 것에 저항하지 않고 순순히 따를 거라는 본능의 계산일지도 모르겠다. 몸은 이미 고물이 되었는데 정신만 멀쩡하다면 막상 저승으로 갈 때 영혼의 저항으로 고생이 많을 테니까.

이런 우울감은 여럿을 힘들게 해서 골칫거리다.

본인만 힘들면 다행인데 우울감은 전염병처럼 가족에게 번진다. 병원에서 위암 말기 진단을 받은 후 집에서 그 이야기를 아내에게 할 때 아내의 놀란 표정이 흐느낌으로 바뀌는 데 오랜 시간이 걸리지 않았다. 두 손으로 얼굴을 감싸고 흐느껴 우는 아내 울음소리가 지금도 태인 귓가에 생생하다. 슬픔보다는 억울하다는 듯한 울음이었다. 왜 벌써… 왜 우리 가족에게….

고등학생인 딸 예린도 마찬가지였다. 학원에서 돌아온 예린에게 아내가 태인의 상태를 전하자 예린은 안방 문을 열고 "아빠, 정말이야?"라고 소리 높여 물었다. 별것 아니라고, 치료받으면 된다고 말했지만, 예린은 그 자리에 주저앉아 펑펑 울었다.

현재 태인 가족의 일상은 태인이 아프기 전과 다르지 않다. 예린은 평상시처럼 밝게 인사하고 학교에 간다. 아내 역시 아침 식사를 준비하고 커피숍으로 출근한다. 모두 태인을 위한 배려다. 우리는 잘 이겨내고 있다는 것을 태인에게 보여주고 싶은 것일 뿐, 그들 안에서 어떤 감정이 돌아다니는지는 알 수 없다.

가끔 아내와 딸의 얼굴에서 우울함이 살짝 보일 때가 있다. 겉으로 표를 내지 않을 뿐이다. 툭 건드리면 꾹꾹 참았던 울음이 폭발하듯 터질지 모른다. 태인이 처음 암에 걸린 사실을 전하던 그날처럼. 결국, 숙주가 죽어야 이 우울한 전염병이 끝날 것이다.

창밖을 내다보던 태인의 시선이 벽에 걸린 거울로 움직였다. 오랜만에 거울 앞에 서서 자기 얼굴을 보았다. 마르고 초췌한 얼굴, 비죽배죽 난 수염, 어디 하나 예쁜 구석이 없는 추레한 중년 남자 얼굴이 타인처럼 느껴졌다. 거울을 볼 때마다 이렇다. 그러다 보니 되도록 거울 앞에 서지 않으려고 한다. 입꼬리를 억지로 끌어 올려 미소를 지어 보았다. 처음 웃는 것처럼 낯설고 어색하다.

못마땅한 웃음 띤 얼굴을 찬찬히 보며 한 번도 한 적 없는 노년의 얼굴을 상상했다. 건강했을 때는 늙어 보이는 게 싫어서 흰머리가 보이면 족족 뽑거나 가위로 잘랐다. 미간과 눈가에 자리 잡기 시작한 주름이 신경 쓰여 보톡스를 맞아 볼까, 하는 생각을 한 적도 있다. 그렇게 늙어가는 얼굴을 보고 싶지 않았는데 이제는 노인이 된 자기 모습을 영영 볼 수가 없다. 생각하기도 싫었던 늙은 자기 모습이 오늘따라 간절하게 보고 싶다. 그나마 이런 걸 고맙다고 해야 하나. 작년 가을에 시작한 노안이 노화의 퍼석한 맛을 조금이라도 알게 해줘서.

태인은 다시 창밖을 내다보았다. 이번은 담장 밖이 아닌 집안 마당이다. 마당에는 아내가 만든 텃밭에 심은 채소가 담장을 따라서 자라고 있고, 담장 모서리 끝에는 사철나무 한 그루가 서 있다.

지금 살고 있는 집은 단독주택이다. 아내는 결혼 전부터 아파트보다는 마당이 있는 단독주택에서 살고 싶다고 했다. 두 사람이 수개월 발품을 팔고 다니다 발견한 이 집. 아내도 마음에 든다며 좋아했다. 계약을 한 후 리모델링은 아내에게 맡겼다. 아내는 인테리어 디자이너라도 된 것처럼 인테리어 잡지와 인터넷을 뒤적거리며 자료를 모았다. 그중에서 마음에 드는 부분은 태인이 귀찮을 정도로 메시지로 사진을 보내서는 이게 좋아? 이건 어때? 이게 더 낫지? 하며 물었다. 그럴 때마다 태인은 괜찮은데, 그것도 좋은데, 라고 성의 없게 답했다. 어차피 태인의 의견은 아내 선택에 반영되지 않는다. 아내는 자신이 선택한 것을 확인하고 싶은 것뿐이다. 아내의 고민과 선택의 갈등을 거쳐 리모델링이 끝났을 때는 완전히 다른 집으로 바뀌었다. 드디어 아파트에서 신혼살림을 시작한 지 6년 만에 전세에서 탈출하고 이 집으로 이사 왔다.

태인은 마당에 서 있는 사철나무를 보았다. 이 집 전 주인 때부터 있었던 나무로 현재 투병 생활을 하는 태인에게 가장 큰 위로를 주는 것은 다름 아닌 저 나무다. 이사 왔을 때 없앨까, 생각도 했는데 놔두기를 잘한 것 같다. 제대로 관리를 안 했는데 사람의 관심 따위는 필요 없다는 듯 잘 크고 있다. 변덕스러운 날씨에도 아랑곳하지 않고 꿋꿋하게 서 있는 저 나무를 보고 있노라면 힘까지는 아니어도 무기력한 자신에게 말을 건네는 것처럼 느껴진다. 자신처럼 버티라고 하는.

무기력한 태인을 움직인 것은 또 있다.

며칠 전에 꾼 이상한 꿈이 그것이다. 젊었을 때 연인이었던 수지가 등장하는 꿈이었다. 딸의 등교 인사가 없었더라면 어둠 속에 숨어 웃고 있는 존재를 확인할 수 있었겠지만, 다시 그 꿈을 꾸지 않는 이상 그 존재를 알 방법은 없다. 물론 꿈 상황을 보자면 수지일 확률은 높다.

그 꿈을 꾼 뒤 태인에게 변화가 생겼다. 망각의 강을 건너 사라진 과거 감정이 다시 태인의 심장을 두드린 것이다. 어서 과거의 문을 열고 탁한 마음속에 가라앉아 있는 기억을 깨우라고 하는 듯.

태인은 한동안 잊고 있던 수지가 왜 갑자기 꿈에 나타났는지 궁금했다. 이런 상황을 프로이트는 뭐라고 할까. 그의 말에 따르면 꿈은 억압된 소원의 위장된 성취라고 했는데. 그 논리라면 성취하지 못한 수지와의 사랑이 결혼식으로 위장되어 나타난 것일까. 그렇다면 결혼식 꿈에 신부가 나타나지 않은 것은 무슨 의미일까, 내 마음에 사랑한 대상이 없다는 의미일까. 그리고 마지막에 등장한 어둠과 그 속에서 들린 여자의 웃음소리는 무엇이 위장된 성취인 걸까.

이유야 어찌 됐든 그 꿈은 우울함에 푹 젖어 질벅거리는 습지에 빠져있는 태인을 뭍으로 끌어올렸다. 죽기 전에 꼭 해야 할 일이라고 명령하는 것처럼.

고통에 몸부림치는 것으로 충분했는지 태인은 죽기 전에 하고 싶은 버킷 리스트 같은 것은 없었다. 고소공포증이 있어 번지점프나 스카이다이빙 같은 레포츠는 하고 싶지도 않고, 잠수해서 바닷속을 헤엄치고 싶은 생각도 없다. 아, 우주는 한번 가보고 싶다. 그곳에서 바라보는 지구가 정말 사진으로 본 것보다 아름다운지 확인해 보고 싶기는 하다. 그것은 불가능하니 리스트에 올릴 것도 아니다.

그렇게 텅 비어있던 버킷 리스트에 하나가 생겼다. 수지와 왜 헤어졌는지 그 이유를 알고 싶다. 어쩌면 얼마 남지 않은 삶이 이상한 꿈을 통해 태인에게 꼭 알아야 할 마지막 질문을 던진 것인지도 모른다. 그 덕분에 흙먼지만 날리는 메말랐던 태인의 마음에 오아시스 같은 의지가 샘솟았다.

그나저나 수지는 잘살고 있을까?

태인은 정수지의 기억이 시작되는 곳으로 시간을 돌렸다. 과거
로 돌아가던 시곗바늘이 멈춘 시간은 물먹은 연필로 그린 흐릿
한 밑그림처럼 남아있는, 현재에서 너무 먼 기억이었다. 그 시작
은 초등학교 시절. 오래전이라 그때 수지 기억은 온전한 것은 없
고 차를 타고 지나가는 풍경처럼 스쳐 간 정도로 남아있다.

초등학교 시절 수지는 태인이 짝사랑하는 특별한 대상이 아니
었다. 좋아하지도 싫어하지도 않은, 남자애들과 별반 다를 게 없
는 아이들 중 한 명이었다. 그때 수지 느낌이라면 새침데기라는
정도다. 그런 수지가 머지않은 미래에 마음 깊이 들어올 줄은 태
인도 상상하지 못했다. 아마 시나브로 스며들어 왔는지도 모른
다. 익숙함이 특별함으로 변화하는 과정을 눈치채지 못한 채로.

당시 태인이 살던 곳에 중학교는 한 곳밖에 없어 그 지역 초등
학교를 졸업하면 모두 한 중학교로 진학했다. 중학교에 진학한
후 수지와 마주칠 기회는 많지 않았다. 당시 대부분 중·고등학
교는 남녀 합반이 없었고, 게다가 그 중학교 건물은 남학생 교실
과 여학생 교실이 떨어져 있는 구조라서 얼굴 보는 것은 등하교
때나 마주치는 게 전부였다. 어쩌다 마주치기라도 하면 사춘기
에 접어든 쑥스러움 때문인지 두 사람은 가벼운 눈인사 정도만
나눴다.

태인은 중학교 2학년에 오르자마자 전학을 가게 되었다. 교육
열이 남다른 부모님의 성화로 서울에 있는 친척 집에서 하숙하

는 조건으로 가는 것이었다. 집을 떠나는 것이 내키지는 않았지만, 도시에서 생활하고 싶은 마음에 부모님 결정에 별 반대 없이 따랐다.

전학이 일주일 정도 남았을 때 수업을 마치고 하교한 태인은 집 근처 가게에서 산 아이스크림을 핥으며 가게 앞 평상에 앉아 있었다. 때마침 집으로 가는 수지가 가게 앞을 지나가다 태인을 발견했다.

"야, 이태인. 너 전학 간다며. 인규한테 들었어."

태인에게 다가온 수지가 옆에 앉았다.

"어, 그렇게 됐어. 너 아이스크림 먹을래?"

수지는 네가 사주면, 하고 말하며 헤 웃었다. 두 사람은 평상에 나란히 앉아 아이스크림을 먹었다.

"서울로 언제 가는데?"

"다음 주."

아이스크림을 한입 크게 베어 문 수지는 옆에 놓은 가방을 열어 뒤적거리더니 은색 포장지로 포장된 작은 물건을 꺼내 건넸다.

"너 못 만나면 내일 인규에게 전해주라고 하려고 했는데. 마침 잘 됐다."

"뭔데?"

"노래 모음집. 지난주에 일이 있어 서산에 갔을 때 레코드 가게에서 부탁해 녹음한 거야."

지금이야 듣고 싶은 노래를 때와 장소 가릴 것 없이 마음껏 들을 수 있는 시대지만 당시에는 라디오에서 듣거나 음반을 사야만 했다. 레코드 가게에서 녹음하는 방법은 좋아하는 노래만 골라서 할 수 있다는 장점에 제법 많은 학생들이 이용했다. 그 당시에는 그것이 불법이라는 인식조차 없던 시기였다.

"무슨 노래야? 최신가요?"

태인은 포장된 테이프를 만지며 물었다.

"가요는 아니고… 내가 좋아하는 노래야. 네가 좋아할지 모르겠다. 아이스크림 잘 먹었어. 서울 가서 공부 열심히 하고. 방학 때는 내려오지? 오면 연락해."

수지가 자리를 뜬 후 포장지를 뜯었다. 투명한 테이프 케이스에 끼어있는 종이에 수지가 직접 쓴 가수와 노래 제목이 적혀있었다. 앞뒤 모두 록 음악이었다. 레드 제플린, 에어로 스미스, 본 조비, 퀸, 롤링 스톤즈, 딥 퍼플 등등.

집에 온 태인은 책상 위에 있는 카세트에 테이프를 넣고 플레이 버튼을 눌렀다. 시작부터 머리를 흔들게 하는 강렬한 기타와 드럼 소리가 흘러나왔다. 머리를 끄덕이고, 손과 발로 박자를 맞추며 테이프 앞뒷면을 다 들었다. 라디오에서 들었던 노래도 있었고 처음 듣는 노래도 있었다. 조용필과 마이클 잭슨이 전부였던 당시 태인에게 수지가 건넨 록 음악은 신선했다. 수지가 이런 음악을 좋아하는 줄은 몰랐네. 그 카세트테이프가 수지와 첫 번째 인연이다.

당시 카세트테이프의 수명은 짧았다. 자주 듣기도 했지만, 그 테이프는 서너 달도 되지 않아 늘어져 더 이상 들을 수 없게 되었고 그와 동시에 수지의 기억도 희미해졌다.

사실 한가롭게 고향 친구들과의 추억을 떠올리며 시간을 보낼 수 있는 상황이 아니었다. 도시에서의 학교생활은 고향에서보다 몇 배로 힘들었다. 공부를 곧잘 한다고 생각했는데 도시 녀석들은 뭘 먹고 공부하는지 앞에 있는 몇 명을 제치는 것이 거센 바람에 맞서면서 걸음을 내딛는 것처럼 힘들었다. 게다가 시골에서 왔다고 '컨츄리'라고 놀리는 녀석들과 투쟁하듯 학교생활을 하느라 고향 친구들과 연락은 생각조차 하지 못했다. 그렇게 시간이 흘렀고 고등학교 1학년 봄에 우연히 수지를 다시 보았다.

고향에 계신 할머니가 편찮아 토요일 오전 수업을 마친 후 곧바로 서산행 버스에 올랐다. 버스 터미널에 도착해 다시 집으로 가는 버스를 기다리고 있을 때 등 뒤에서 반가운 목소리가 들렸다. 그곳에 있는 고등학교에 다니고 있는 인규였다.

"야, 이태인! 오랜만이야."

태인을 발견하고 달려온 인규는 포옹한 후 흔들며 호들갑스럽게 반가움을 표현했다.

"이태인, 너랑 연락하는 게 왜 이렇게 힘드냐. 네 엄마가 알려주신 친척 집 번호로 전화를 해도 연락이 안 돼."

"그랬어? 미안하다. 야간 자율학습하고 집에 오면 늦어서 그랬어."

태인과 인규는 악수한 손을 놓지 않고 안부를 주고받았다.

"인규 너도 집으로 가는 길이야? 같이 버스 타면 되겠네."

태인의 말에 인규는 아쉽다는 표정으로 자신이 오늘 미팅 주선자라며 말을 이었다.

"조금 있다가 미팅이 있거든. 어떻게 하다 보니 내가 주선하게 됐어. 아, 거기 수지 나올 거야. 수지 본 지 오래됐지? 얼굴이라도 보고 가."

수지는 그곳에 있는 여고를 다니고 있었다.

"수지가 미팅도 해?"

"같은 반 친구 놈이 수지를 보더니 마음에 들었는지 소개해 달라고 하도 졸라서. 수지한테 친구 몇 명이랑 같이 나와서 빵이나 먹자고 내가 몇 번이나 사정했거든. 어때, 얼굴 잠깐 보고 갈래?"

마음 같아서는 미팅 자리 한쪽 구석에 앉아 남자팀과 여자팀의 주고받는 대화를 축구 경기 구경하듯 보고 싶었지만 빨리 집으로 가야 했다.

손목시계를 본 인규는 태인의 어깨를 툭툭 치며 작별 인사를 건넸다.

"태인아, 이제 가야겠다. 다음에 올 때는 미리 전화해."

그날 만나지 못한 수지와의 만남은 다음 날 오후에 우연히 이루어졌다. 서울행 버스가 터미널을 빠져나온 직후 신호대기를 하고 있을 때 태인은 무심코 창밖으로 고개를 돌렸다. 태인 눈앞에 한 무리의 학생들이 횡단보도 앞에 서 있었다. 여자 둘에 남자는 셋. 햇빛에 반사된 물비늘처럼 눈이 부신 한 사람이 태인의 눈에 들어왔다. 그 무리 안에 청바지와 흰색 티셔츠 차림의 수지가 있었다. 반가움에 태인의 입꼬리가 자연스레 올라갔다.

무리의 분위기에서 약간의 서먹함이 느껴지는 걸 보니 어제 미팅한 멤버들 같았다. 수지 옆에 있는 키가 큰 남자가 무슨 농담을 건넸는지 까르르 웃는 수지와 버스 안에 앉아있는 태인의 눈이 마주쳤다. 태인을 알아본 수지의 놀란 표정이 금세 미소 가득한 얼굴로 바뀌며 두 손을 들어 격하게 흔들었다. 태인도 미소를 지으며 손을 흔들었다. 그 순간 버스가 출발했고 창밖의 수지는 뒤로 사라졌다. 반가워서 흔든 손 인사가 자연스럽게 작별 인사가 되었다.

환하게 웃으며 손을 흔들던 수지 모습은 버스가 터미널에 도착할 때까지 머릿속에서 떠나지 않고 반복하며 맴돌았다. 이날 태인은 묘한 감정을 느꼈다. 그동안 수지에게서 느끼지 못한 감정이었다. 차창 밖으로 수지를 보자마자 느낀 것은 당연히 반가움이었다. 곧이어 따라온 옅은 감정은 분명 좋은 쪽 감정은 아니었다. 질투, 시기… 그런 쪽과 가까운 감정이었으리라.

이때가 처음으로 수지가 태인에게 특별한 존재로 자리 잡은 시작이었다. 그러나 그게 전부였다. 수지에게 찾아가서 좋아한다고 고백할 수도 없었고, 설령 고백한다고 한들 인터넷이 없던 시대에 고등학생에게 장거리 연애는 꿈도 꿀 수 없었다.

그날이 전학 이후 유일하게 수지를 본 날이다. 확실히 전보다 성숙한 느낌이었다. 소녀가 아닌 몸 전체에서 남자를 자극하는 향기가 풀풀 풍기는 여자가 되어있었다.

그렇게 스며든 수지가 또렷하게 태인에게 존재감을 드러낸 것은.

다시 몇 년이 흐른 뒤로 대학에 입학한 후였다. 여름의 뜨거운 잔향이 남아있는 추석 전 주말에 인규 전화가 왔다.

"다행히 집에 있었네. 태인아, 추석에 내려올 거지?"

그렇다는 태인의 말이 끝나자 인규는 추석 다음 날 초등학교 동창 모임이 있다는 소식을 전했다.

추석 다음 날 오후, 태인은 인규가 알려준 약속 장소인 버스 정류장으로 나갔다. 약속한 시각보다 10분 정도 먼저 도착했는데 몇몇 남자 동창들이 벌써 나와 수다를 떨고 있었다. 성인이 된 동창들 얼굴에는 어렸을 때 보았던 얼굴이 그대로 남아있어 담배를 물고 있는 모습에서 어딘가 모를 어색함이 느껴졌다. 태인은 오랜만이라고 인사를 건네며 그 무리에 끼어들었다.

변했네, 안 변했네, 외모 품평으로 시작해 현재 각자 상황을 주고받으며 인사를 했다. 동창들과 소소한 안부 인사를 주고받는 사이 인규가 등장했다. 마당발인 인규는 태인과 달리 동창들과 서먹함 없이 친근하게 인사를 나누었다. 회장이자 총무인 인규는 모여 있는 동창들에게 손을 내밀었다.

"일단 회비부터 걷을게. 애들 다 모이면 삼길포로 출발할 거야."

태인은 인규에게 회비를 건네며 여자 동창들은 안 온 거냐고 슬쩍 물었다.

"여자애들은 지금 시장 보는 중이야. 고기랑 이것저것 사러."

잠시 후 길 건너 횡단보도 앞에 장을 본 여자 동창들이 나타났다. 모두 다섯 명. 각각 커다란 검은색 봉지를 들고 있었다. 꾀죄죄하던 어릴 때 모습은 잊어달라는 듯 화장과 세련된 옷차림으로 한껏 멋을 낸 여자 동창들은 모여 있는 남자 동창들을 향해 손을 흔들었다. 수지도 활짝 웃으며 손을 흔들었다.

태인에게는 청바지에 흰색 티셔츠 차림의 단발머리를 한 수지가 다른 동창들보다 단연 돋보였다. 그 모습은 고등학생 때 버스 창밖으로 보았던 모습과 겹쳤다. 동시에 그날 느낀 감정도 알맹이가 톡 터지듯 터지며 태인 안에 핑크빛 물을 들였다.

반갑게 손을 흔들며 횡단보도를 건너온 수지와 여자 동창들은 남자 동창들과 악수와 포옹으로 인사를 나눴다. 동창 관계가 아니면 불가능한 격의 없는 인사였다. 태인도 여자 동창들과 악수와 포옹을 하며 인사했다. 마지막으로 수지와는 눈을 맞추고 악수했다. 태인이 수지에게 반갑다는 말을 건네는 순간 인규가 박수를 치며 상황을 정정리했다.

"자, 인사할 시간은 많으니까 그만하셔. 너희들이 언제 그렇게 사이가 좋았다고 친한 척이야. 어렸을 때는 못 잡아먹어서 으르렁거리던 애들이. 화기애애한 걸 보니 오늘 몇 커플 탄생할 분위기네. 그런데 생각보다 많이 안 왔네. 다들 명절에 집에 안 온 건가."

인규는 연락한 동창들이 많이 나오지 않아 실망하는 기색이 역력했다. 모임에 참여한 동창은 모두 열네 명. 초등학교를 졸업한 동창들이 120명이 넘는데 모인 인원은 소박했다.

버스를 기다리는 동안 동창들이 웃고 떠드는 수다를 들으니 초등학교 때 교실로 돌아간 기분이 들었다. 간간이 들리는 말끝이 늘어지는 친구들의 충청도 사투리도 정겨웠다.

버스가 도착한 곳은 바다가 펼쳐져 있는 삼길포. 바닷가 근처에 자리 잡고 둘러앉아 조촐한 고기 파티를 시작했다. 고기 불판 두 개를 가운데 두고 빙 둘러앉은 동창들은 술잔을 기울이며 왁자지껄 떠들었다. 수다는 과거 추억에서 조금씩 빠져나와 현재의 자기들 상황으로 이어졌다. 일찍 직장생활을 시작한 동창은 상사 욕을 하며 투덜댔고, 군 입대를 앞둔 남자 동창은 시무룩했고, 남자친구를 사귀고 있는 여자 동창은 얼굴에서 행복한 기운이 피어났다.

　정신없이 떠들던 동창들 수다는 한 여자 동창 말에 모두 멈췄다.

　"나… 내년 초에 결혼하는데 너희들 와줬으면 좋겠어."

　그 여자 동창은 학교 다닐 때 있는 듯 없는 듯 조용했던 여자애였다. 놀란 남자 동창 중 한 명이 대뜸 혹시 혼전임신이냐고 물었다. 말을 꺼낸 여자 동창은 긍정도 부정도 하지 않으며 "왜, 혼전임신이면 유모차라도 사주게?"라고 말을 돌렸다.

　곧이어 사방에서 질문이 쏟아졌다. 남편은 몇 살이냐, 뭐 하는 사람이냐, 어떻게 만났냐, 얌전한 고양이가 정말 부뚜막에 먼저 올라갔네, 라며 모두 이른 결혼에 믿을 수 없다는 반응이었다.

　벌써 결혼하는 애가 등장하다니, 태인은 새삼 어른이 된 것을 실감했다. 그런 생각을 하면서 수지에게 시선을 옮겼다. 다른 동창을 거쳐온 수지 눈과 마주쳤다. 나쁜 짓 하다 걸린 것처럼 흠칫 놀란 태인의 눈꺼풀이 쌈빡거렸고 급히 옆자리 남자 동창에게 고개를 돌렸다. 태인 자신도 이상하리만치 수지 눈빛에 그렇게 반응했다. 아마 고등학생 때 버스 터미널에서 수지를 본 후 태인 마음속에 몰래 숨어있던 감정이 이날 비로소 수지 눈빛에 끌려 숨바꼭질을 끝내고 튀어나온 것인지 모른다.

그렇게 의도적인, 그렇지 않은 사이에서 태인의 시선은 맞은편 멀리 앉아있는 수지를 훔치듯 흘끔거리는 움직임을 반복했다.

고기 파티가 끝날 무렵은 해가 수평선에 걸치기 직전이었다. 아쉬움을 달래는 자리는 읍내 술집으로 이어졌다. 술집에 들어온 지 30분도 지나지 않아 남녀로 나뉘었던 경계가 허물어지며 뒤섞였고, 술에 취한 동창의 욕도 간간이 들리며 술자리는 시장 바닥처럼 시끌벅적했다.

대화는 주제에 따라 동창들이 모였다 흩어지기를 반복했다. 동창들이 한꺼번에 달려든 주제는 그때 누가 누구를 좋아했다는, 아무개 선생님이 어떠했다는 비밀스러운 내용들이었다. 숨어있는 보물 같은 이야기들이 테이블로 한꺼번에 쏟아지자 어머, 이야, 정말? 하는 감탄사들이 동창들 입에서 연달아 터져 나왔다.

"잘 지냈어?"

얼굴이 살짝 붉어진 수지가 태인 옆에 앉으며 물었다. 안 그래도 태인 자리와 떨어진 테이블 끝에 있는 수지에게 가려고 했으나 타이밍을 놓치는 바람에 못 갔는데 수지가 와서 고마웠다.

"정수지, 혹시 기억나? 고등학생 때 터미널 근처 버스 안에 있던 나 본 거."

태인은 수지가 내민 빈 술잔에 맥주를 따르며 물었다.

"아, 그래. 기억나. 정말 어떻게 그렇게 마주쳤을까."

수지는 그때 상황이 다시 생각해도 신기한 듯 환하게 웃었다. 전날 미팅한 애들과 다시 만나 영화 보고 나오는 길이었다며 자기도 태인을 보고 깜짝 놀랐다고 했다.

버스 창문을 사이에 두고 마주쳤던 추억을 시작으로 태인과 수지는 오랜만에 이런저런 이야기를 나누었다. 태인이 재수를 해서 공주에서 대학 다니는 수지는 태인보다 한 학년 위였다. 전공이 수학교육과인 수지는 졸업 후 수학 교사가 되고 싶다고, 지금은 남자친구가 없다고, 임용고시 준비에 걱정이 많다며 현재 자기 상황을 담담하게 전했다.

태인은 남자친구가 없다는 수지 말에 마치 주인 없는 황금을 발견한 것처럼 괜히 흐뭇했다. 연애를 시작한 지 얼마 되지 않다고 했다면 아마 사귀고 싶은 마음조차 생기지 않았을지 모른다. 태인은 수지와 대화에 얼마나 집중했는지 그 순간만큼은 동창들이 요란스레 떠드는 소리가 들리지 않았다. 태인은 아주 잠시 현실과 차단된 다른 세상에 있었다.

"자, 이제 마무리하자. 시간이 많이 늦었어. 마지막 건배하고 다음을 기약하자고."

자리에서 일어난 인규가 끝나지 않을 것 같았던 술자리를 정리했다. 수지는 연락하라면서 기숙사 전화번호와 주소를 메모지에 부랴부랴 적어 건넸다. 자정이 가까워진 시각에 동창들과 만남은 그렇게 마무리되었다.

추석 연휴가 끝난 후 집으로 돌아온 태인의 일상은 전과 다르게 굴러갔다. 겉으로는 평소와 다름없었지만, 일상 안에는 슬그머니 끼어든 수지라는 작은 돌멩이 하나가 떼굴떼굴 구르며 조금씩 덩치를 키워갔다.

강의 시간에도, 밥을 먹다가도, 버스와 지하철 창밖에도 청바지에 흰색 티셔츠를 입은 수지가 갑자기 툭 튀어나왔다. 순식간에 커져 버린 돌멩이에 압사당할 것 같았던 태인은 결국, 책상 서랍에 넣어둔 수지가 건넨 메모지를 꺼냈다.

전화 한번 해볼까, 무슨 말을 하지, 생각나서 전화했다고 할까 아니면 바로 사귀자고 할까.

수지가 할 말도 상상했다. 우리가 어떻게 사귀냐, 다른 데서 알아봐, 라고 타박하지는 않을까. 태인은 쓸데없는 상상의 레고 블록을 쌓고 부수기를 반복했다.

이런 고민을 하던 즈음 주말을 앞두고 과 친구들과 술자리가 있었다. 여자친구를 만들고 싶어 안달이 난 스무 살 갓 넘은 남자 네 명이 불판에 둘러앉아 이러다가 조만간 연애 고자가 될 것 같다며 신세 한탄을 했다.

한 친구가 입을 열었다. 자기 얼굴은 볼품없는 녀석인데 여자 얼굴은 무지하게 따지는 친구였다. 미팅에서 만난 여자에게 첫눈에 반했다면서 한동안 수업이 끝나면 부리나케 그 여자가 다니는 학교로 향했던 친구였다.

"나 전에 말한 그 여자에게 어제 고백했어."

그 친구 말이 끝나자마자 술자리에 있던 태인을 포함한 친구들 동작이 멈췄고 그 친구에게 시선이 몰렸다. 어떻게 됐어? 성공했어? 퇴짜 맞았지? 친구들은 호기심 가득한 얼굴로 한마디씩 물었다.

"딱지 맞았어."

모두가 예상한 결과라 놀라운 일은 아니었다. 오히려 이어서 말한 내용이 충격이라면 충격이었다.

"그런데 마음이 너무 상쾌한 거 있지."

그 친구는 소주잔을 입안으로 털며 다시 말을 이었다.

"마음만 졸이다 큰 용기 내서 한 거였어. 비록 딱지를 맞았지만 내게 변화가 생겼지. 전에 없던 용기가 생겼거든. 마음에 드는 여자가 보이면 이제 그냥 들이밀기로. 너희들도 좋아하는 사람이 있으면 속으로 고민하지 말고 그냥 들이밀어. 한번 그렇게 하면 진짜 용기가 생긴다니까, 별거 아니네, 하는. 그래서 다시 대시하려고, 전에 짝사랑했던 여자에게."

말하는 친구의 얼굴은 이미 사랑을 쟁취한 얼굴이었다. 실제로 며칠 뒤 고백에 성공했다면서 싱글벙글 웃으며 학교에 왔다.

그 친구를 보며 태인은 수지가 떠올랐다. 그래, 일단 전화나 해보자. 설령 수지가 사귀자는 고백을 거절해도 손해될 것은 없었다. 동창이라는 관계에 살짝 금이 가는 정도일 뿐이다. 같은 학교도 아니니 마주칠 일도 없다. 얼굴 한번 화끈거리는 것으로 끝나는 일이다.

어설픈 최면으로 용기를 낸 태인은 집으로 가는 길에 근처 공중전화로 수지가 알려준 기숙사 번호를 눌렀다. 심장이 두근거리는 상태로 몇 단계를 거쳐 드디어 수지 목소리와 도킹했다.

"나, 태인이야."

"태인이?"

수지는 태인이 전화할 것을 예상하지 못한 듯 놀라는 말투였다. 불과 얼마 전 자기가 연락하라고 번호까지 적어줬으면서. 애써 놀란 척한 것인지도 모른다.

태인은 미리 준비한 말을 꺼냈다. 먼저 가벼운 인사말부터.

"잘 지냈지?"

"어, 그런데… 벌써 내가 보고 싶어서 전화한 거야?"

예상에 없던 수지 농담에 태인은 준비한 말들이 꼬여버렸다. 인사말을 주고받은 이후 준비했던 말은 모두 걷어치우고 마지막에 하려고 한 말을 꺼낼 수밖에 없었다.

"어, 보고 싶어서 전화했어."

보고 싶어 전화했냐고 장난처럼 물었던 수지는 태인의 진지한 말에 당황했는지 아주 잠깐 두 사람 사이에 침묵만 오고 갔다. 수지의 피식 웃는 소리가 짧은 침묵을 깼고 동시에 태인의 입도 다시 움직였다.

"다음 주 수요일에 공주에 내려가려고 하는데. 너 시간 괜찮아?"

수지는 어? 하며 다시 놀랐다.

"공주에? 무슨 일 있어?"

"말했잖아. 너 보고 싶어서 전화했고 그래서 네가 다니는 학교에 간다고."

잠시 뜸을 들인 수지는 몇 시에 올 거냐고 물었다. 자기는 그날 수업이 오후 3시 이후에는 없다면서.

다음 주 수요일. 태인은 오전 강의를 마치자마자 공주로 향하는 시외버스에 올랐다. 공주로 가는 동안 교차하는 설렘과 두근거림이 곧 일어날 상황을 상상하게 했다. 그런 상황 중에서 가장 부피가 큰 것은 당연히 사귀자는 고백에 퇴짜맞을 경우였다.

그래, 우리는 친구지, 하며 의연하게 대처해야 하는지, 아니면 한 번 더 생각해 보라고 사정해야 하는지. 태인의 선택은 전자였다. 싫다고 하는 사람에게 매달릴 이유도, 자존심을 버리면서까지 연애할 이유도 없다. 일단 태인은 그렇게 마음먹었다.

공주에 도착한 후 터미널에서 멀지 않은 학교로 들어가 수지가 말한 건물 앞에서 기다렸다. 강의가 끝났는지 한 무리 학생들이 건물 밖으로 쏟아져 나왔다. 무리 끝에 수지가 보였다. 옆에는 그녀의 친구이자 미래 태인의 아내가 될 여자와 함께.

건물 밖으로 나온 수지는 태인을 보자마자 미안한 얼굴로 달려왔다.

"태인아, 미안해서 어떡하지. 나 일이 생겨서 잠깐 다녀올 데가 있는데. 세미나 때문에 교수님이 호출했거든. 최대한 빨리 올게. 여긴 내 친구 서영이야. 서영아, 내가 말 한 친구. 잠깐 매점에 같이 있어 줘. 태인아, 최대한 빨리 올게."

수지는 급한 사정을 빠르게 쏟아 낸 후 건물 안으로 다시 뛰어들어갔다. 태인은 어쩔 수 없이 처음 보는 서영과 어색한 인사를 한 후 그녀가 안내하는 매점이 있는 건물로 함께 걸었다.

"수지 만나러 멀리서 오셨다고요?"

태인은 그리 멀지 않아요, 하고 짧게 대답했다. 서영은 자기

집은 인천이라고 하면서 태인이 사는 경기도 ○○시에 사는 친구가 있어 그곳을 잘 안다고 했다. 그렇게 입을 연 서영은 매점으로 가는 동안에도, 매점에 마주 앉아 커피를 마시는 동안에도 쉬지 않고 계속 말했다. 역 근처에 있는 가게를 말하며 가봤냐고 물었고, 자기는 수지와는 같은 과 친구이자 기숙사 룸메이트라서 잘 안다며 수지가 남자들한테 인기가 많아 긴장해야 한다는 농담 섞인 충고까지 했다. 태인은 처음 본 남자와 격이 없이 자연스럽게 대화를 끌어가는 그녀를 보며 성격이 참 좋은 사람이라고 생각했다.

"여기까지 올 정도면 수지와 그냥 친구는 아니죠?"

서영의 질문에 태인은 머쓱한 웃음을 지었다. 수지에게 고백한 상태라면 자신 있게 그렇다고 했겠지만, 아직 고백 전이라 뭐… 그냥… 이라고 얼버무렸다.

수지가 매점으로 왔을 때는 태인이 탈 마지막 버스 출발 시각이 거의 다 된 무렵이었다. 어쩔 수 없이 학교에서 버스 터미널까지 걷는 것으로 첫 데이트를 대신했다.

"너 출출하지 않아? 잠깐 저기 들어갈까?"

수지가 가리킨 곳은 버스 터미널 안에 있는 작은 빵집이었다. 버스 출발 시각까지 여유가 있었다. 수지는 자기가 사겠다며 태인의 팔을 잡고 빵집으로 들어갔다. 수지는 빵 몇 개를 담은 바구니와 커피를 들고 태인이 앉아있는 자리로 왔다.

"자연의 향기 중 최고가 꽃향기라면, 인간이 만든 향기 중 최고는 빵 굽는 냄새인 거 같아."

수지는 친척이 고향 버스 터미널 근처에서 빵집을 한다고 했다. 어렸을 때 그곳에서 맡은 빵 냄새를 지금도 잊지 못한다면서 빵 냄새는 마음을 달래는 치료제라고 말하며 크림빵을 크게 한 입 베어 물었다.

"조만간 다시 올게."

태인은 버스에 오르기 전 수지를 바라보며 말했다. 태인의 눈빛이 무엇을 말하는지 수지도 알고 있는 듯 알았다고 말하며 옅은 미소를 지었다. 태인은 수지가 고백을 받아준 것처럼 가슴이 설렜다. 그날은 그렇게 짧은 데이트를 하고 집으로 돌아왔다.

열흘 뒤 다시 공주에 갔을 때, 수지는 터미널에 먼저 나와 기다리고 있었다. 두 사람은 짙어가는 가을이 덮은 길을 걸으며 첫 데이트 장소로 향했다. 그곳은 무덤이었다. 무령왕릉.

태인은 무령왕릉을 교과서에서만 봤지 실제로 본 것은 그날이 처음이었다.

그날 왕릉을 둘러본 후 밖으로 나와 걸으며 처음으로 수지의 손을 잡았다. 가느다란 손가락에서 따뜻한 찻잔을 쥐고 있는 것 같은 체온이 전해왔다. 거기에는 체온뿐만 아니라 감정도 섞여 있을 것이다. 마음을 확인할 필요는 없었지만 그래도 형식적인 절차는 필요했다.

"우리 사귀자."

태인의 제안에 수지는 수줍은 얼굴로 머뭇거리며 대답을 주저했다. 이미 태인의 마음을 눈치채고 있으면서 어설프게 연기하는 수지 모습에 터지려는 웃음을 참고 진지한 말투로 말했다.

"말하기 부끄러우면 손가락으로 신호를 보내. 이렇게."

태인은 수지 손을 잡고 있는 자기 손 가운뎃손가락을 세워 수지 손바닥에 줄을 긋듯 훑었다.

"한 번은 YES, 두 번은 NO."

수지는 손가락으로 한 번 까딱 움직이며 태인의 손바닥에 짧은 줄을 그었다. 그렇게 두 사람 사이에 사랑의 줄이 연결되었다.

그날 이후 태인은 저녁 9시 가까이 되면 수지에게 전화해야 한다는 생각에 안절부절못했다. 누군가의 목소리를 그렇게 듣고 싶어 할 줄은 몰랐다. 살면서 처음 느낀 강박관념이었다.

저녁 9시는 수지가 도서관에서 기숙사로 돌아오는 시각이었다. 집에서야 편안히 소파에 누워 전화하겠지만 문제는 밖이었다. 친구들과의 술자리에서도 9시만 되면 술집 밖으로 나와 죽은 고기를 찾는 하이에나처럼 공중전화를 찾았고, 빈 공중전화를 발견하면 재빠르게 뛰어가 수화기를 들었다. 이메일과 휴대전화가 없던 그때 사랑의 오작교 역할은 공중전화의 몫이었다. 통화를 하면서 두 사람은 각자의 하루를 일기 쓰듯 시시콜콜 말했다. 일기장에 써도 유치했을 하루 일과가 두 사람에게는 사랑을 속삭이는 소재였다. 준비한 동전이 바닥나야 비로소 바스락거리는 귓속말이 멈췄다.

아침에 눈을 뜬 후부터 잠자리에 들기 전까지 태인의 머릿속은 수지 생각으로 가득했다.

수지도 밥 먹었겠지, 소나기가 오는데 우산은 챙겼을까, 저 여자가 입고 있는 저 옷 수지에게 잘 어울리겠는데, 지금 시각이면 잠자고 있겠지.

태인에게 하루의 시작점도 끝점도 수지였다. 두 점 사이에는 그녀를 향한 마음의 선이 죽죽 그어졌고 선은 점점 굵고 짙어졌다.

태인이 군 입대를 몇 달 앞두었을 때.

수지 주위에 어슬렁거리는 남자가 있다는 것을 알았다. 수지가 장난처럼 자랑하듯 남자들에게 인기 많다는 말은 했지만 실체를 보지 못해 긴가민가했는데 그 남자를 본 후 바짝 긴장했다.

태인의 경계심을 자극한 남자는 도영이라는 학교 선배였다. 그를 처음 본 것은 수지의 학교 축제 때였다. 학교 안에 허름한 천막으로 만든 간이주점에서 수지, 서영과 함께 앉아있는데 키가 큰 남자가 "여기 있었네?" 하고 우렁찬 목소리를 내며 다가왔다. 호남형 얼굴에 체격은 태인이 주눅들 정도로 우람했다. 알고 보니 그는 체육 전공자였다. 다른 곳에서 이미 술을 걸친 듯 얼굴이 불그스름했다.

"수지 남자친구신가? 반가워요."

인사를 건네는 그는 대놓고 태인의 위아래를 훑었다. 태인을 만만한 상대라고 생각했는지 인사 건네는 그는 능글거리는 웃음을 지었다. 허락도 없이 자리에 앉은 그는 인사치레 말을 건네다 대뜸 태인에게 군대 다녀왔냐고 물었다. 태인은 곧 간다고 말했다. 그는 군 복무를 일 년 전에 마친 예비역이었다. 20대 초반 군 미필 남자에게 군을 전역한 남자는 그의 인격, 품성과 관계없이 어쩔 수 없는 부러움과 동경의 대상이다.

"아이고, 언제 전역하시나. 군대 가면 시간 정말 안 가는데. 여자친구 놔두고 가면 더 그럴걸요?"

비꼬는 말투로 말하는 그는 전역한 것이 대단한 훈장이라도 받은 것처럼 거들먹거렸다. 태인도 예비역 형들이 술자리에서 군 미필 동기들에게 한 말을 들어서 잘 알고 있다. 너희들이 군에 있는 동안 여자친구는 침 흘리는 수많은 배고픈 예비역 늑대들에게 둘러싸여 있을 것이며, 그중에 제일 잘났거나 집요한 늑대가 여자친구를 낚아챌 거라면서 자신들이 그런 늑대들이라고 킬킬 웃고 으스대며 한 말들을. 예비역 늑대들이 덧붙인 말은 너희들도 복학하면 우리와 같은 그런 늑대의 후예가 될 것이며, 그런 복수의 역사는 계속 반복된다고.

짧은 시간 동안 일방적으로 떠들던 도영은 재미있게 놀라고 말하며 자리에서 일어났다. 일어나는 순간에도 태인을 자극하기 위함인지 의도적으로 수지를 흘끔 쳐다본 후 태인을 보며 씩 웃었다. 네가 군에 있는 동안 나는 수지를 만날 거라는 음흉한 본심을 넌지시 내비치는 그런 미소였다.

음흉한 미소를 휘휘 내젓는 휴대전화 벨소리가 우렁차게 울렸다.

벨소리에 태인은 다시 현실로 돌아왔다. 친구인 인규 전화다.

"조금 있다 너희 집으로 갈게. 자세한 것은 집에서 이야기하자고. 결론부터 말하자면 수지 근황이나 연락처를 아는 동창들이 없어."

유일하게 지금도 만나는 초등학교 친구인 인규는 몇 년 전 태인의 집에서 그리 멀지 않은 아파트로 이사 왔다. 마당발인 인규는 지금도 꽤 많은 동창과 연락하고 만나기도 한다. 인규를 통하면 수지 소식을 쉽게 알 수 있을 것 같아 부탁했는데 그녀 소식을 알고 있는 동창들이 없다는 것이 놀라웠다.

통화 후 한 시간 남짓 지났을 때 문이 열리고 인규가 들어왔다. 인규는 태인의 집 현관 도어록 비밀번호도 알고 있을 만큼 막역한 사이다.

"어제 면접은 잘 봤어?"

태인은 방으로 들어온 인규를 보자마자 물었다. 면접 본 결과가 좋지 않은 듯 인규는 피식 웃으며 그냥 그래, 라고 말했다. 인규는 전기기술자다. 십 년 넘게 근무하던 회사가 구조조정을 한다며 인원 감축을 했고 인규도 그 대상에 포함되었다. 지난달부터 실업급여를 받고 있는 상태다.

"전 회사 들어갈 때 다시는 면접 같은 거 안 볼 줄 알았는데. 오랜만에 다시 면접을 보러 다니니까 서글프다. 아, 이런 말 네 앞에서 하면 그렇지."

"괜찮아. 하고 싶은 말 편하게 해."

인규는 수지 이야기를 시작했다. 수지를 알만한 동창에게 모두 연락을 했는데 마치 사라진 사람처럼 수지에 대한 소식을 알고 있는 동창은 없었다. 서산에 있는 한 고등학교에서 교사로 근무하다 그만두었다는 게 수확의 전부였다. 학교를 그만두었다니… 교직이 천직이라 말했던 그녀였기에 의외였다.

"그런데 갑자기 수지는 왜 찾는 거야? 첫사랑이 생각나서 그런 거야? 가만, 수지가 네 첫사랑도 아니잖아."

"수지가 첫사랑 맞아."

인규는 다 알고 있는데 무슨 소리를 하는 거냐는 표정으로 미소 짓고 있는 태인을 바라보았다.

2
운명의 난류(亂流)와 인연의 길이

정수지는 눈을 떴다. 눈앞에 떠 있는 뿌연 안개가 눈을 몇 번 껌뻑거리자 걷히며 흰색 천장이 보였다. 다시 하루가 시작되었다.

수지가 있는 곳은 요양 병원. 이곳에서 생활한 지 일 년이 되어 간다. 지병이 악화되어 혼자 생활하기 힘들다 보니 수지 스스로 들어왔다. 예정된 수순이다. 자식 유무와 무관하게 저승으로 가는 열차를 타려면 마지막 들러야 할 역은 요양시설이다.

일 년 전, 빵 가게를 운영하는 수지는 동생들 가족이 준비한 일흔 번째 생일파티를 하는 자리에서 직영 매장 네 곳과 대표 자리를 동생들에게 넘기며 은퇴를 선언함과 동시에 요양 병원으로 가겠다고 했다. 몇 년 더 일하고 싶었지만 몸이 받쳐주질 못하다 보니 어쩔 수 없이 내린 선택이었다. 동생들 가족도 예상하고 있었는지 수지 선택에 반대하는 사람은 한 명도 없었다. 그래도 내심 누구 하나가 자기와 살자, 라고 입에 발린 거짓말이라도 할 줄 알았는데 수지 말을 너무 잘 들어 섭섭했다. 어쩌겠는가. 몸이 아픈 노인에게 때가 되면 알아서 시설로 가라고 명령하는 시대인 것을.

건강하던 수지도 오십 중반이 되자 몸이 위험하다는 신호를 하나둘씩 보내기 시작했다. 긴 시간 빵 가게에 매달리며 몸을 혹사

한 후유증이 나이가 들자 몸의 허술한 틈새를 비집고 등장하기 시작한 것이다.

각각의 병끼리 사이가 좋은 것인지, 아니면 수지 몸이 병균들에게는 씨앗을 심기만 하면 금세 자라나는 비옥한 토지 같은지, 하나를 치료하면 친구를 소개하듯 또 다른 병을 수지에게 선물했다.

자잘한 잔병은 수도 없고 수술대에 누운 굵직한 것만 해도 한두 개가 아니다. 허리 디스크 수술을 시작으로 무릎 관절 수술, 담석 수술, 마지막으로 유방암까지. 다행히 암은 초기에 발견되어 수술 후 이상은 없었다. 그렇게 병원에 뻔질나게 들락날락하는 사이 머리 희끗한 노인이 되었다. 현재 수지를 괴롭히는 친구는 심혈관 질환이다.

물도 공기도 삶에도 모든 흐름에는 불규칙하게 움직이며 섞이는 난류(亂流)가 있다. 지금까지 그런 난류에 휩싸이기도 하고 피하기도 하면서 살아왔다. 그러나 비탈길의 음지에 흐르는 것 같은 거무칙칙한 마지막 난류는 나이가 들면 어쩔 수 없이 한 번은 꼭 만나야 한다.

열심히 살았다. 어쩔 수 없는 사정으로 정년퇴직까지 생각했던 교사직을 던지고 나와 시작한 빵 가게. 오직 버틴다는 처절한 몸부림으로 가게를 운영했다. 그렇게 아득바득 버틴 결과, 직영 매장이 네 개로 늘었다. 대단한 부자는 아니어도 아쉬울 게 없을 만큼 돈을 벌었지만, 몸이 망가지고 나서야 눈에 보이는 게 전부가 아니라는 흔한 말을 새삼 실감했다. 조금씩 몸이 무너지고 있었는데 바보처럼 그걸 모르고 살았다. 이제 완전한 붕괴까지 얼마 남지 않았음을 수지도 예감하고 있다.

가까운 사람의 부고 소식을 들을 때마다 삶의 마지막 순간이 온다면 나는 어떻게 준비할까, 하는 생각을 한다. 그때마다 뭔가 거창하고 대단한 것이 떠오르지 않았다. 초라한 노인네가 되어 마지막 순간을 벌벌 떨며 기다리지 않기를 바랄 뿐이었는데 그런 신세가 되어버렸다. 아직 그날이 멀었다고 생각했는데 그날은 예상보다 조금 빨리 찾아올 것 같다. 어서 오라고 재촉하는 누군가가 소매를 당기는 것처럼.

죽음이 머지않음을 느끼면 삶의 길이와 무관하게 인생이 덧없다는 것을 절실하게 깨닫는다. 젊음의 푸름은 빨리 탈색된다는 것을, 사랑은 횟수가 아닌 감정의 소비 정도로 기억에 저장된다는 것을, 살아온 삶이 남긴 추억이라는 재는 쌉싸래한 향기를 품고 이따금씩 기억 속에서 날아다닌다는 것을.

젊음은 돌아갈 수 없어 아름답고, 세월은 기다려 주지 않아 매정하고, 죽음은 경험한 적이 없어 두렵다. 이런 것들을 조금 일찍 깨달았다면 과거를 돌아볼 때 덜 아쉬웠을 텐데.

머리가 희끗해져 뒤를 돌아보면 누구나 진한 아쉬움이 하나둘 정도는 있다. 그런 아쉬움은 후회를 만들고 후회는 가책과 자책으로 이어지며 시간이 흐를수록 마음을 무겁게 누른다. 물론 그 반대도 있다. 지금은 깃털처럼 가볍지만 그때는 무지와 경험 부족으로 큰 산처럼 무겁게 느꼈던 일들. 태풍처럼 수지를 뒤흔들었던 오래전 일들이 이제 돌아보니 처마 끝에 달린 풍경을 달라당거리는 정도의 실바람처럼 느껴졌다. 그때는 왜 그렇게 뿌리까지 흔들릴 정도로 거세게 흔들렸던 걸까.

400일… 아니 너무 짧아. 700일… 그 정도면 적당하네.

요양 병원에 들어온 후 앞으로 병원에 머물 날을 계산해 본 적이 있다. 어느 날은 그 기간이 짧았으면 좋겠다는 생각이 들고, 또 어느 날은 병원에 있는 기간이 길더라도 오래 살았으면 하는 생각도 든다. 날씨처럼 그날그날 마음에 따라 변덕스럽게 변한다. 얼마 전에는 그토록 싫은 겨울을 이번까지만 보고 싶었는데, 오늘은 내년, 내후년 겨울까지 더 보고 싶은 마음이다.

"수지 어르신, 잘 주무셨어요? 새벽에 첫눈이 내렸네요."

혈압을 재러 들어온 중년 간호사가 방긋 웃으며 아침 인사를 건넸다. 가을이 소슬하게 짙어지는 줄 알았는데 별안간 겨울이라니.

수지는 병실 출입문 옆에 걸려있는 달력을 보았다. 12월이다. 달력이 바뀐 것도 모르고 있었다. 병원에 처박혀 있으면 계절이 바뀌는 걸 뒤늦게 알게 된다. 이 안에서 변화라는 것은 얼마 전까지 얼굴을 보았던 누군가 죽었다는 것과 새로 들어와 상태 안 좋은 얼굴을 들이미는 사람들뿐이다.

혈압을 확인한 간호사가 나간 후, 창문 옆 침대에서 몸을 일으킨 수지는 고개를 빼고 창밖을 내다보았다. 인사라도 하듯이 눈발을 입은 바람이 수지가 내다보고 있는 창문으로 날아왔다. 창밖 풍경은 수묵화 여백처럼 온통 흰색이었다. 눈이 꽤 많이 내렸다. 가을을 소복하게 덮은 흰 풍경이 따뜻하게 느껴졌다.

불과 며칠 전까지 창밖에 보이는 야산은 울긋불긋한 가을 빛깔을 입고 있었고, 병원 입구에도 제 역할을 다한 낙엽이 답쌓여 있었다. 아직 겨울맞이 준비를 하지 않았는데 계절도 사람의 마음 준비 여부와 상관없이 찾아오고, 삶의 마지막도 뜻하지 않은 손님치레를 하는 것처럼 찾아온다. 문전 박대할 마음의 준비를 할 겨를도 없이.

아침 식사를 마친 수지는 다시 침대에 누웠다. 특별한 일이 없을 때, 수지는 식사 후 잠시 누워있다가 지팡이를 벗 삼아 병원 복도를 돌며 가벼운 운동을 한다. 그 정도 성의라도 보여야 저승사자에게 나 데리고 가려면 아직 멀었으니 기다려달라고 사정할 때 체면이 설 게 아니겠는가.

걷기 운동을 마치고 병실에 들어온 수지가 침대에 올라가자 문이 열리고 희끗한 머리를 한 건장한 체격의 남자가 들어왔다. 수지의 대학 선배인 도영이다. 그도 일흔이 넘어 젊었을 때 탄탄한 몸은 아니지만, 운동을 꾸준히 한 덕에 군살이 없어 또래보다는 젊어 보인다.

"남편분 머리만 염색하면 지금보다 훨씬 젊어 보일 텐데. 염색하시지 그래요."

병실에 온 지 얼마 되지 않은, 말 많은 맞은편 노년의 여자가
웃으며 말했다. 도영은 그럴까요, 하며 입에 발린 칭찬이라도 좋
은지 함박웃음을 지었다.

가끔 찾아오는 환자 가족이나 새로 들어온 환자는 도영을 수지
남편으로 생각한다. 남편분이 지극정성이라며 부러워하는 시선
이 불편하기도 하지만 수지는 애써 아니라고 하지 않는다. 서류
로 증명되는 관계인 가족, 그런 게 뭐 그리 중요한가. 다른 누구
보다 지금 수지 옆에 있으니 중요한 사람이고 가족이지.

대학생 때 시작된 도영과 인연이 지금까지 이어질 줄은 몰랐
다. 대학 다닐 때 도영의 구애에 수지가 살짝 마음이 흔들린 적
이 있었지만 연인 관계로 발전하지는 못했다. 지금도 두 사람 관
계는 그때와 다름이 없다. 선후배 관계 이상으로 갈 수 없는 장
벽이 있는 이유는 둘 사이에 심각한 비밀이 있기 때문이다. 수지
가 학교를 그만둔 이유이기도 하다.

지금은 혼자지만 도영은 결혼을 했다. 별거한 채 수십 년을 서
류로만 부부였던 아내가 몇 년 전 세상을 떴다. 아내와 관계가
원만하지 않았지만, 마지막 순간은 그녀 옆을 지켰다. 도영은 부
부 인연이 완전히 끝나는 순간 비로소 아내의 사랑이 느껴졌다
고 말한 적이 있다. 그 말을 했던 날, 도영은 아내가 눈을 감기
전 한 말을 푸념하듯 말했다.

아내가 한 말은 '미안하다'와 '고맙다'였다 라고. 완전히 뜻이
다른 단어지만 죽음의 순간만큼은 두 단어의 느낌은 하나인가
보다. 사랑과 같은 의미로.

수지가 요양 병원에 있는 걸 알게 된 도영은 첫 면회 온 이후 자주 찾아왔다. 수지가 부담스러울 정도였다. 이렇게 찾아오는 게 불편하다고 여러 차례 말해도 도영은 괘념치 않고 본인 마음 대로 했다. 젊은 시절에도 그랬던 사람이라 수지도 포기했다. 수지 입장에서는 도영의 방문이 나쁘지만은 않다. 말동무가 되어 주기도 하고 가끔은 스트레스를 풀 대상이 되기도 하니까.

"수지야, 내일 친구 장례식이 있어 목포에 갈 거야. 이제 친구 놈들이 하나둘씩 떠나기 시작하네. 내려간 김에 그곳에서 친구 들하고 낚시도 하고 좀 놀다 오려고. 며칠 있을 거야."

"그래, 다녀와. 선배도 자기 인생을 좀 즐겨야지. 멀쩡한 사람 이 만날 병원에 있는 거 보기에도 안 좋아."

"아, 그리고…….''

도영은 잠시 뜸을 들인 후 입을 열었다.

"서영이가 병문안 오겠다고 하네. 얼마 전에 서영이랑 통화했 거든. 네가 불편하면 오지 말라고 할게."

"아니야, 괜찮아. 오랜만에 얼굴이나 보지 뭐."

서영이가 왜 갑자기 나를….

"수지야, 이거 봐."

도영은 자기 휴대전화를 수지에게 건넸다. 수지는 눈을 가늘게 뜨고 휴대전화를 들여다보았다. 휴대전화에서 튀어나와 품에 안 길 것 같은 검은색 털을 한 강아지 한 마리가 혀를 내밀고 있는 사진이었다. 개를 좋아하는 수지 얼굴에 미소가 번졌다. 견종이 바로 떠오르지 않은 걸 보니 믹스견인가 보다.

"지난주에 딸이랑 유기견 센터에 가서 입양한 놈이야. 이놈이 내 마지막 자식이겠지."

몇 달 전 도영은 십수 년을 키운 반려견이 죽었다며 시무룩한 표정으로 다시는 개를 키우지 않겠다고 했는데 결국 입양했나 보다. 전에 키웠던 녀석보다 애교가 많다며 도영은 수지가 돌려준 휴대전화를 들여다보며 싱글벙글 웃었다.

수지도 반려견을 키운 적이 있다. 십여 년 전, 십 년 넘게 가족처럼 함께 산 푸들이 세상을 떠났을 때, 그 빈자리는 상상했던 것보다 컸다. 푸들이 항상 있던 텅 빈 자리에 남아있는 상실감, 따라다닐 때 나던 발소리의 환청, 아침에 눈 뜨면 인사하듯 침대 위로 뛰어오르는 환영 때문에 한동안 괴로웠다.

이렇듯 한 존재에게 물들면 그 얼룩을 빼는데 적지 않은 시간이 걸린다. 수지에게 그런 사람이 한 명 있다. 흰 눈이 내리면 생각나는 사람이다. 수지에게 물든 그의 얼룩은 시간이 꽤 지났음에도 전부 빠지지 않았다.

그는 이미 오래전에 세상을 떠났지만, 아직도 수지의 기억과 가슴 속에서 웃고 있고 말하고 있다. 흰색을 보면 네가 생각난다고 말했던 그 사람. 잊고 있다가도 흰 눈이 내리면 어쩔 수 없이 그가 생각난다.

대학 동기인 서영이 온다는 말에 침대 옆에 놓여있는 손거울에 손이 저절로 갔다. 거울에는 추레한 노인 얼굴이 비쳤다. 머리는 이제 검은색 펜으로 그린 것 같은 머리칼 몇 가닥 외에 죄다 흰

머리칼이다. 피부도 푸석하고 메말랐다. 요양 병원에 온 후 화장을 거의 하지 않았는데 그래도 기초화장 정도는 해야겠다는 생각을 하며 창밖으로 시선을 던졌다.

흰 눈을 보며 떠오른 그와 그의 아내인 서영. 두 사람이 수지를 시간의 터널로 끌고 들어갔다.

되돌아간 터널 끝에 울긋불긋 물든 가을이 보이기 시작했다. 수지를 기다리는 곳은 왕릉. 그와 친구라는 관계를 접고 사랑의 감정을 처음으로 펼친 곳이다.

대학생 때 추석 연휴에 초등학교 동창을 만난 날.

수지는 이전과 다른 태인의 시선을 느꼈다. 어렸을 때와 다르게 수컷 향기를 물씬 풍기며 설렁거리는 남자의 시선. 그 시선 끝에는 간질거리는 것 같은 옅은 사랑의 향기가 묻어있었다. 착각일 수도 있지만 아니면 그만이라는 마음으로 헤어지기 전 기숙사 전화번호를 적은 메모지를 건넸다. 추석 연휴가 끝난 뒤 얼마 지나지 않아 태인에게 연락이 왔다. 내심 태인의 전화를 기대했지만 막상 그의 목소리를 들었을 때는 놀랐다.

태인이 처음 공주로 내려온 날은 예정에 없던 지도교수 호출이 있어 긴 시간을 함께하지 못했다. 미안한 마음에 두 번째 만남에서는 태인이 탄 버스가 도착할 시간에 맞춰 터미널에서 그를 기다렸다. 오랜만에 느끼는 기분 좋은 설레는 마음에 기다리는 시간이 지루하지 않았다.

버스에서 내린 태인은 무령왕릉에 가본 적이 없다며 그곳으로 가자고 했다. 첫 데이트가 무덤이라니. 수지는 달갑지 않았지만 태인이 원하는 대로 해줬다.

무령왕릉 안으로 들어간 태인은 제자리에 서서 고개를 살짝 들고 눈을 감았다. 뭔가를 느끼려고 하는 행동이었다. 수지는 뭐 하는 거냐고 물었다.

"죽음이 뭘까 느껴보는 중이야. 이렇게 무덤 안에 들어올 일이 별로 없잖아."

태인은 눈을 감은 채 말했다.

"그래서… 뭐가 느껴져?"

"어, 느껴진다. 죽음 대신 다른 게 느껴져."

"뭐가 느껴지는데?"

눈을 뜬 태인은 수지에게 고개를 돌렸다.

"이 무덤 왕이 전하는 아주 강렬한 메시지. …너를 놓치지 말라고 하는데."

태인이 웃으며 말하는 유치한 농담에 수지도 피식 웃었다. 웃음 뒤에는 작은 떨림이 따라왔다. 꿀밤으로 응수할 유치한 농담인데 무덤 안이라는 특수한 장소라서 그런 걸까, 장난 같은 그 말을 듣는 순간 수지의 마음에 변화가 일었다. 초등학교 동창 관계가 허물어지고 사랑하는 사람으로의 변화가. 어쩌면 부끄러워 숨어 있던 감정이 태인의 가벼운 농담에 고개를 내민 것인지도 모른다.

왕릉에서 나온 태인은 수지와 나란히 걷다 슬그머니 수지의 손을 잡았다. 수지는 이런 상황을 예상하고 있었지만, 당황한 듯한 표정을 지으며 태인을 흘끗 쳐다보았다.

"우리 사귀자."

태인의 말에 수지는 선뜻 대답하지 못하고 주저했다. 태인이 싫어서가 아니었다. 불과 몇 달 전 양다리를 걸치다 걸려 헤어진 남자친구 일로 당분간 연애에 감정을 소모하고 싶지 않았기 때문이다.

수지가 대답을 주저하자 태인은 잡고 있는 자기 손 가운뎃손가락을 세워 YES와 NO 신호를 하라고 했다. 말로 하는 것보다 부담이 없어서일까, 수지는 손가락으로 태인의 손바닥에 줄을 긋듯이 한 번 훑었다.

'YES'

그렇게 팽팽한 사랑의 줄다리기를 제대로 하지도 못한 채 끌려가 버렸다.

터미널로 돌아가는 길, 손을 잡고 걷던 태인이 가판대 앞에서 멈췄다.

"수지야, 네 머리띠 하나 살까?"

수지는 평소 머리띠를 잘 안 하지만 태인에게 골라달라고 했다. 태인은 흰색 머리띠를 하나 골라 수지의 머리에 띄워 주었다.

"넌 흰색이 참 잘 어울려. 난 흰색만 보면 네가 생각난다."

군 입대 전 수지는 태인이 살고 있는 곳에서 그를 만났다. 맥

줏집에서 술을 마시던 중 태인은 자신이 사용하는 자동카메라를 건넸다. 새 필름을 넣었다며 평상시 모습을 찍어서 편지 보낼 때 보내달라는 것이었다.

그날 처음으로 두 사람은 모텔에서 밤을 보냈다. 기대했던 일 없이 포옹을 한 채 거의 뜬눈으로 밤을 보냈다. 두 사람 모두 말은 없었다. 이별의 아쉬움은 겹치고 엇갈리는 두 사람의 숨소리가 대신했다.

태인이 군에 입대한 후 그의 편지를 기다렸지만 편지는 오지 않았다. 훈련소를 마치고 자대 배치가 끝난 후에도 편지는 없었다. 사회와 단절된 후 심경에 변화가 있던 걸까, 수지는 생각이 많아질 수밖에 없었다. 게다가 과 MT를 다녀온 후 태인이 건넨 자동카메라도 잃어버렸다. 불길한 징조라는 생각에 휩싸일 수밖에 없는 상황이었다.

태인의 소식을 알 방법은 없었다. 알만한 사람이라고는 인규가 유일한데 그 역시 군 복무 중이었다. 그렇다고 오매불망 태인을 생각하며 허송세월할 수는 없었다. 시간은 수지를 바쁘게 몰았다. 교생 실습과 임용고시 준비로 눈코 뜰 새 없이 바빴다. 눈앞에 산더미처럼 쌓인 현실을 헤쳐 갈수록 자신 안에 자리 잡고 있는 태인의 무게는 점점 가벼워졌고, 결국 떠들썩한 이별 의식도 없이 두 사람의 관계는 흐지부지되고 말았다.

태인을 다시 만날 줄이야.

교사가 된 후 2년 정도 지났을 초여름에 태인을 다시 만났다. 그를 다시 만날 거라는 생각을 한 적이 없었는데, 이런 게 운명일까, 하는 생각마저 들었다. 갈라진 두 사람의 운명은 의외의 사람이 끼어들며 다시 포개졌다.

출근하려고 버스 정류장에서 서 있는데 검은색 중형차 한 대가 수지 앞에서 멈췄고, 조수석 창문이 내려가며 중년 남자가 수지를 향해 "정 선생?"하고 소리쳤다. 낯이 익은 얼굴이었지만 누구다, 라는 명쾌한 정체는 떠오르지는 않았다.

"나 태인이 애비여. 출근하는 길이지? 태워줄 테니까 차에 타."

그제야 어릴 때 본 태인의 아버지 얼굴이 떠올랐다. 수지는 괜찮다고 했지만 태인의 아버지는 빨리 차에 타라며 손짓으로 재촉했다. 수지는 어쩔 수 없이 뒷자리에 올랐다. 차가 출발함과 동시에 수지는 태인의 아버지에게 인사를 건넸다.

"정 선생 근무하는 학교가 어디지?"

수지가 학교 이름을 말하자 태인의 아버지는 무슨 과목을 가르치느냐고 다시 물었다. 수지는 수학이라고 답한 후 인사치레 반 궁금증 반으로 태인의 근황을 물었다.

"서울에서 건축 설계 사무소 다녀."

이후 태인의 아버지는 묻지도 않은 태인의 정보를 솔솔 흘렸다. 태인이가 결혼할 생각이 없어 걱정이라고, 선보라고 해도 됐다고 한다고, 얼마 전에 선을 한 번 보기는 했는데 별다른 말이 없다고.

태인의 근황을 전한 태인 아버지는 수지의 현재를 물었다. 부모님은 건강하신지, 애들 상대하기 힘들지 않은지, 만나는 남자가 있는지.

그의 아버지는 대학 시절 두 사람이 사귄 것은 모르는 듯했다. 한때 연인이었던 남자의 아버지와 어색하고 불편한 자리였지만, 태인 아버지의 계속되는 질문에 답을 하느라 어색할 틈은 없었다.

태인 아버지에게 들은 내용 중 수지는 그가 만나는 여자가 없다는 말에는 살짝 미소가 번졌다. 이유 없이 괜히 마음이 놓여 생기는 미소였다.

수지가 근무하는 학교 정문 근처에서 차가 멈췄다. 수지가 차에서 내리기 전 태인 아버지는 태인에게 알려줄 거라며 수지의 휴대전화 번호를 물었다. 수지는 주저 없이 메모지에 자기 휴대전화 번호를 적어드렸다. 학창 시절 태인에게 기숙사 전화번호를 건넬 때처럼 전화가 오면 좋고 아니어도 크게 마음 상할 일 없을 거라고 생각하면서. 슬픔과 상처로 얼룩진 이별 의식 없이 헤어진 사이여서 그럴까, 연락처를 건네는 게 불편하지 않았다.

태인의 전화는 수지 예상보다 빨리 왔다. 바로 다음 날 오후에.

"나 태인이야. 잘 지냈어?"

전화가 오면 어떨지 상상했을 때 수지는 별다른 동요 없이 담담할 거라고 생각했다. 미련이 남은 탓인지 막상 태인의 목소리를 다시 들으니 가슴이 설렜고, 처음 그와 손을 잡았을 때 느낌이 휴대전화를 쥐고 있는 손에서 느껴지는 기분이었다. 통화에서 간단한 안부를 서로 주고받은 후 토요일에 만날 약속을 정한 다음 통화를 마쳤다.

토요일 오후, 약속한 시각보다 앞서 수지는 버스 터미널 근처 커피숍에서 태인을 기다렸다. 창밖으로 터미널로 들어오고 나가는 버스를 보며 태인을 만나 건넬 말을 생각했다.

첫인사로 어떤 말을 건넬까, 잘 지냈어? 아니면 오랜만이야, 그냥… 안녕이라고 할까. 인사말에 이어 입대 후 왜 연락하지 않았느냐고 추궁할까, 아니면 사귀는 여자가 없어 다행이라고 할까. 이런 어쭙잖은 고민은 문 열고 들어오는 태인을 보자마자 사라지고 미소가 마중 나왔다.

"정수지 선생, 오랜만이야."

수지는 자리에서 일어나 자신에게 다가오는 태인에게 손을 내밀었다. 두 사람은 악수하려고 잡은 손을 흔들지 않고 그대로 잡고만 있었다.

"태인이 너는 하나도 안 변했네."

수지는 준비했던 말을 뒤로하고 외모 평으로 인사말을 대신했다. 실제 태인은 수지가 기억하는 것과 크게 차이가 없었다. 청춘의 빛이 조금 탈색되어 남성미가 드러나기 시작하고 있을 뿐이었다.

"안 변하기는, 서른이 넘어서 이제 어디 가도 아저씨 취급하는데. 수지 너야말로 예전 그대로네."

태인의 말에 수지도 얼마 전 시장에 갔다가 아줌마 소리를 들었다며 농담을 건넸다. 가벼운 인사를 주고받은 두 사람은 자리에 앉았다. 수년 만에 다시 만난 자리에 어색함은 없었다. 전과 달라진 것이라면 서로를 바라보는 성숙해진 두 사람의 눈빛이었다.

두 사람은 만날 때마다 조금씩 변해 있었다. 어린아이에서 청소년으로, 다시 대학생으로, 이제는 사회인으로. 모습도, 서로를 바라보는 시선도, 그 시선 안에 담겨 있는 감정도 만날 때마다 조금씩 바뀌었다.

"아버지가 출근하시다 너를 만났을 줄은 몰랐어."

"나도 네 아버지를 만날 줄은 몰랐어."

두 사람을 만나게 해준 태인의 아버지 이야기를 시작으로 두 사람 대화는 자신들의 현재 상황으로 이어졌다. 직장과 학교에서 겪는, 생각한 것과 다른 현실에서 맞부딪히는 자질구레한 불만과 헛걱정들이었다.

수지는 태인이 입대 후 연락이 끊긴 내용은 묻지 않았고 태인 역시 그 부분을 언급하지 않았다. 굳이 다시 만난 자리에서 꺼낼만한 소재가 아니었음을 두 사람 모두 알고 있기에 그랬을 것이다.

예전 왕릉에서 그랬던 것처럼 커피숍에서 나오자마자 태인이 수지의 손을 살며시 잡았다. 다시 시작하는 신호였다.

"우리, 다시 시작하자."

태인의 말에 수지는 걸음을 멈추고 굳은 표정으로 태인을 바라보았다. 만나기 전 태인의 이런 반응은 충분히 예상했고, 수지도 자신이 어떻게 해야 할지 결정한 상태였다.

"왜, 싫어?"

수지가 대답을 머뭇거리자 태인이 물었다. 수지는 손가락 하나를 펴 잡고 있는 태인의 손바닥에 두 번 까닥거렸다. 'NO'라는 신호에 서로를 바라보는 두 사람은 미소 지으며 서로의 손을 더 꽉 잡았다.

"우리 예전에 데이트할 때 갔던 데 다시 가볼까?"

태인은 대학생 시절 방학에 수지와 갔던 경양식 식당에 가자고 했다. 거기 돈가스가 맛있었다면서. 두 사람은 시장을 가로질러 음식점이 있는 곳으로 향했다. 다행히 그 식당은 2층에 그대로 있었다. 간판을 본 두 사람은 예전 친구를 만난 것처럼 반가웠다.

두 사람은 가게 문을 열고 들어갔다. 예전 모습 그대로라 수지는 다시 학생 시절로 돌아간 기분이 들었다. 두 사람은 전에 앉았던 자리에 앉았다. 창밖을 내다보는 태인의 표정도 20대 초반이던 시간을 그리워하는 듯 추억에 감긴 얼굴이었다.

예전처럼 돈가스를 먹었다. 돈가스 한 조각을 입에 넣은 태인이 입을 오물거리며 말을 꺼냈다.

"여기 오는 길에 버스에서 생각해 봤는데… 지구에서 달까지 거리가 얼마인지 알아?"

수지는 기억이 가물가물했다. 학창 시절 배운 기억이 있는데 정확한 거리는 기억나지 않았다.

"기억이 안 나는데."

"약 38만㎞거든. 보통 사람들이 1㎞ 걷는데 12분 잡으면 하루는 120㎞, 1년이면 대략 4만 3천㎞. 우리가 헤어진 시간은 9년. 마지막으로 우리가 이별한 시간을 거리로 환산하면 38만㎞가 조금 넘지."

수지는 왜 저런 이야기를 하는지 의아한 얼굴로 태인을 바라보았다. 태인은 싱긋 웃으며 다시 말을 이었다.

"지금 저 자식 무슨 말을 하는 거야, 하는 표정이네. 우리 인연이 얼마나 가치가 있느냐를 수치로 말하려고 하는 거야, 수학 선생님. 우리가 다시 만난 그 인연을 길이로 측정하면 그 길이가 지구에서 달에 가는 거리만큼 된다는 거라고."

수지는 참신한 발상이라고 생각하며 태인의 등 뒤 한 곳을 뚫어지게 바라보았다. 태인도 수지 시선을 따라 고개를 돌렸다. 두 사람 시선이 멈춘 곳에는 태인과 수지와 비슷한 또래의 남녀가 마주 앉아 식사하고 있었다. 어색한 분위기가 느껴지는 자리였다.

"소개팅이나 선을 보는 거 같지?"

태인이 수지 쪽으로 고개를 돌리며 말했다.

"두 사람은 무슨 말을 하고 있을까?"

수지가 물었다.

"뻔하지. 호구조사 먼저하고 계산기에 두드릴 항목을 확인하고 있겠지."

"우리는 그런 거 없어서 다행이야."

수지 말에 태인이 빙긋 웃으며 말을 받았다.

"그래, 정말 다행이지. 난 여자들 계산기로 두드릴 만한 게 없거든. 두들겨 맞을 건 많겠지만. 하하하."

태인의 말에 수지도 덩달아 웃었다.

태인은 집으로 가는 버스에 탔고 수지는 집으로 돌아왔다. 잠자리에 든 수지는 눈을 감고 생각했다. 다시 시작된 태인과 만남은 잠시 끊어졌던 원래의 궤도에 다시 오른 것이라고. 그 궤도의 끝에는 해피엔딩이 기다리고 있을 거라고. 오랜만에 몽글몽글한 그리움을 끌어안고 잠에 빠졌다.

그날 이후 두 사람은 학창 시절에 없던 휴대전화로 시간이 날 때마다 전화와 문자를 했다. 두 사람 인생의 연애 페이지에 다시 그리움, 기다림, 애틋한 마음이 차곡차곡 쌓여갔다.

수지의 일상은 변한 게 없지만, 수지가 변하며 일상 자체도 전과 달라졌다. 사랑에 빠진 사람에게는 모든 것이 비정상적으로 작동한다. 계절도, 시간도, 감정도, 몸도.

여름은 덥지 않고 겨울은 춥지 않다. 잠을 설친 후에도 그 사람의 목소리를 들으면 깊은 잠을 잔 것처럼 정신은 맑아지고 몸도 개운해진다. 가끔씩 찾아와 하룻밤 이상을 머물던 우울하고 답답했던 감정도 이제 슬쩍 왔다가 금방 떠날 채비를 한다.

인간의 마음 어딘가에 빈 공간이 있다면 그곳은 사랑의 몫일 것이다. 혼자서는 할 수 없는, 다른 존재를 통해서만 그 감정을 채워야 비로소 완전한 인간이 되는.

초가을 어느 날, 점심시간 전 태인이 보낸 문자가 왔다.

— 나 일이 있어 근처에 왔는데 점심 같이하자. 교문 밖에서 기다릴게.

수업을 마친 수지는 교문 밖으로 나갔다. 차 주위를 어슬렁거리며 통화하던 태인이 수지를 보자 서둘러 통화를 마치고 조수석 문을 열었다.

"여기 무슨 일 때문에 온 거야?"

태인이 운전석에 앉을 때 수지가 물었다.

"안면도에 일이 있어서 가는 길에 들렀어. 친구 아버지가 올초에 퇴직하셨거든. 고향인 안면도에 펜션을 짓고 싶다고 해서 만나러 가는 길이야."

학교에서 멀지 않은 공원으로 간 두 사람은 늘어진 나뭇가지가 햇빛을 가린 벤치에 앉았다. 태인은 쇼핑백에서 도시락을 꺼냈다. 뽀얀 흰색과 붉은색 생선 살이 물결 모양으로 배열된 초밥이었다. 태인은 생수병 뚜껑을 열어 수지에게 건넸다.

"잘 먹을게. 이렇게 나오니까 꼭 소풍 온 것 같다."

"소풍? 수지 너는 학교에 있으니까 소풍 가겠구나. 보통 사람들에게 소풍은 이제 추억의 단어인데."

"교사 신분으로 가는 거라 학생 때처럼 들뜨고 신나는 거는 없어. 소풍 가면 애들 신경 쓰느라 더 골치 아파. 말을 좀 안 들어야지."

고개를 끄덕이며 그렇겠다, 라고 말을 한 태인이 혹시… 라고 하며 말을 이었다.

"혹시… 수지 너는 초등학교 다닐 때 우리가 처음 만난 기억 있어? 난 전혀 기억이 없거든."

태인의 말을 듣고 수지도 태인을 본 첫 기억을 떠올렸지만 그런 기억은 없었다.

"음… 나도 기억이 없네. 3학년인가, 그때 처음 같은 반 했던 기억은 있는데. 워낙 어릴 때고 특별한 대상이 아니었으니까 기억 못 하는 거는 당연하지. 우리가 미팅으로 만난 사이도 아니잖아. 다른 애들도 마찬가지일 거야. 너, 인규 처음 본 기억 있어?"

"그러네. 인규도 처음 본 기억이 없네."

"처음 만난 기억보다 마지막 기억이 더 중요할 거 같아. 먼 훗날 나는 이태인을 어떻게 기억하고 있을까? 미소 지을 정도로만 기억하고 있으면 좋겠는데."

수지 말에 태인은 음식을 씹던 동작을 멈추고 먼 하늘로 시선을 던졌다. 수지가 방금 한 말을 곱씹으며 마지막으로 기억할 연인의 모습을 생각하는 표정이었다.

"전에 누군가가 말한 건데……."

태인은 물을 마신 후 화제를 바꾸었다.

"한 사람과 두 번 헤어지고 세 번째 다시 만나 사랑한다면 그건 한 번의 사랑일까, 아니면 세 번의 사랑일까?"

수지는 글쎄… 하고 말한 후 한 번 아닐까, 라고 말하려는데 태인이 먼저 답을 말했다.

"사람은 변하잖아. 특히 사랑한 연인과 이별은 사람을 더 성숙하게 만들고. 다시 만날 때마다 두 사람은 조금이라도 변했을 거야. 즉, 이전과는 조금이라도 다른 사람이 되었다는 거지. 그래서 세 번의 사랑이라는 거야."

"그럴듯하네. 그럼 우리는 세 번째인 건가. 그런데 그거 누가 말한 거야?"

"어? 어, 어느 철학자가 그랬겠지. 나도 주워들은 거라서."

"그런데……."

수지가 말끝을 흐리자 초밥을 입에 넣은 태인이 수지를 물끄러미 바라보았다.

"입대한 후 편지 왜 안 보냈어?"

물어도 괜찮을 것 같은 분위기인 것 같아 수지가 오래전부터 궁금했던 질문을 꺼냈다.

"무슨 소리야, 기숙사로 보냈어. 세 번 정도. 안 그래도 너 다시 만났을 때 나도 물어보려고 했는데."

"그럼, 편지가 중간에 사라졌나 보네."

"그렇겠지. 혹시 말이야….."

태인도 이때다 싶었는지 궁금했던 것을 슬쩍 꺼냈다.

"수지 너… 그 선배하고 사귀었어? 체육 전공한 그 남자."

"도영 선배? 아니. 누가 나랑 사귀었다고 그래?"

"아, 아니야."

아마 두 사람은 상대방이 거짓말을 한다고 생각했을지 모른다. 그러면서 같은 생각도 했을 것이다. 지금 그게 뭐 중요한가, 다시 사랑하고 있는데.

짧은 시간이었지만 수지에게 그날 점심은 어떤 소풍에서 먹은 도시락보다 맛있었다. 음식은 메뉴보다 어디서 누구와 먹었냐가 맛을 좌우하는지도 모른다. 수지에게 그날은 그런 날이었다. 불어 터진 컵라면을 먹어도 맛있을 것 같은 날.

태인이 주로 수지를 만나러 왔다. 주말에 특별한 일이 없으면 토요일이나 일요일에 한 번은 왔다. 긴 시간이 걸리지는 않았지만, 경기도를 벗어나 충청남도까지 오는 심리적인 거리 때문인지 먼 길을 오는 것 같아서 수지는 미안했다.

그러던 어느 날 평일 늦은 오후에 태인이 학교로 가는 길이라며 전화했다. 일이 바빠 며칠 야근한 것을 알고 있던 수지는 쉬라고 했지만, 태인은 그럴 수가 없다면서 자극적인 말을 했다.

"오늘 너를 안 보면 내가 미칠 것 같거든. 학교 근처에 가서 전화할게."

수지의 학교 근처에서 만난 두 사람은 시내 술집으로 들어갔다. 마주 앉은 태인의 얼굴에 묻어있는 야근으로 지친 피로가 술집 조명 아래 더 선명하게 보였다. 눈자위는 퀭했고 면도를 못해 거뭇하게 자란 수염이 코밑과 턱선을 따라 비죽배죽 자리 잡고 있었다. 까칠한 수염이 자란 태인의 얼굴을 처음 본 수지는 마치 생전 처음 본 생명체를 보는 어린아이처럼 태인의 얼굴을 차근차근 뜯어보았다. 맥주를 마시다 수지의 시선을 눈치챈 태인은 손으로 턱을 만지며 "좀 지저분하지? 면도하고 오려고 했는데 깜빡했어"라고 멋쩍게 웃으며 말했다.

"수염 만져 봐도 돼?"

수지의 말에 태인은 굳이 왜, 하는 표정을 지었다.

"수염을? 만져 봐야 까칠해서 느낌이 안 좋을 텐데. 만지고 싶으면 만져 봐. 자."

태인은 고개를 살짝 돌리며 턱을 앞으로 내밀었다. 수지는 손을 뻗어 태인의 턱에 자리 잡은 수염을 쓰다듬듯 만졌다. 어릴 때 아빠 수염을 만진 적은 있지만, 나이 들어 처음 만져 보는 남자의 수염이었다. 손끝에 전해오는 까슬까슬하고 거친 느낌이 묘했다. 뭐랄까, 야생에서 사는 짐승을 쓰다듬는 것 같은 느낌이랄까.

태인의 턱에 집중하고 있던 수지 눈이 움직이며 태인의 눈과 마주쳤다. 피곤해 보이는, 며칠 굶은 짐승 같은, 그래서 더 음산해 보이는 눈빛은 수컷의 본능을 말하고 있었다. 오늘 너를 가만두지 않을 거라는.

태인은 눈으로는 수지를 바라보며 자기 턱을 만지는 수지의 손을 잡은 후 손등에 입을 맞췄다. 수지에게 태인의 입술과 눈이 신호를 보냈다. 이제 서로의 마음을 확인하자는 신호. 이 신호에 반응한 두 사람은 동시에 얼굴을 앞으로 내밀었고 입술을 포갰다. 술집 안에 흐르는 끈적거리는 재즈 음악과 두 사람의 거친 호흡 소리가 만든 새로운 크로스오버 장르가 두 사람의 분위기를 뜨겁게 달아오르게 했다.

끝나지 않을 것 같은 키스가 멈추고 입술이 떨어졌다. 두 사람 눈빛은 그다음을 말하고 있었다. 수지는 그것을 일말의 주저함도 없이 자기 입으로 말했다.

"오늘, 너 갖고 싶어."

수지 자신도 모르게 튀어나온 말이었다. 그날 분위기에 취한 탓이리라. 모든 상황이 본능에 충실하라고 강요하는 듯했다. 재즈 선율도, 태인의 눈빛도, 수지의 이성도.

술집에서 나온 두 사람은 근처 모텔로 들어갔다. 술집에서 남은 키스 여운이 다시 두 사람 입술을 붙게 했고, 곧바로 두 사람은 아담과 이브가 되었다. 두 사람의 숨소리는 점점 격정적으로 변해 갔다. 언어는 사라졌다. 그동안 숨겨왔던 서로를 갈구하는 말은 숨소리가 대신했다. 그런 숨소리가 방을 가득 채웠고 팽창하던 사랑이 폭발한 후 숨소리는 잦아들었다.

다음 날 아침에 깬 두 사람은 에덴동산에서 뒹굴었던 지난밤과 달리 어색한 분위기에 주섬주섬 옷을 주워 입었다. 모텔 밖으로 나온 수지는 느꼈다. 이전보다 더 가까워진 것을. 삶을 공유하는 – 미래로 이어진 – 관계가 확장되는 시작이었다.

"이번 주말에 오면 같이 드라이브 가자. 나 중고차 뽑았어."

태인을 만난 주말. 수지는 자기 경차를 몰아 바닷가로 향했다.

"어때, 초보치고는 잘하지?"

"운전은 언제나 초보처럼 해야 해. 긴장 늦추지 말고."

두 사람은 바다가 내려다보이는 카페 앞에 주차하고 안으로 들어갔다. 수평선 끝에 잠기기 시작한 태양이 남긴 짙붉은 노을이 카페 안을 가득 채웠다.

"이렇게 바다가 보이는 집에서 살면 좋겠다."

수지가 바다를 바라보며 이런 말을 하자 태인은 곧바로 크로스백에서 노트와 볼펜을 꺼냈다. 노트를 펼친 태인이 물었다.

"네가 살고 싶은 집 설계해 볼까? 말해봐, 어떤 집을 짓고 싶은지."

바다를 보며 잠시 생각하던 수지는 이층집이 좋겠다며 말을 시작했다.

"주방에서 바다가 보였으면 좋겠어. 아이들 방은 2층에, 손님들 오면 쉴 수 있는 게스트룸도 하나 있으면 좋겠고. 그리고……."

진짜로 집을 설계하는 것처럼 들떠 말하던 수지가 잠시 말을 멈췄다. 노트에 평면 스케치를 하던 태인이 동작을 멈추고 수지를 쳐다보았다. 바다를 바라보던 수지가 태인 쪽으로 고개를 돌렸다.

"나만의 공간이 하나 있으면 좋겠어. 혼자서 책 보고, 영화 보고, 차 마시고. 그 누구에게도 방해받지 않는 오직 나만의 공간."

"그런 공간 갖고 싶었어?"

태인은 계속 스케치했고 수지는 그 모습을 물끄러미 바라보았다. 수지의 커피잔 바닥이 드러날 즈음 태인은 "다 끝났다"라고 말하며 노트를 수지 앞에 내밀었다. 조감도로 모습을 드러낸 집의 모습이 꽤 괜찮았다.

"일단 생각나는 대로 대충 했는데. 어때? 마음에 들어?"

"어. 좋은데. 정말 이런 집에서 살고 싶다."

"나중에… 아니다."

태인은 하려던 말을 얼버무리다 웃으며 아니라고 마무리했다. 수지는 태인이 마무리하지 못한 말이 무엇인지 눈치챘다. 짧은 정적에 미래가 포함되어 있다는 것을. 아직은 이르다고 생각한 걸까, 아니면 쑥스러워서. 말해도 괜찮은데, 라고 생각하며 아쉬움을 달랬다.

날씨는 조금씩 찬 바람을 후후 불며 다가오고 있었다. 수지는 늦어도 내년 초에는 태인이 프러포즈를 할 거라고 생각했다. 하지만 수지의 기대와 달리 기다리고 있는 것은 태인의 프러포즈가 아니라 열지 말았어야 할 작은 상자였다. 두 사람 사이를 흐르고 있는 사랑의 흐름에 난류(亂流)가 끼어든 것이다. 그 작은 상자는 수지가 꿈꾸던 미래를 무너뜨렸다.

3
독재자 딸과 사전 장례식 손님들

수지가 첫사랑 이름이라는 태인의 말에 인규는 누구보다 태인을 잘 알고 있는 자신이 모르는 게 있어 놀라는 표정이었다.

태인의 첫사랑 이름도 수지다. 언젠가 독재자의 딸로 태어나 대통령 임기를 마치지 못하고 감옥에 가는 그 사람을 뉴스로 보면서 태인은 한 사람을 떠올렸다. 자신을 독재자의 딸이라고 말했던 한수지라는 여자를.

사람들과 얽힌 인연 대부분은 예정 없이 만나고 예정 없이 헤어진다. 인간관계 대부분은 이런 인연의 반복이다. 누군가는 그런 인연에 거스를 수 없는 운명이니 숙명이니, 하며 거창한 가치를 부여하지만 얼마 지나지 않아 그렇게 대단하다고 치켜세운 운명도 스쳐 지나간 바람처럼 기억조차 하지 못한다. 훗날 기억에 남아있는 인연을 손꼽을 때 열 손가락을 다 꼽을 사람이 얼마나 될까.

한수지도 예정에 없이 태인 앞에 나타났다가 예정 없이 훌쩍 사라졌다. 그녀를 처음 만난 것은 고등학생 때 미팅에서다.

고등학교 2학년 1학기 기말고사 마지막 날, 1학년 때 짝꿍이자 이름 영문 이니셜이 'BYC'라는 이유로 별명이 '빤스'인 친구가 시험 시작 전에 태인 옆자리에 슬그머니 앉았다.

"이태인 씨, 시험 끝나고 뭐 하시나?"

"특별한 일 없는데. 왜?"

"다행이다. 오늘 시험 끝나고 미팅 있는데 같이 가자."

"미팅?"

"참, 너 지난 시험에서 몇 등 했지?"

"성적은 왜 물어?"

빤스는 미팅 공동 주선자가 자기 여자친구라고 했다. 태인도 빤스가 인근 여고에 다니는 여자애를 만나는 것은 알고 있었다.

"여자친구가 10등 밖에 있는 애들은 데리고 오지 말래. 자기 친구들 다 공부 잘하는 애들이라고. 수준이 맞아야 한다나? 너 지난 중간고사 몇 등 했어?"

"3등 했지."

당시 한 학급에 60명 남짓 되는 시절 나름 준수한 성적이었고, 태인의 고등학교 성적 중 최고 등수였다.

"오케이, 그럼 됐어. 하여간 저 새끼는 마음에 안 들어. 마마보이 새끼."

욕을 찍어 묻힌 빤스의 검지손가락이 가리킨 곳은 창가 쪽 앞자리였다. 그 자리에서 막바지 시험 준비를 하느라 뭔가를 열심히 중얼거리며 외우고 있는 애는 반에서 1등을 놓치지 않는 친구였다.

"저 새끼 며칠 전에 오케이 해놓고서는 오늘 갑자기 미팅 못한다고 하잖아. 엄마랑 약속이 있다고. 만날 엄마, 엄마. 저 자식 지금도 잘 때 엄마 젖 만지고 잘 거야. 아무튼, 태인이 너 이따

못한다고 하면 안 돼. 알았지?"

빤스는 새끼손가락을 세워 태인 앞에 내밀었다. 태인은 알았다며 자기 새끼손가락을 빤스 손가락에 걸었다.

시험이 끝난 후 미팅 멤버 네 명은 빤스를 따라 시내에 있는 한 빵집으로 향했다. 여자애들 예쁘냐고 묻는 친구에게 빤스는 자기만 믿으라고 으스댔다.

태인 일행이 먼저 빵집에 도착했다. 미팅이 처음이었던 태인은 가게 안에 가득한 빵 냄새를 맡으며 긴장된 마음을 달랬다.

약속한 시각에서 10분 남짓 지났을 때 한 무리 여학생들이 우르르 빵집 안으로 들어왔다. 울긋불긋 화려한 점퍼를 입은 빤스 여자친구가 먼저 들어왔고 이어서 여자 네 명이 줄지어 들어왔다. 빤스 여자친구 옷이 워낙 튀는 탓에 다른 네 명의 옷차림은 수수해 보였다. 하지만 다들 입고 있는 브랜드는 꽤 비싼 유명 브랜드였다.

태인은 학창 시절 단 한 번도 교복을 입은 적이 없다. 교복을 입지 않은 유일한 세대다. 그 세대들에게는 당시 유행처럼 번진 유명 브랜드 청바지와 티셔츠, 점퍼가 교복을 대신했다. 다들 유행하는 브랜드 옷을 입으려고 기를 쓰며 용돈을 모았다. 태인은 그 정도는 아니었다. 태인이 선택한 유행에 동참하는 방법은 짝퉁이었기에.

주선자인 빤스와 그의 여자친구는 심판처럼 가운데 앉았고, 미팅 참가자인 남학생들과 여학생들은 탁자를 사이에 두고 마주 보고 앉았다. 맞은편에 앉은 상대를 둘러보는 눈동자가 양쪽 진영에서 빠르게 움직였다. 탐색 결과는 제각각 달랐을 것이다. 누군가는 실망했을 테고, 다른 누군가는 나름 괜찮다고 만족했을 것이다. 태인은 후자 쪽이었다.

"남자팀부터 자기소개하고 나서 여자팀 소개하자. 불만 없지? 자, 좀 웃으면서 하자고. 여기 싸움하러 온 거 아니잖아. 다들 시험을 망쳤나?"

주선자인 빤스 여자친구가 어색한 분위기를 바꾸려고 애쓰며 진행했다. 남자들이 먼저 자기소개를 했고 여자들이 이어서 자기소개를 했다.

그때 태인 앞에 앉은 여자가 한수지였다. 자기소개 할 때 이름이 수지라는 말에 태인은 오랜만에 들은 친숙한 이름에 그녀에게 관심이 확 쏠렸다. 한수지는 자신 앞에 앉은 남자 넷을 쓱 훑어본 후 마지막으로 자기 앞에 앉아있는 태인을 미술 작품을 감상하는 눈빛으로 바라보았다. 태인이 느낀 한수지 첫인상은 예쁘지만 다소 차갑고 당당한 느낌이었다. 남자들을 바라보는 표정에서는 얕잡아보는 듯한 거만함도 느껴졌다. 솔직히 이름이 수지가 아니었다면 관심이 가지 않을 여자였다. 태인은 한수지 옆에 앉은 여자애가 더 마음에 들었다. 한수지는 2지망 정도였다.

자기소개가 끝난 후 여자애들 학교도 오늘 시험이 끝났다면서 시험 잘 보았냐며 남자애들에게 물었다. 시험 이야기를 시작으로 이런저런 이야기를 주고받았다. 당시 인기 있는 연예인 이야기가 절반 이상이었고, 성격 이상한 선생님 흉을 보기도 했다. 고향이 지방인 아이들은 자기 고향 이야기를 하며 공통점을 찾으려고 애를 썼다. 고등학생으로 단연 최고 관심은 대학 입시였지만 그것과 조금이라도 얽힌 이야기는 거의 하지 않았다. 이런 자리에서조차 그런 이야기로 머리가 아프고 싶지 않은 마음은 다들 갖고 있었나 보다.

미팅 경험이 많은 빤스와 그의 여자친구가 넉살스레 분위기를 이끌어간 덕분에 화기애애한 시간은 이어졌다.

"우리 이제 파트너 정하고 끝내는 거 어때?"

시간이 40여 분 흘렀을 때 한수지가 빤스를 보며 물었다.

"벌써? 오, 우리 수지 성격 화끈하시네. 마음에 드는 남자가 있는 건가?"

빤스가 능글맞은 표정으로 한수지를 바라보며 말을 받았다. 한수지는 "오래 앉아있어 봐야 별거 없잖아. 빨리 파트너 정하고 끝내자. 미팅 목적이 그거 아냐?"라고 시큰둥한 표정으로 말했다.

"좋아. 파트너는 어떻게 정하지? 각자 소지품을……."

"지금이 자유당 시대니. 촌스럽게 무슨 소지품."

빤스의 말을 끊은 한수지가 다시 말을 이었다.

"깔끔하게 마음에 드는 사람 손가락으로 지목하는 거로 하자."

한수지는 말끝에 태인을 보며 싱긋 미소를 지었다. 태인은 그 미소가 너, 나를 찍어라, 하는 의미의 미소처럼 느껴졌다. 한수지와 옆에 있는 여자애 중에서 누구로 할까, 하는 태인의 고민은 한수지 미소로 결정이 났다.

"자, 준비하시고, 하나, 둘, 셋, 쏘세요!"

빤스의 말이 끝남과 동시에 태인과 한수지의 손가락은 서로를 가리켰고 나머지는 모두 엇갈렸다. 한수지를 향한 손가락은 태인 외에 다른 한 명이 더 있었다. 한수지는 남자 절반인 2표 정도는 만족한다는 듯 흡족한 표정으로 주위를 휙 둘러본 후 입을 열었다.

"이제 됐지? 우리는 그만 나갈게."

한수지는 이렇게 말하며 가방을 들고 자리에서 일어난 후 태인을 내려보았다.

"이태인, 뭐해? 안 일어나?"

한수지 말에 태인은 어, 어 하며 허둥지둥 가방을 챙겨 자리에서 일어났다. 한수지가 가게를 먼저 나갔고, 태인은 왕비의 종처럼 그녀 뒤를 따라 나갔다. 빵집을 나가는 태인 등 뒤에서 오, 하는 친구들의 부러워하는 탄성이 들렸다.

"지루해 죽는 줄 알았네. 나 이런 거 처음인데, 너는?"

태인이 밖으로 나오자마자 한수지가 물었다. 태인도 그렇다고 말했다.

"이제 어디 가지?"

태인은 멋쩍은 얼굴로 한수지를 보며 물었다. 서로를 지목해 커플이 되기는 했지만, 만난 지 겨우 한 시간도 안 된 사이였다. 태인은 여전히 어색했고 말을 건네는 것도 서먹했다.

"뭘 어디가, 각자 집으로 가야지. 왜, 더하고 싶은 거 있어?"

한수지 말에 태인은 어안이 벙벙해진 표정으로 그녀를 쳐다보았다. 건방지다 못해 못돼 먹은 계집애라는 생각을 할 때 한수지가 웃음을 터뜨리며 입을 열었다.

"집으로 가기 싫은가 보네?"

"아니, 뭐… 네가 그렇게 하고 싶으면 그렇게 하고."

거침없는 한수지 말에 마음이 상한 태인은 퉁명스럽게 말했다. 사실, 기대 없이 나온 자리였다. 시험 끝난 후 애들과 잠깐 놀자는 가벼운 마음으로 나온 자리였기에 바로 집으로 가는 것도 나쁘지 않다고 생각했다. 여자와 데이트해 본 경험도 없어 남자가 리드해야 한다는 강박관념에 이제부터 어떻게 해야 하나, 하는 생각에 머리가 복잡하기도 했다.

"농담이야. 이렇게 만난 것도 인연인데 바로 헤어지는 건 예의가 아니지. 영화 보러 갈래?"

한수지는 보고 싶은 영화가 있다면서 자기가 영화표 살 테니까 같이 가자고 했다. 두 사람은 시내 중심에 있는 영화관으로 향했다.

영화가 끝난 후 밖으로 나왔을 때는 저녁 먹을 시간이었다. 날이 길어진 탓에 밖은 여전히 환했다.

"네가 영화 보여줬으니까, 저녁은 내가 살게."

태인의 말에 한수지는 근처에 자주 가는 분식집이 있다며 그곳으로 태인을 데리고 갔다. 한수지가 가게 안으로 들어가자 분식집 주인아줌마와 잘 아는 사이인지 두 사람은 반갑게 인사를 주고받았다.

음식이 나오기 전 한수지는 영화 지루했지? 라고 물었다. 태인의 대답을 대충 짐작한 표정이었다. 태인은 영화를 보는 내내 왜 저런 영화가 보고 싶었는지 이해가 되지 않을 정도로 영화는 지루하기 짝이 없었다. 영화를 보는 중간 하품도 수차례나 했고, 밀려오는 졸음을 쫓아내느라 깜작깜작 눈가물을 치며 빨리 영화가 끝나기만을 기다렸다.

한수지는 김밥 하나를 입에 넣고 오물거리며 말을 건넸다.

"태인이 너도 매번 총질이나 하고 때려 부수는 영화만 보지 말고 가끔 저런 영화도 보고 그래. 영화뿐 아니라 다양한 경험이 다양한 생각을 만드는 거거든. 그래야 생각이 어느 한쪽으로 치우치지 않아. 인간의 갈등과 불행은 하나에 매몰되어 집착하며 생기는 거 같지 않아? 사상, 이념, 종교 그리고 사랑도."

"넌 그런 거 어디서 배워?"

또래들보다 생각이 깊은 한수지의 말에 감탄한 태인이 물었다.

"뭐, 책도 보고… 는 아니고. 사실은 내 위로 오빠 두 명이 있는데 오빠들이 하는 말 주워들은 거야. 나보다 훨씬 똑똑하거든."

한수지는 음식을 먹으며 영화와 관련된 이야기를 쉼 없이 계속했다. 그녀는 영화에 대한 지식이 상당했다. 방금 본 영화를 만든 할리우드 감독과 주연 배우들 프로필, 감독의 작품 성향과 이전 작품까지 줄줄이 읊었다. 그런 쪽으로 문외한인 태인이 보기에 한수지는 여느 영화평론가 못지않게 박식하게 보였다. 쌓였던 한풀이를 하는 듯 한수지는 처음 만난 태인에게 영화 지식의 부스러기까지 풀어놓았다. 그렇게 한수지와의 첫 만남은 끝났다.

다음 주 월요일, 태인은 점심시간에 빤스와 도시락을 같이 먹었다.

"미팅 끝나고 재미있는 시간 보낸 거야?"

태인 옆자리에 앉은 빤스가 능글거리는 웃음을 지으며 물었다.

"영화 보고 분식집에서 밥 먹은 게 다야."

"내 여자친구가 그러는데 한수지 걔 집안 장난 아니더라."

빤스 입에서 나온 한수지 집안의 실체는 와, 하는 감탄사가 나올 정도로 대단했다. 주변에서 쉽게 볼 수 없는 상류층이었다. 아버지는 법과대학 교수, 어머니는 산부인과 의사, 큰오빠는 사법연수원 수료를 앞두고 있고, 작은오빠는 의대생이라고 했다.

"태인이 너, 걔 감당할 수 있겠냐?"

"감당? 내가 걔랑 사귀는 것도 아니고, 설령 사귄다고 해도 지금 그게 무슨 상관인데."

말은 이렇게 했지만, 빤스 말을 들은 후 한수지에게 거리감이 생기는 것은 사실이었다. 미팅에서 본 그녀의 거만한 표정과 자세, 그토록 당당한 이유를 알 것 같았다. 무너지지 않는 높은 성에서 살고 있는 것 같은 공주. 그럼 난 공주를 시중드는 머슴인가.

한수지와는 가끔 연락을 주고받으며 만났다. 전화는 일요일 오전에 한수지가 했다. 그 전화로 만날 날짜와 시간을 정했다. 한 달에 한두 번 정도 볼까 말까 하는 만남이라서 태인은 그녀와 약속을 정한 날이 다가오면 전날 소풍을 앞둔 초등학생처럼 들뜨고 설렜다. 이유는 없었다. 재수 없는 거만함과 당당한 그녀가 좋았다는 것밖에.

그 당시 고등학생들은 갈 곳이 마땅히 없던 터라 데이트 장소는 늘 영화관이었다. 영화를 본 후 뒤풀이는 커피숍이나 분식집이었다. 대화도 방금 본 영화와 주말에 텔레비전에서 본 영화가 대화의 주요 소재였다.

한수지는 영화 이야기를 할 때 세상에서 가장 행복한 얼굴이었다. 지겨우니까 그만해, 라고 말하는 게 미안할 정도였다. 태인은 싫은 내색하지 않고 한수지가 하는 말을 경청했다.

"내가 영화 얘기하는 거 재미없지?"

한수지 말에 태인은 "아니야, 계속해. 재미있어"라고 말했다. 좋아하는 것을 하지 못하게 하는 것만큼 매정한 것은 없으니까.

한수지를 만나지 않았다면 아마 영영 몰랐을 단어를 그녀 덕분에 알게 되었다. 두 사람이 태어나기 한참 전에 개봉한 문제적 한국 영화부터 누벨바그, 에이젠슈타인, 전함 포템킨, 뤼미에르 형제 등등.

"너 영화 쪽에서 일하고 싶어?"

태인이 커피를 마시며 물었다.

"그러고 싶은데 부모님, 특히 아빠 반대가 심해서 힘들 거 같아. 아빠는 법대 아니면 의대 둘 중 하나거든."

한수지는 고등학교 1학년 때 아버지에게 영화를 공부하고 싶다는 말을 꺼냈다가 눈물 쏙 빠지게 혼쭐이 났다고 했다.

"넌 뭐 좋아해?"

한수지 물음에 태인은 무엇을 좋아하는지 잘 모르겠다고 얼버무렸다. 사실 이것은 태인의 오랜 고민이었다. 나는 무엇을 좋아하고 어른이 되었을 때 무슨 일을 할까, 풀리지 않는 수학 문제처럼 어떻게 접근해야 할지 몰라 머리만 지끈거렸다.

어렸을 때는 '장래 희망' 칸에 막연하게 과학자라고 적었지만, 머리가 커질수록 과학은 자신과는 너무 먼 분야였다. 그렇다고 가깝게 느끼는 분야도 없었다. 수학은 늘 머리를 아프게 했고, 밑줄 긋고 달달 외워야 하는 역사와 문학, 영어도 뇌에 만성피로를 주는 골칫거리일 뿐이었다. 그림을 조금 그리기는 했지만, 예체능을 하기에는 이미 늦었다. 한마디로 총체적 난국이었다.

고등학교 3학년이 된 후 한수지와 만남은 급격하게 줄었다. 두 사람 모두 수험 준비에 바빴다. 여름방학도 마찬가지였다. 방학이라고 해도 전혀 보충되지 않는 보충수업 때문에 등교는 평소처럼 이어졌다. 고등학교 3학년에게 방학 때 누리는 늦잠과 게으름은 입시가 끝날 때까지 전당포에 맡긴 상태였다. 시간이 흘러도 변하지 않고 사라지지 않는 유구한 역사이자 지긋지긋하고 끈질긴 전통이다.

여름방학 보충수업이 끝날 무렵 주말을 앞두고 한수지의 전화가 왔다.

"오랜만에 얼굴 상태 확인할까?"

그날이 고등학생 때 마지막으로 한수지를 만난 날이었다. 그날 만나서 한 것은 전과 같았다. 영화 보고 밥 먹고 굿바이.

수험교재를 폈다 덮었다 반복하는 사이 날씨가 쌀쌀해진 계절로 접어들었다. 학력고사가 다가온 것이다. 눈치작전으로 – 사실 딱히 가고 싶은 학과도 없어서 – 선택한 학과에는 태인처럼 살살 눈치 보는 애들이 몰려들었다.

마감 몇 시간 전까지 5대 1이 될까 말까 하던 경쟁률이 인기

경매 물품의 호가가 뛰듯 마감 시간이 가까워지자 경쟁률이 몇 배로 뛰었다. 행운의 신도 소신이 아닌 눈치를 보는 비겁함에 회초리를 들었는지 학력고사 성적도 시원치 않았고, 지원한 학과도 보기 좋게 미끄러졌다. 결국, 고등학교 졸업 후 학생도 아니고 사회인도 아닌 어정쩡한 신분인 재수생이 되었다.

고등학교 졸업 전 빤스를 통해 한수지 상황을 전해 들었다. 여대에 입학한다는 소식을. 태인은 그녀가 본인의 꿈을 접고 아버지 선택을 수용한 것으로 생각했다. 예의상 축하한다는 전화도 하지 않았다. 그렇게 한수지와 인연은 끝났다고 생각했다.

다시 봄이 왔다. 태인은 재수 학원 책상 앞에 앉아 징그럽게 보고 또 보았던 영어와 수학 교재를 다시 펼쳤다. 도시락을 들고 다니기 전 며칠은 학원 근처 분식집에서 간단하게 요기했다. 비좁은 분식집에서 혼자 김밥을 먹고 있는데 "여기 앉아도 되죠?" 하는 여자 목소리에 고개를 들었다. 환하게 웃고 있는 여자, 한수지였다. 한수지는 들고 있는 라면을 탁자에 내려놓으며 태인 앞자리에 앉았다.

"한수지, 너… 대학 합격했잖아."

"합격만 했지, 등록은 안 했어. 너 여기 학원 다니는 거 친구에게 들었어. 빤스 여자친구한테."

한수지는 태인이 등록한 학원과 같았다. 한수지는 문과라서 수업을 받는 층이 달라 그동안 보지 못한 것이다.

한수지는 라면을 먹으며 재수 학원에 오게 된 사연을 풀었다. 모의고사 점수에 맞춰 지원한 여대에 간신히 합격했지만 아버지 반대로 재수하게 된 사연을. 아버지가 원한 것은 서울대와 이화여대 둘 중 하나였다.

"네 아버지도 참 야박하시다. 꼭 그 둘 중의 하나라니."

"그러게. 익숙한 사지선다형이면 좀 좋아. 아빠는 두 곳이 아니면 등록금을 줄 수 없대. 독한 분이시지. 아주 독재자야."

그날 이후 한수지와는 학원 안에서 오가며 만났다. 그게 전부였다. 술을 마시거나 전처럼 영화도 보지 않았다. 그 이유는 한수지가 학원 마칠 시간이면 아버지나 오빠가 타고 있는 차가 학원 앞에서 기다리고 있어서였다. 목줄만 없을 뿐 주인 손에 끌려다니는 강아지와 다를 바가 없었다.

본격적인 여름이 시작되었다. 그날도 평소와 다름없이 학원에서 야간 자율학습을 하고 있었다. 강의실에 선풍기와 에어컨이 팽팽 돌아가고 있었지만, 후텁지근한 날씨를 밀어내기엔 역부족이었다. 공부도 되지 않아 왼손으로 턱을 괴고 삐딱하게 앉아 샤프로 연습장에 그림을 그렸다. 여자 얼굴이었다. 누군가를 특정해서 그린 것은 아니었다. 그냥 아무런 생각 없이 손이 가는 대로 그렸다. 갸름한 얼굴에 쌍꺼풀진 눈, 동그스름한 콧날, 작고 도톰한 입술, 어깨 정도 내려오는 머리칼.

얼굴 전체를 그리고 나니 두 사람 얼굴이 동시에 떠올랐다. 머리와 눈은 한수지 같았고 얼굴형과 코, 입은 정수지 같았다. 의도한 것이 아닌데 그렇게 보이는 게 신기했다.

정수지는 어떻게 지낼까, 대학생이 되었겠지? 갑자기 보고 싶네.

태인은 청춘을 간질간질 유혹하는 - 아찔한 유흥의 독약을 풀어 놓은 듯한 - 네온사인이 흐르는 창밖을 내다보며 수지를 생각했다. 고등학생 때 버스 안에서 보았던 수지 모습이 창밖에서 일렁거렸다. 덩달아 한수지도 생각났다. 이름이 같은 탓에 어쩔 수 없이 따라오는 운명. 두 여자를 생각하는 것만으로도 기분이 좋은지 태인 입가에 미소가 번졌다. 한수지 생각에 창밖을 내다보던 시선을 돌려 강의실 벽에 걸려있는 시계를 보았다. 아빠나 오빠에게 잡혀갔을 시간이 막 지났다.

"야, 뭐해?"

태인은 등 뒤에서 갑자기 들린 목소리에 화들짝 놀랐다. 고개를 돌리자 한수지가 태인 어깨너머로 연습장에 그린 그림을 보고 있었다.

"어머, 이거 누구야? 혹시 나야? 눈과 머리 스타일은 나 같은데… 코랑 입, 얼굴형을 보면 또 내가 아닌 것도 같고."

"그래, 너 아니야. 그냥 심심해서 그린 거야."

야한 잡지를 보다 들킨 것처럼 태인 얼굴이 순간 빨개졌고 말투도 퉁명스러웠다.

"이태인 너, 공부하기 싫지? 나가자. 맥주나 한잔하자고."

"오늘 아빠나 오빠 안 오셔?"

"오늘 독재자께서 세미나 가셨거든. 독재자 눈치 보는 간신 오빠들도 일이 있다고 하고. 나에게는 흔하지 않은 자유시간이야. 시간 없어, 얼른 나가자."

학원 밖으로 나온 두 사람은 편의점에서 산 캔맥주와 간단한 안주를 들고 한강 둔치에 앉아 강을 바라보았다. 시원하게 흐르는 강물을 보니 저 물결에 휩쓸려 어디론가 떠나고 싶은 마음이 절로 들었다.

"아, 좋다!"

맥주를 들이켠 한수지가 트림과 함께 소리쳤다. 얼마나 답답했는지 그녀는 수차례 숨을 깊게 들이마셨다. 몸과 마음이 정화가 된 듯 심호흡을 한 한수지의 표정은 밝았다. 이런 잠깐의 일탈만으로도 숨을 막고 있는 족쇄에서 풀려난 해방감을 느꼈으리라.

불어온 강바람이 한수지의 단발머리를 훑고 지나갔다. 귓바퀴를 타고 넘어간 머리칼 덕분에 그녀의 완전한 옆얼굴이 드러났다. 오똑한 코에서 이어진 도톰한 입술. 태인은 그 입술에 입을 맞추고 싶었다.

"그런데 말이야."

한강을 바라보던 한수지가 태인에게 고개를 돌리며 말했다.

"전에 미팅할 때 왜 나를 찍었어?"

이제 와 뜬금없이 왜 저런 질문을. 그날 네 눈빛에 끌려서, 라고 솔직하게 말하기는 시간이 흘렀어도 쑥스러웠다.

"뭐… 그냥… 네가 제일 나아서 그랬겠지."

태인의 무심한 말에 한수지는 그랬어? 하며 방그레 웃었다. 두 사람은 답답한 현재와, 역시 답답한 가까운 미래 일들을 상상하며 대화를 주고받았다. 뭔가 있을 것도 같고 없을 것도 같은 미래가 당시에는 현재보다 나아 보이지 않았다.

"넌 어떻게 할 거야? 아빠 뜻에 따를 거야?"

태인이 물었다. 한수지에게 가까운 미래 일 중에서 가장 중요한 것이었다.

"뭐… 달리 방법이 없잖아. 일단 독재자 뜻에 따라야지. 쿠데타 할 용기는 없으니까. 아빠 바람대로 하고 난 후 영화 공부하러 미국으로 떠날 거야?"

"미국?"

"어. 대학에 들어간 후 미국으로 유학 가려고."

"아빠가 허락하실까?"

"아빠 허락은 필요 없어. 몰래 갈 거니까. 미국으로 가면 당분간 한국으로 오지는 않을 거야. 어쩌면 평생 안 돌아올 수도 있어."

말하는 한수지의 표정은 단호했지만 그만큼 어두웠다. 이어지는 말투에도 어두운 표정 못지않은 쓸쓸함이 묻어있었다.

"집에 있으면 나만 이방인 같은 기분이 들어."

"이방인?"

"남들이 보기에는 부러운 집안이지. 아빠는 법대 교수, 엄마는 의사, 큰오빠는 검사, 작은오빠는 의대생. 잘난 사람들이 다 모여 있는 집이잖아. 큰오빠는 오래전 아빠에게 납작 엎드렸어. 날 보면 항상 아빠가 하는 말만 되풀이하지. 작은오빠가 그나마 날 챙겨줘. 작은오빠마저 내 편이 아니었다면 정말 힘들었을 거야."

태인은 한수지가 하는 말을 이해는 했지만 온전하게 받아들이지는 못했다. 아마 보통 사람들이 부러워하는 시선으로 여전히 한수지를 보고 있어 그랬을 것이다.

"태인이 너는 무슨 과에 지원할 거야?"

"글쎄, 여전히 잘 모르겠어. 그냥 점수에 맞춰 지원하려고. 특별히 하고 싶은 것도 없고."

태인은 확실하게 하고 싶은 게 있는 한수지가 오히려 부러웠다. 현재야 부모님 뜻에 어쩔 수 없이 무릎 꿇고 있지만, 다시 일어나면 되는 거 아닌가. 하지만 나는 아무 생각 없이 멍청하게 두 팔 벌리고 서 있는 허수아비 같다.

"너 건축하는 거 어때? 보니까 그림도 제법 잘 그리는 거 같은데."

"건축?"

"원래 큰오빠가 건축을 공부하고 싶어 했거든. 오빠가 고등학교 1학년 때 밥 먹는 자리에서 건축은 공학과 예술이 어우러진 학문이라고 하면서 건축을 공부하고 싶다고 했어. 아빠는 그딴 소리는 노가다 십장 앞에서나 하라면서 단번에 일축하셨지. 아빠 목표는 두 오빠는 검사와 의사, 나는 판사나 변호사 만드는 거야. 두 목표는 완벽하게 성공했는데 내가 문제지."

"나는 네가 부럽다. 넌 하고 싶은 게 있으니까."

"그래? 어쩌면 하고 싶은 걸 못 하는 게 더 슬픈 건지도 몰라."

태인은 한수지의 말에 고개를 주억거렸다. 한수지는 새 캔을 따서 들이켰다. 맥주를 마시는 한수지 시선은 멀리 보이는 한강대교에 고정되어 있었다.

"사람이 300년 이상 산다면 어떨까?"

한수지가 태인 쪽으로 고개를 돌리며 물었다.

"글쎄, 좋기만 할 거 같지는 않은데. 늘어난 수명만큼 욕망도 비례, 아니 그 이상 커지지 않을까? 그럼, 세상이 지금보다 훨씬 혼탁하겠지.”

“그렇겠다. 태인이 넌 어때? 오래 살고 싶어?”

“뭐, 평균 수명 정도만 살면 될 거 같은데. 넌 오래 살고 싶어?”

“얼마나 사느냐보다 어떻게 사느냐가 중요한 게 아닐까? 사실…….”

잠시 뜸을 들인 한수지가 다시 말을 이었다.

“저기 한강 다리…….”

태인은 한수지가 손가락으로 가리킨 한강 대교로 고개를 돌렸다. 두 사람 눈에는 다리 위에 전조등을 켜고 달리는 수많은 차들이 마치 다른 세상을 향해 달리는 것처럼 보였다.

“나 사실, 고등학교 2학년 봄에 저기 간 적 있어. 뛰어내리려고. 지금도 가끔 저 다리에 서 있을 때 느낌이 떠올라.”

한수지 말에 놀란 태인은 마시려고 든 캔을 다시 내려놓았다.

“뭐? 자살하려고 했다고?”

한수지는 추억의 장소를 바라보듯 한강 대교를 물끄러미 바라보았다. 그녀 말이 태인에게는 충격이었다. 부잣집에서 태어나 아무런 걱정 없이 자랐을 그녀가 스스로 삶을 포기하려고 했다니. 물론 엄한 아버지 때문에 답답하기는 하겠지만 그렇다고 자살까지 생각했을 줄은 몰랐다. 저렇게 씩씩하고 당당한 애가.

한강 대교를 바라보던 한수지가 태인에게 고개를 돌렸다. 쌍꺼풀진 한수지 눈의 까만빛 눈동자에 태인 등 뒤에 서 있는 가로등 불빛이 스며들어 반짝였다. 서로 다른 감정을 담고 있는 두 사람의 눈빛, 태인의 측은한 눈빛이 지난 추억에 젖은 한수지의 아련한 눈빛을 감싸려는 듯 가까이 다가갔다.

한수지 눈에 담겨 있는 가로등 불빛이 사라지고 태인의 고개는 살짝 기울어지며 두 사람 입술이 포개졌다. 첫 키스 순간, 살짝 벌어진 입술 사이에서 슬그머니 나온 두 사람 혀가 엉키고 풀리기를 몇 차례 반복했다. 본능에 내재 된, 욕망에 충실한 혀의 운동능력은 처음임에도 제대로 활약했다.

태인은 눈을 감은 채 한수지의 부드러운 입술과 맥주 끝맛이 남아있는 입안 향기를 느꼈다. 그 느낌은 욕정이라기에는 거창하고, 사랑을 갈구하는 어설픈 작은 몸부림 정도였다. 짧은 시간 동안 뜨거웠던 입술이 떨어졌다. 살짝 벌어진 두 사람 입에서는 아쉬운 숨소리가 작게 흘러나왔다.

태인의 몸은 그 이상을 원하고 있었지만 차마 말로 나오지 않았다. 하지만 표정과 눈에는 그것이 분출하고 있었으리라. 그것을 눈치챈 한수지가 크게 웃으며 선수를 쳤다.

"오늘은 여기까지야. 그 이상은 다음에 봐서."

태인은 다음이 언제일까, 그런 날이 올까, 하는 얼굴로 한수지를 바라보았을 것이고, 한수지는 넘지 말라고 자신이 그은 선을 태인이 슬쩍 넘어오기를 바랐을지도 모른다. 그날 두 사람 표정은 좋아하는 감정을 드러내고 싶어 하는, 또 감추고 싶어 하는 애매한 경계에서 균형을 잡으려고 줄타기하는 그런 표정이었다.

태인은 다음이 언제냐고, 지금은 왜 안 되냐고 묻고 싶었지만 구걸하는 동냥아치 같아 입을 다물었다.

집으로 가기 위해 두 사람은 나란히 걸으며 전철역으로 향했다. 한수지는 슬그머니 태인의 팔짱을 꼈다. 태인은 한수지가 한강 다리에 서 있을 때 기분이 궁금해 물었다.

"그 다리에 서 있을 때 기분이 어땠어?"

"당연히 무서웠지. 그런데 그날 내가 주저한 것은 뛰어내리는 무서움 때문은 아니었어. 막상 뛰어내리려고 하니까 너무 억울하더라고. 가슴 벅찬 사랑의 추억 하나 없는 게. 그래서 그런 경험 한두 번쯤 하고 나중에 다시 오자, 하고 마음을 접고 집으로 돌아갔지."

태인은 한수지가 한 말이 황당하면서도 그녀답다는 생각에 미소가 번졌다.

"난 첫 키스인데. 너는?"

자신처럼 처음인 걸 확인하고 싶었는지 한수지가 물었다. 태인은 자신도 그렇다고 말했다. 상상 속에서만 혀를 굴렸지 실제는 처음이었다.

"좋기는 한데 뭔가 대단한 게 있을 거라는 상상과는 다르네."

태인도 한수지가 말한 것과 다르지 않았다. 영화 속 키스 장면이 만든 환상에 속은 시간이 아까울 정도였다.

"내가 퀴즈 하나 낼까?"

전철역 건물 안으로 들어가기 직전 한수지가 태인과 끼고 있던 팔짱을 풀며 물었다.

"퀴즈? 무슨 퀴즈?"

"한 사람과 두 번 헤어지고 세 번째 다시 만나 사랑했다면 그건 한 번의 사랑일까 아니면 세 번의 사랑일까?"

태인은 잠시 생각하다 "한 사람이랑 한 거니까 한 번의 사랑 아니야?"라고 대답했다.

"아니, 세 번의 사랑이야."

한수지는 그 이유를 바로 이어서 설명했다.

"사람은 변하잖아. 특히 사랑한 연인과의 이별은 사람을 더 성숙하게 만들지. 다시 만날 때마다 두 사람은 조금이라도 변했을 거야. 즉, 이전과는 조금이라도 다른 사람이 되었다는 거지. 그래서 세 번의 사랑이라는 거야."

고개가 절로 끄덕여지지는 않았지만 논리적 결함은 없었다. 한수지의 사랑학 개론은 계속 이어졌다. 그녀가 다시 질문을 던졌다.

"왜 사람들은 사랑 때문에 행복해하면서도 힘들어하고 증오하고 그럴까? 그걸 이미 여러 번 경험으로 알면서도 말이야."

"글쎄, 나는 그런 거 생각해 본 적이 없는데. 왜 그런데?"

"그렇지 않으면 인간들은 아무런 추억을 만들지 못해서 그럴 거야. 사랑은 그런 과정을 통해야만 기억되는 희한한 단어거든. 그래서……."

한수지는 말을 마치기 전 매표 창구에서 산 전철 승차권 한 장을 태인에게 건넸다. 태인은 승차권을 건네받으며 '그래서' 뒤에 이어질 한수지의 말을 기다렸다.

"그래서… 내가 이태인 너에게 마법을 걸었어. 좀 전에 키스할 때."

"마법? 무슨 마법?"

"비밀이야. 나중에 기회가 되면 알려줄게."

"야, 너는 사람 궁금해 말려 죽이려고 하냐. 무슨 마법인지 빨리 말해!"

한수지는 태인이 오를 반대편 승강장 계단으로 뛰어가며 다시 한번 나중에 알려준다고 소리친 후 계단을 올랐다.

그날이 학원 밖에서 한수지를 만난 유일한 하루였다.

12월까지 눌러앉을 것만 같던 푹푹 찌는 여름이 지나고, 겨울에 눈치 보고 있던 낙엽이 떨어진 후 다시 학력고사라는 서늘한 전투가 기다리는 계절이 왔다. 시험만 끝나면 손때가 묻은, 하지만 전혀 정이 들지 않은 참고서를 전부 불사르겠노라 다짐하며 학력고사를 치렀다.

태인은 건축과에 합격했고, 한수지는 아버지가 원하는 여대에 합격했다. 한수지가 먼저 축하 전화를 했다. 태인도 축하를 건넸지만 고맙다고 말하는 한수지는 그다지 기뻐하는 반응이 아니었다.

재수생 딱지를 떼고 본격적인 연애의 시간으로 들어갈 수 있었지만, 태인도, 한수지도 서로에게 먼저 다가가지 않았다. 태인은 더 그랬다. 태인에게 한수지는 가까이 다가가기에 부담되는 여자였다. 집안 배경 때문이 아니라 그녀 자체가 태인이 품기에는 버거운 대상이었다. 꿈과 이상이 큰 그녀를 태인은 감당할 포용력도 용기도 없었다.

태인은 한수지가 본인이 원하는 영화감독이 되길 진심으로 바랐지만 몇 해가 지나 날아온 소식은 그녀가 갑자기 세상을 떴다는 부고였다. 태인이 군 전역한 지 오래 지나지 않은, 한수지가 한국으로 돌아오지 않겠다는 선언을 하고 미국으로 떠난 지 불과 몇 년이 지나지 않은 때였다.

그녀가 말한 마법은 정말 마법처럼 숨어버려 알 수 없게 되었다. 한수지가 내게 걸었다는 마법은 무엇일까.

그 마법이 뭘까 궁금하긴 하네.

태인의 이야기를 들은 인규가 웃으며 말했다. 비웃음은 아니었다. 인규도 태인의 이야기를 듣는 중간 예전 추억이 생각난 듯한 표정을 짓기도 했다.

"인규 너는 나보다 연애 경험이 많지?"

"많기는 무슨… 뭐… 태인이 네가 순수한 버전이라면 나는 에로틱 버전이라는 게 차이지."

농담하며 웃은 인규 얼굴이 금세 칙칙하게 바뀌었다. 흙탕물 같은 얼룩을 얼굴에 붓칠한 것 같은 얼굴이었다. 비슷한 추억이 인규에게도 있을 것이다. 아름답든 그렇지 않든 그 시간에서 멀어질수록 추억은 곱씹을 때마다 아련해서 눈물겹다. 그 안에 변하지 않고 머물러 있는 자신과 또 다른 그 누구 때문에.

저 사람은 누구지?

사전 장례식 첫 손님은 초대장을 보내지 않은 의외의 인물이었다. 초대장에 공지한 사전 장례식은 금요일 저녁부터 일요일 저녁까지. 초대받은 손님이 아니라서 그 시간을 피해 온 듯 첫 손님은 금요일 오전 11시 즈음에 왔다.

초인종 소리에 침대에서 일어나 거실로 나온 태인은 현관을 비추는 화면을 들여다보았다.

검은색 뿔테 안경 쓴 남자가 문이 열리길 기다리며 대문 앞에서 서성이고 있었다. 태인은 바로 누군지 알지 못했다. 누굴까, 하며 고개를 갸웃거리던 태인의 기억에 까맣게 잊고 있던 한 남자가 불쑥 얼굴을 내밀었다.

그는 전혀 예상하지 않은 – 초대장 보낼 사람을 추릴 때도 떠오르지 않은 – 사람으로 태인이 잊고 있던 대학 동기였다. 그는 태인이 군 입대 전 조각상을 만들 때 도와준 주호였다.

태인은 군 입대 후 주호와 연락이 끊어졌다. 태인이 복학했을 때 주호는 해외 연수인지 뭔지 갔다는 말을 들었고, 이후 들은 소식은 주호가 게임 회사 개발자로 참여, 주주가 되어 주식이 오르면서 엄청난 돈을 벌었다는 것이었다. 그야말로 주식 대박을 팡팡 터트린 것이다. 주호를 알고 있는 모두가 부러워했다. 상상만으로도 기분이 좋은 엄청난 부를 한방에 손에 쥐었으니 자본주의 세상에서 단연 최고의 선망 대상이었다.

저 친구가 어떻게 알고…….

현관문을 열고 들어온 주호의 옷차림은 학창 시절과 크게 다르지 않았다. 청바지에 티셔츠의 수수한 옷차림이었고, 숱이 성글어진 머리는 대강 만진 듯 부스스했다.

태인은 놀란 얼굴로 어떻게 알고 왔느냐고 물었다. 주호는 대학 시절 동아리 동기에게 들었다고 했다. 그가 말한 동기도 아마 또 다른 동기나 선후배에게 들었을 것이다. 때 이른 죽음을 앞둔 사람의 이야기는 화제성이 있을 테니 입을 타고 빠르게 소문났을 것이다. 게다가 사전 장례식이라는 이상한 의식을 한다고 하니 소문은 더 빨리 퍼졌을지 모른다.

"사전 장례식 한다는 말 듣고 왔어. 초대장이 없으면 못 오는 건가?"

"아, 아니야. 의외라서."

"사전 장례식이라는 게 처음이라 어떻게 옷을 입어야 하는지 모르겠더라. 아직 살아있는데 진짜 장례식처럼 옷을 입는 것도 그렇고."

거실에 서 있는 주호는 손에 들고 있는 과일바구니를 주방 식탁 위에 내려놓으며 집안을 휙 둘러본 후 태인을 쳐다보았다.

"초대한 손님도 아닌데 이렇게 불쑥 찾아와서 미안하다."

"아니야, 나야 고맙지. 오랜만에 얼굴 보니까 반갑다. 출장뷔페 신청했는데 오후에 온다고 해서 지금 대접할 게 마땅히 없네. 커피라도 줄까?"

"괜찮아, 잠깐 네 얼굴 보려고 온 거니까. 금방 갈 거야."

"그래, 그럼 방으로 들어갈까?"

두 사람은 태인의 침대가 있는 방으로 들어갔다. 태인은 침대
에 올라 기대앉았고, 주호는 침대 옆에 있는 의자에 앉았다. 오
랜만에 봐서 그런지 두 사람은 데면데면했다.

너는 이 동아리에 왜 들어온 거야?

태인이 주호를 처음 만났을 때 한 질문이다. 주호의 전공은 컴
퓨터공학. 전공이 다른 두 사람은 등산 동아리에서 알게 된 사이
다. 태인은 동아리 가입 시즌에 신입회원을 모집하는 책상 앞을
우연히 지나가다 과 선배에게 붙잡혀 가입했다. 의미 없이 가입해
큰 애정이 없었던 터라 동아리 활동을 활발하게 하지 않았다. 군
입대 전까지 산을 두 번 타고 모임에 몇 번 참여한 게 전부였다.
　동아리 신입생 환영 모임에서 처음 만난 태인과 주호는 서로
옆에 앉은 인연으로 금세 말을 놓았다. 주호 역시 태인처럼 선배
에게 강제로 끌려가 어쩔 수 없이 가입했다고 실토했다. 그날 태
인이 주호와 대화하며 느낀 첫인상은 착하기는 하지만 어딘가
집요함이 느껴지는 그런 인상이었다.
　두꺼운 안경에 벽돌 두께 정도 되는 컴퓨터 프로그래밍 책을
끼고 다니는 주호와는 동아리 활동에 활발하지 않아서 친해질
기회가 거의 없었다. 가까워진 계기는 여자였다. 태인이 수지와
만나고 있을 때 당시 주호도 좋아하는 여자가 있었다.
　정확하게 언제인지는 모르겠다. 태인이 군 입대 전이었으니 2

학년 여름방학 전이었을 것이다. 지나가는 길에 들른 동아리 방에는 주호 혼자 있었다. 의자를 탁자에 바짝 붙이고 앉아서 뭔가를 열심히 만지고 있었다. 얼마나 몰두하고 있는지 태인이 들어오는 것도, 뭐하냐고 묻는 것도 주호는 눈치채지 못했다.

"어? 여기 무슨 일로."

태인이 주호 어깨에 손을 올리자 그제야 주호는 고개를 들며 아는 척했다. 그는 조각칼을 쥐고 주먹만 한 나무에 조각을 하고 있었다. 태인은 맞은편에 앉으며 "뭘 조각하는 거야?"라고 물었다.

"행운의 여신 티케."

주호는 목과 어깨가 뻐근한지 조각칼을 탁자 위에 놓고 양손을 털며 고개를 좌우로 돌렸다. 태인은 탁자 위에 놓여있는 조각상을 바라보았다. 여신 모습을 거의 드러낸 조각상이 제법 근사했다.

"솜씨가 제법인데. 컴퓨터 도사가 별 걸 다하네. 그런데 이걸 왜 만드는 거야, 취미 생활?"

태인의 질문에 주호는 안경을 매만진 후 머쓱한 미소를 지으며 입을 열었다.

"내가 일 년 넘게 따라다니는 여자가 있거든. 그 여자에게 고백할 때 주려고 만드는 거야."

컴퓨터만 붙잡고 사는 샌님인 줄 알았는데 의외였다. 태인은 차오른 호기심을 입 밖으로 꺼냈다. 그 여자의 정체부터, 어떻게 만났는지, 언제 고백할 건지 등등 연이어 질문을 던졌다.

주호는 다른 학교에 다니는 여자인데 친구 소개로 만났고 가끔 만나는 사이라고 했다. 그러다 최근 고백하기로 마음을 먹은 후 이벤트로 무엇을 할까, 생각하다 조각상을 만들게 되었다고 쑥 스러운 표정으로 말했다.

태인이 탁자 위에 놓여있는 조각상을 집으려고 하자 주호는 놀란 듯 두 손을 내밀며 조심하라고 소리쳤다.

"왕관 부분은 만지지 마. 왕관 뾰족한 부분 거기가 잘 부러지 거든."

주호의 호들갑에 놀란 태인은 귀중한 고대 유물 대하듯 조심스레 조각상을 집었다. 조각상은 거의 완성된 상태로 까칠한 면을 매만지고 니스 칠을 하면 끝나는 단계였다. 이렇게 정성이 들어간 선물을 받는다면 누구라도 감동할 것 같다는 생각이 들었다.

"그런데 티케가 이렇게 생겼어?"

"티케 모습은 그리스 신화 책에 있는 사진을 참고한 거야. 조 각상에 티케라고 새기면 티케인 거고, 비너스라고 새기면 비너스인 거지. 그게 뭐 중요한가. 내가 만든 게 중요하고 이걸 만든 의미가 중요한 거지. 다른 사람이 보기에는 별 볼 일 없는 나무 조각이겠지만, 이 나무에 사연과 의미를 부여하면 그 순간 예술 작품이 되는 거 아니겠어."

태인이 들고 있는 조각상을 보며 말하는 주호는 자신이 좋아하는 그 여자를 생각했는지 입가에 옅은 미소가 번졌다. 고백에 성공한 기쁨이 번들거리는 미소였다.

"나도 하나 만들까."

태인의 말에 주호가 줄 사람이 있냐고 물었다. 태인 역시 좋아하는 여자가 있다면서 군에 가기 전 기념이 될 만한 것을 주고 싶다고 했다.

"나무토막 남은 게 하나 있는데 네가 쓸래? 내가 도와줄게. 초보자는 힘들 거야."

주호는 옆 의자에 놓여있는 가방에서 꺼낸 검은색 봉지에서 나무토막 하나를 꺼냈다. 주호가 만든 조각상 크기였다.

"미대 다니는 친구에게 구한 거야. 고등학교 동창인데 나는 고등학교 때부터 그 친구에게 배웠어. 생각이 많고 머리가 복잡할 때 하면 정신 집중하는 데 도움이 되거든."

"주호 네가 도와준다면 나야 고맙지."

"조건이 있어. 세상에 공짜는 없지."

"어떤 조건?"

"이거 마무리할 때까지 네가 세 번 술 사라. 그거면 돼. 걱정하지 마, 비싼 거 사라는 건 아니니까. 학교 근처 술집이면 돼."

태인은 흔쾌히 주호의 제안을 받아들였다.

"좋아. 그럼, 일주일에 한 번, 음… 수요일 어때? 보니까 수요일에 동아리 방에 아무도 안 오더라고. 여기서 보자."

그렇게 태인과 주호는 일주일에 한 번 동아리 방에서 만나 조각상을 만들었다. 사실 태인은 주호의 잔심부름 하며 거들어 주는 정도였지 조각상은 주호가 다 만들었다. 초보인 태인이 쉽게 도전할 일은 아니었다. 조각칼로 나무를 파내는 일이 보기처럼 쉽지 않았다. 까딱 잘못했다가는 손 여기저기에 상처가 나기 십상이었다.

같은 조각상을 두 번째 만드는 작업이라 주호는 조각상을 손쉽게 뚝딱 만들었다.

"왕관 부분이 약하니까 그 부분을 조심해. 선물하기 전까지 관리 잘해야 한다."

조각상이 앉아있는 단상 바닥에 '행운의 여신 티케를 너에게'라는 문구와 함께 태인과 수지의 영문 이니셜을 인두로 새기며 작업은 끝났다. 문구와 이름 이니셜을 새기는 것만큼은 태인이 했다. 대단한 인장을 새기는 것처럼 인두를 들고 있는 손이 떨렸다.

여름방학 전 태인은 고생한 주호를 고깃집으로 데리고 가서 술을 샀다. 그 전에 사려고 했는데 주호가 시간이 없다며 그날 한 번으로 퉁 치자고 했다. 주호는 수더분한 외모와 달리 술을 잘 마셨다. 소주 서너 병 정도는 가볍게 해치웠다. 집안 내력이라고 하면서 할아버지가 간암으로 돌아가셨고, 아버지도 간이 좋지 않아 얼마 전에 수술했다며 남 이야기하듯 웃었다.

"주호 네가 도와줘서 정말 고맙다. 귀찮았을 텐데 왜 선뜻 내 조각상을 만들어 준 거야?"

태인은 주호의 빈 잔을 채우며 물었다. 동아리 방에서 땀 뻘뻘 흘리며 조각상을 만드는 주호를 보며 고마웠고 한편으로는 미안했다.

"글쎄, 내가 그리 이타적인 사람은 아니거든. 그럼에도 너를 도와주고 싶었던 건 너도 지금 하는 사랑이 잘 되길 바라는 마음 때문이었겠지. 이기적인 내게 그런 마음이 생긴 건 아마도 사랑의 힘일 테고."

주호는 건배하자고 하면서 태인에게 술잔을 내밀었다.

"그 여자에게 언제 고백할 거야?"

태인이 주호 술잔에 자기 잔을 부딪치며 물었다.

"벌써 했어. 며칠 전에."

"그래? 어떻게 됐어?"

"사귀기로 했지."

"자식, 성공했네. 티케 조각상이 정말 행운을 가져다준 건가."

태인의 말에 주호는 그럴지도… 라고 말하며 웃었다. 그날이 주호와 마지막이었다.

주호 너 성공한 건 동기들에게 들었어. 인터넷 뉴스 기사도 봤고.

태인의 말에 주호는 머리를 긁적이며 성공은 무슨… 하며 쑥스러운 미소를 지었다.

"지금도 그 회사에 있는 거야? 직책이 대표? 아니면 이사?"

"아니, 정리하고 나왔어. 나 백수야."

주호는 싱거운 미소를 지은 후 다시 말을 이었다.

"태인이 너는 조각상 건넨 여자와 결혼했어? 혹시 지금 아내가…….""

"아니야. 난 전해주지도 못하고 잃어버렸어. 그래서 그 여자와 헤어졌나 봐. 주호 너는 그때 그 여자와 결혼했어?"

"결혼… 했지. 그때는 사랑했으니까. 결혼 후 모른 척하고 살다 지금은 그리워하고 있어."

말하는 주호 표정이 어두웠다.

"그게 무슨 말이야?"

태인의 질문에 주호는 아랫입술을 잠시 잘근거린 후 입을 열었다. 화려한 성공에 가려진 부끄러운 민낯을 주호는 감추지 않고 드러냈다.

"결혼한 후, 아니 결혼 전부터 사업이 힘들었어. 그러다 조금씩 일이 풀리기 시작했지. 투자도 들어오고 계획한 사업도 잘됐어. 처음 사업을 시작했을 때 상상하지도 못한 성공이었지. 사업이 잘되면서 많은 것들이 변하더라고. 물론 가장 크게 변한 건 나겠지만. 완전히 다른 세상에 사는 기분이었어. 젊은 여자들 만나고, 비싼 술 마시고. 나도 내가 그렇게 사치스러운 놈이었나 놀랄 정도였지. 이런 맛에 다들 성공하려고 그 지랄을 하는구나, 하는 생각이 들더라고.

그런데 내 인생 최고 절정 시기에 아내는 내 옆에 없었어. 왜 그랬을까. 나는 그게 미안해. 함께 좋아하고 기뻐할 때 나는 늘 다른 사람들과 있었으니까.

다른 세상에서 따로 사는 듯한 그런 시간이 길어지며 더 이상 참지 못한 아내가 이혼을 요구하더라고. 내가 바라던 걸 아내가 먼저 요구해서 오히려 고마웠어. 아내와 이혼 후에도 처남과는 친해서 연락은 계속하고 지냈지.

어느 날, 처남이 전화해서는 누나가 많이 아프다고 그러더라고. 고민했어. 이혼한 전 남편이 병문안 가봐야 뭐가 좋을 게 있을까, 하는 생각에 우물쭈물하다 결국 아내를 만난 건 장례식장이었지. 그렇게 빨리 갈 줄 몰랐어.

장례식장에서 만난 처남이 그 조각상을 돌려주더라고. 누나가 나에게 돌려주라고 했다면서. 처남 말로는 아내가 죽기 전까지 그 조각상을 쥐고 있었대. 나를 잊지 못하고 있었나 봐. 아내가 아프다는 말 듣고 바로 갔으면 얼굴도 보았을 테고, 그럼 지금보다 덜 미안할 텐데. 하여간 나도 참 답이 없는 막돼먹은 놈이야. 좋다고 죽어라 쫓아다닐 때는 언제고 죽기 전에 갈까 말까 우물쭈물했으니.”

말하던 주호는 감정이 북받쳤는지 작은 한숨을 내쉬며 마음을 진정시킨 후 다시 입을 열었다.

“아내가 이혼 전에 한 말이 있어. 나에게 예전 모습이 하나도 없다고. 완전히 다른 사람 같다고. 그랬을 거야, 성공에 눈이 멀어 미친 듯이 살았으니까. 성공이 멀어질 것 같으면 초조해 조바심을 냈고, 손에 쥐었을 때는 환각에 취한 것처럼 정신 줄을 놓고 있었으니까. 분명 아내에게 그렇게 보였을 거야. 아내 말처럼 조각상을 만들던 시절의 나는 사라졌어.

사실 더 충격적인 게 있어. 아내가 죽고 일 년 뒤 기일에 처남을 만났는데 처남은 아내가 말하지 말라고 했다면서 자기도 참고 참다 말하는 거라고 하더라고. 아내는 내가 사업 초반 힘들 때부터 이미 병에 걸려 치료를 받았다는 거야. 내가 힘들까 봐 말 안 하고 혼자 감내했던 거였어.

결국, 그렇게 좋다고 따라다니던 여자에게 준 그 조각상이 내게 돌아왔어. 아내가 나에게 조각상을 돌려준 이유는 아마도 예전 내 모습을 찾으라는 의미였을 거야. 내가 위태롭게 보였을 테니까.

　조각상이 다시 돌아온 후 이상하더라고. 예전 그때로 돌아가 아내를 다시 사랑하는 것 같은 기분이 든다고 할까. 이걸 행운이라고 해야 하나. 아내가 사라진 후에야 다시 아내를 사랑할 수 있게 된 것이.

　아내 사연을 알게 된 후 모든 게 허무하고 나 자신이 싫어졌어. 그래서 회사 지분 다 처분하고 나왔지. 앞으로 뭘 할지는 아직 모르겠다. 아내 닮은 딸이 하나 있는데 장애가 있어. 자폐아야. 엄마한테 갔다가 다시 나에게 왔거든. 이제 딸이랑 잘 살아야겠지. 아내가 마지막 순간에 바란 것일 테니까."

　태인은 주호가 하는 말을 가만히 듣기만 했다. 찬란한 성공 뒤에 가려진 슬픈 가족사가 있을 줄은 몰랐다.

　"내가 아픈 사람 앞에서 쓸데없는 소리를 했네. 네 소식 듣고 예전 생각이 나서 얼굴 한 번 보려고 온 건데. 그만 갈게. 이런 말이 위로가 될지 모르겠다. 힘내고 꼭 다시 일어나. 몸조리 잘해."

　주호는 몸조리 잘하라는 마지막 말에서 울음을 참는 듯 입술을 깨문 후 자리에서 서둘러 일어나며 등을 돌렸다. 주호가 문을 닫고 나간 직후 그의 울음소리가 작게 들렸다. 아마 주호는 태인을 보며 세상을 떠난 자기 아내를 떠올렸을 것이고, 아내가 세상을 뜰 때 흘리지 못한 눈물이 참다 터져버린 것이리라.

주호는 왜 나를 찾아왔을까. 아내를 사랑했던 시기에 함께 조각상을 만들던 학창 시절 동기, 그때로 돌아가 아내를 사랑했던 자기 마음을 다시 느끼고 싶어 온 것일까. 아니면 같은 추억을 갖고 있는 아픈 동기의 모습을 통해 아내의 마지막 순간을 느끼고 싶어서. 무슨 이유일지 모르지만 지난 시절이 그리웠음은 분명하다.

주호가 간 후, 지금은 모습이 어떻게 생겼는지 기억에도 어렴풋한 티케 조각상을 생각했다. 수지에게 건넬 조각상을 어디서 분실한 지 지금도 기억에 없다. 아마 한수지를 만난 날 술집에서 분실했을 가능성이 가장 크다. 그곳을 나온 후 사라졌으니까.

조각상을 완성한 며칠 뒤 한수지를 만났다. 머지않아 한국을 떠난다는 이유로 한수지의 연락이 오면 이미 잡혀있는 약속도 취소하고 그녀를 만났다.

술집에서 한수지를 만난 태인은 가방에서 꺼낸 상자에 애지중지 보관하고 있는 조각상을 한수지에게 보여줬다. 굳이 하지 않아도 될 행동이었지만, 누군가를 사랑하고 있는 마음을 다른 누군가에게 확인 또는 자랑하고 싶어서 그랬을 것이다.

조각상을 본 한수지는 만져 보고 싶다고 손을 내밀었고, 태인은 조심하라고 신신당부하며 조각상을 건넸다. 한수지는 건네받은 조각상 이곳저곳을 보면서 정말 네가 만든 거냐고 물었다. 태인은 싱글싱글 웃으며 고개를 끄덕였다.

"그 여자에게 줄 거야? 나랑 이름이 같은 정수지에게?"

한수지도 수지 존재는 알고 있었다. 자신과 이름이 같은 수지와 연애담이 궁금했는지 만날 때마다 하도 꼬치꼬치 캐물어 어렸을 때 일부터 당시 데이트했던 내용까지 이야기 해줬다.

"좋아할까? 너 같으면 어때? 이런 거 받으면."

한수지는 당연히 좋지, 부러운데, 라고 말하며 웃었다. 이날 태인은 자동카메라로 찍은 수지 사진도 보여줬다. 수지와 무령왕릉에 갔을 때 찍은 사진들이었다.

그날 한수지와 헤어진 후 집에 돌아왔을 때 가방 안에 넣었던 조각상 상자가 사라졌다는 걸 알았다. 상자가 들어있던 가방의 작은 포켓 부분 지퍼가 열려있어 어디선가 빠진 것이다. 당연히 술집이 첫 번째 분실 장소라 생각했다. 다음날 술집에 찾아갔지만 그런 물건을 보았다는 직원은 없었다. 한수지를 의심하기도 했지만, 그녀가 굳이 자기 물건도 아닌 조각상을 가져갈 이유는 없었다.

수지에게는 이미 조각상 이야기를 한 탓에 그녀에게는 잃어버렸다는 대신 망가져서 버렸다는 거짓말로 둘러댔다. 그렇게 조각상은 세상에서 사라져 버렸다. 그날 티케 조각상이 사라지며 태인과 수지에게 있어야 할 사랑의 행운도 같이 사라졌는지 모른다.

손님들이 오는데 준비는 해야겠지.

사전 장례식이 시작되는 금요일 오후, 태인은 나름 손님맞이 준비를 했다. 면도를 하고 머리도 만지고 옷도 차려입었다. 흰색 셔츠를 입고 단추를 잠그며 거울에 비친 모습을 물끄러미 바라보았다. 오랜만에 멋을 내니 살아있는 기분이 들며 부산스레 출근하던 때가 생각났다. 허둥지둥 옷을 주워 입고 신발에 발을 다 넣지도 않고 현관을 나서던 모습, 발 디딜 틈 없는 지하철에 선 채로 졸던 상황, 지각하지 않으려고 문 닫히기 직전 뛰어 들어간 엘리베이터에서 만난 동료가 '세이프!' 하고 외치던 모습이 쇼츠 영상처럼 흘렀다. 불과 1년 전만 해도 넌더리가 나던 그런 모습들을 이토록 그리워할 줄은 몰랐는데.

금요일 저녁이 되자 초대장을 보낸 사람 중 네 명이 찾아왔다. 모두 남자로 태인의 전 직장 동료들이었다. 혼자 오기 어색했는지 일하는 회사가 서로 다른데도 퇴근 후 함께 왔다. 꽃을 들고 온 사람도 있고, 예의를 갖추고 싶었는지 굳이 검은색 정장을 입고 온 사람도 있었다. 해쓱해진 태인을 본 그들은 자신들 기억과 너무 변한 모습에 어색해하고 어쩔 줄 몰라 하는 표정이 역력했다. 어떤 말을 건네야 하는지 고민하는 얼굴이었다.

유일하게 태인 표정만 밝았다. 정말 오랜만에 보는 사람들이라 반가울 수밖에 없었다. 그들 중에 한 선배는 십수 년 만에 얼굴을 보았다. 많이 늙었다는 생각에 형님, 많이 늙으셨네요, 라고 태인이 농담을 건네자, 울컥한 선배는 입을 앙다물었다. 눈물까지는 참기 힘들었는지 몸을 돌려 안경을 벗고 눈물을 훔쳤다. 진짜 장례식처럼 고인을 추모하고 슬픔을 나누는 것이 아니니 눈물을 보이는 게 결례라고 생각했나 보다. 진짜 장례식장에서는 오히려 눈물이 나지 않을 텐데.

태인도 출장뷔페 음식 몇 가지를 접시에 담아 찾아온 사람들과 함께 식탁에 둘러앉았다. 함께 식사하며 그동안 살아온 각자의 이야기를 주고받았다. 현재 일하고 있는 회사의 불만과 자식들 고민, 불안한 미래의 앞가림… 예전 술자리에서 늘 했던 단골 레퍼토리였다. 눈을 감아야 비로소 끝날 레퍼토리.

여행지 펜션에 놀러 간 사람들처럼 몇 시간 동안 맥주를 마시며 수다 떨던 손님들이 돌아갈 시간이 되었다. 그들은 태인의 집에서 나가기 전 힘내라는, 어쩌면 태인 생전 마지막 인사일지 모르는 인사를 건넸다. 태인을 보자마자 울컥한 표정을 지은 선배는 태인을 꽉 안으며 아무 말 없이 작게 흐느꼈다.

그들은 태인의 집에서 나간 후 술자리를 더 이어갈지도 모른다. 태인의 현재 처지를 술안주 삼아 누군가는 현재 힘든 상황이 별 게 아니라고 자기 자신을 위로할지도 모르고, 누군가는 덧없는 인생의 허무함을 토로하고, 또 누군가는 소주를 삼키며 지금 갖고 있는 고민이 아무런 쓸모가 없다며 지우려고 할 수도 있다. 머지않은 자기 미래도 태인과 별반 다르지 않을 거라는 생각을 하면서.

그들은 태인의 집을 나가기 전까지 하나의 질문은 하지 못했다. 모두가 궁금한 질문이었을 텐데 말이다. 태인도 그들과 같은 입장이라면 궁금했을 것이다. 바로 이것이. 그럼, 진짜 장례식은 언제야?

장례식장에 가면 겸손해진다. 하지만 유효시간은 짧다.

특히 고인이 이른 나이에 세상을 뜬 경우라면 더욱 겸손해진다. 태인이 부친상을 당한 회사 동료의 장례식에 갔을 때, 정년퇴직이 얼마 남지 않은 상사가 이런 말을 했다.

"내가 젊었을 때였어. 친한 친구 하나가 교통사고로 일찍 세상을 떴지. 장례식장에 앉아있는데 삶이 허망하더라고. 아등바등 사는 의미도 모르겠고. 원래 친한 사람이 그렇게 되면 좀 더 센티해지고 그렇잖아. 인생의 큰 깨달음을 얻은 거 같기도 하고.

그날 그런 다짐을 했지. 욕심 버리고 사람들을 이해하고 사랑하며 살자고. 집에 가려고 장례식장 주차장에서 차를 끌고 나오는데 갑자기 차 한 대가 내 앞에 끼어드는 거야. 아주 걸쭉한 욕을 쏟아내는 나 자신을 보고 헛웃음이 나더라고. 불과 몇십 분 전에 사람들을 이해하고 사랑하자고 다짐했는데 말이야."

그 말을 하는 상사가 웃었고 자리에 있던 사람들도 공감하는 듯 고개를 끄덕였다.

사전 장례식을 치른 첫날 저녁, 침대로 올라온 아내가 태인 옆에 누웠다. 두 사람이 오랜만에 나란히 누웠다. 두 사람은 신혼 때부터 각자 침대에서 잠을 잤다. 아내가 먼저 그렇게 하자고 제안했다. 잠귀가 밝아 자주 깨는 태인을 위한 배려였다.

신혼 초 아내의 집착이 심해 불평을 한 것 말고 태인은 아내와 목소리를 높여 싸운 적이 없다. 아내도 태인에게 불만이 있었지만 그것들을 손꼽으며 토로하지 않았다. 태인은 그 부분을 고맙게 생각한다. 아내에게 가장 큰 고마움은 많지 않은 태인의 월급에 불평불만을 하지 않은 점이다. 대신 결혼 전 학원 강사를 한 아내는 보습학원을 운영했다. 그 덕분에 생활하는데 넘치지는 않아도 궁핍하지 않았다. 크지 않은 보습학원이었지만 운영하기가 만만치 않았는지 활기 넘쳤던 아내도 학원 운영을 한 지 십년 정도 되자 힘에 부쳐 그만두었다. 잠시 쉰 후 시작한 일이 커피숍이다. 바리스타 과정을 이수한 후 프랜차이즈가 아닌 자신이 직접 커피 로스팅을 하며 운영하고 있다.

"내 영정 사진은 이거로 해줘."

태인은 아내에게 자기 휴대전화를 건네며 말했다. 아내는 휴대전화 속 사진을 물끄러미 바라보았다. 딸 예린과 함께 놀러 갔을 때 예린이 찍은 사진이었다. 바위에 걸터앉아 살짝 미소를 지은 얼굴. 최근 태인의 메신저 프로필 사진으로 설정한 사진이다.

"우리 처음 만난 날 기억해?"

아내가 물었다.

"당연히 기억하지."

태인은 거기까지만 말했다. 이야기가 길어지면 수지를 만나러 학교에 갔던 내용이 등장하며 수지가 등장하게 되니까. 아내도 더 이상 말하지 않았다.

"나 없으면 당신 혼자 예린이와 생활하기 힘들겠지?"

태인이 가장 걱정하는 부분이었다.

"그런 걱정은 하지 마. 그때 가서 해도 되니까, 미리 걱정할 필요는 없어."

태인의 손이 아내 티셔츠 안으로 들어갔다. 브래지어가 감추고 있는 풍만한 가슴을 애무했다. 오랜만에 아내 몸을 만진다. 아내는 눈을 감고 태인의 손길을 느꼈다. 마음 같아서는 아내를 덮치고 싶지만 지금 태인의 몸은 재활용도 안 되는 고물과 다름없다. 허리 아래는 이미 오래전 태인의 욕망과 작별 인사를 해서 모른 척하는 상황이다.

아내와 잠자리를 한 게 언제였더라. 후루루 풀린 태인의 기억이 멈춘 시기는 작년 봄 결혼기념일. 집에서 와인을 마시고 사랑을 나눈 게 마지막인 것 같다.

아내 가슴을 애무하던 태인의 손이 예린의 탄생 흔적이 자글자글하게 남아있는 배를 거쳐 더 아래로 내려갔다. 태인의 손이 아내 팬티 속으로 들어가는 찰라 현관문 열리는 소리에 놀라 멈췄다.

"다녀왔습니다."

학원을 마치고 돌아온 예린의 지친 목소리가 들렸다.

일요일 저녁, 마지막 손님은 태인이 결혼 전 잠시 활동했던 록밴드 멤버들이었다. 멤버의 막내지만 이제는 마흔을 훌쩍 넘은 유성이 일요일 저녁에 형들과 같이 가겠다는 전화가 어제 오후에 왔다.

태인이 활동한 직장인 록밴드 이름은 '록'과 '넥타이'를 합쳐 만든 '록타이'이다. 태인이 록밴드 멤버가 된 것은 우연이었다. 같은 회사 총무팀에 근무하는 태인보다 세 살 어린 유성이 점심시간 전에 태인에게 슬쩍 다가오더니 조용히 말을 건넸다.

"선배님, 점심 약속 있으세요?"

"아니, 없는데. 왜?"

"선배님께 할 말이 있는데 저랑 같이 식사하시죠. 제가 살게요."

태인은 그러자고 했다. 유성은 로비에서 보자고 한 후 자기 사무실로 올라갔다.

할 말이 있다고? 가까운 사이도 아닌데 무슨 말일까.

당시 유성은 회사에 입사한 지 1년 정도 된 사원이었고, 그가 근무하는 총무팀은 태인이 일하는 부서 위층에 있어 출퇴근할 때 마주치는 것 외에 따로 얼굴 볼 일은 거의 없었다. 유성과 대화를 나누고 술을 마신 것도 전날이 처음이었다.

전날, 퇴근 후 설계팀 동료와 맥주 한잔하려고 들어간 회사 근처 술집에 총무팀 팀장과 직원 몇 명이 모여 있었다. 태인 일행을 본 총무팀 팀장이 합석을 제안했고 그렇게 함께 술을 마셨다. 술자리가 끝나고 헤어지려는데 팀장이 마이크를 잡고 싶다고 고집을 부리는 바람에 결국 태인도 노래방에 끌려갔다. 그곳은 노래를 부른다기보다 스트레스를 날려 보내려는 직장인들이 목청 높여 고래고래 악을 쓰는 곳이었다. 태인도 노래 한 곡을 하고 그날 술자리는 끝이 났다.

점심시간 전에 마칠 일을 서둘러 끝내고 로비로 내려오자 먼저 내려와 기다리던 유성이 나가자는 손짓을 했다.

"선배님, 해장국 괜찮죠?"

유성은 회사 근처 해장국 전문점으로 태인을 데리고 갔다.

"어제 잘 들어가셨어요? 저는 너무 달렸는지 지금도 속이 쓰리네요."

"어제 그렇게 많이 마시지 않았는데. 술이 약하구나."

"노래방에서 헤어진 후 선배가 한잔 더하자는 바람에 거기서 완전히 맛이 갔다니까요."

"그래. 그런데 나에게 할 말이 뭐야?"

그때 식당 직원이 주문한 음식을 테이블 위에 내려놓았다.

"일단 드세요. 천천히 말할게요."

태인은 숟가락으로 뜬 국물로 입가심을 한 후 밥을 퍼 입에 넣었다.

"선배님도 밥을 국에 말지 않으세요? 저도 그런데."

억지로 공통점을 만들려고 하는 모양새가 뭔가 중요한 말을 꺼내려고 하는 듯 보였다. 돈을 빌려달라고 하려는 건가, 금전적인 부탁이라면 우리가 그 정도로 가까운 사이는 아니지 않나, 라고 말하겠다는 다짐을 하며 유성이 할 말을 기다렸다. 유성의 입에서는 태인의 섣부른 다짐을 머쓱하게 하는 뜻밖의 말이 나왔다.

"사실은 제가 록밴드 멤버거든요."

"록밴드?"

유성은 들고 있는 숟가락을 탁자 위에 내려놓고는 손가락으로 줄을 튕기는 동작을 하며 자신은 베이스라고 했다.

그런데 왜 나를, 이라는 말이 태인의 입에서 바로 튀어나왔다.

"5인조 직장인 밴드인데 취미로 하는 거예요. 그런데 보컬을 하던 형이 한 달 전에 지방으로 전근을 가는 바람에 보컬이 비었거든요. 멤버 형들도 보컬을 찾고 있는데 마땅한 사람이 없나 봐요. 그런데 어제 노래방에서 선배 노래하는 걸 듣다 바로 우리밴드 보컬은 선배다, 라는 생각이 들더라고요."

입에 발린 칭찬이었지만 태인은 기분이 좋았다. 학창 시절 노래를 곧잘 한다는 말을 들었던 터라 그런 칭찬이 새롭지는 않았지만, 밴드의 보컬로 생각했다는 말을 들으니 어깨에 힘이 들어갔다.

"그래서 나보고 보컬을 맡아달라고?"

"저는 그러고 싶은데… 다른 멤버 형들도 선배 노래를 들어보고 결정해야 하니까요. 선배님, 생각은 있는 거죠? 그럼, 이번 주말에 어때요?"

유성은 주택가 근처 건물 지하에 밴드 연습실이 있는데 두 밴드가 같이 사용한다고 했다. 토요일에 유성이 속한 밴드가 사용하면 일요일은 다른 밴드가 사용하는 식으로. 임대료도 저렴한 곳이고 두 팀이 나눠서 내는 거라 큰 부담도 없다면서 현재 회비는 개인당 월 3만 원이라고 했다.

태인은 유성에게 생각해 보겠다고 말했지만 솔직히 마음이 솔깃했다. 그 당시 특별한 취미가 없던 태인은 회사와 집을 오가는 단조로운 일상이 지겨웠을 때였다. 이때는 수지를 다시 만나기 전이어서 쉬는 날에는 침대에서 뒹굴며 아까운 시간만 까먹었다.

그날 집으로 돌아와 수년째 방구석에 외롭게 처박혀 있는, 한때는 애인처럼 안고 살았는데 어느 순간부터 본체만체하며 거들떠보지도 않는 존재가 된 통기타를 집었다. 대충 조율한 다음 코드를 잡고 줄을 튕겼다. 기타 소리가 노래를 불러내려 유혹하는 주문처럼 들렸다. 태인은 책장에 꽂혀있는 오래된 악보집을 꺼냈다. 뒤적거리던 악보집이 멈춘 페이지는 본 조비의 〈Always〉.

This Romeo is bleeding……

한때 많이 불렸던 노래라 가사는 금세 입에 붙었다.

토요일, 오전 근무를 마친 후 태인은 유성과 함께 록밴드 연습실이 있는 곳으로 향했다. 지하철역에서 내려 다시 마을버스를 타고 들어간 곳은 유성의 말대로 주택가 근처 오래된 건물이었다. 유성을 따라 계단을 타고 지하로 내려갔다.

문을 연 유성을 따라 들어간 곳은 태인이 생각한 것보다 공간이 넓었다. 벽 전체에는 시커먼 방음재가 붙어있고, 양쪽으로 나뉘어 악기들이 배치되어 있었다. 악기들이 모여 있는 한쪽에서 의자에 앉아 잡담을 나누고 있던 세 사람이 태인과 유성이 들어가자 대화를 멈추고 호기심 어린 눈빛으로 자신들 쪽으로 걸어오는 태인을 쳐다보았다.

퇴근하고 온 듯 정장 입은 앞머리가 조금 벗겨진 남자는 드럼 자리에, 호리호리한 체격에 은색 금속테 안경을 쓴 남자는 기타를 품에 안고, 운동선수처럼 체격이 좋은 남자는 키보드 앞에 앉아있었다. 모두 태인보다 나이가 위로 보였다.

"제가 말한 회사 선배예요."

유성이 태인을 소개하자 자리에서 일어난 멤버들이 가벼운 목례를 했고 태인도 고개 숙여 인사했다. 가장 연장자로 보이는 기타를 들고 있는 남자가 들고 있던 기타를 옆에 세워놓고 자리에서 일어나 태인에게 다가와 악수를 건넸다. 리더인 모양이다.

"유성이에게 들었습니다. 노래를 잘하신다고."

태인 옆에 서 있는 유성이 밴드 리더이고 대기업에 다니는 형이라고 부연 설명을 했다.

"그럼 노래 한번 들어볼까요?"

바로 본론으로 들어간 리더인 남자는 마이크가 꽂혀있는 스탠드를 태인 앞에 세운 후 다시 자기 자리로 돌아갔다. 태인은 헛기침을 크게 한 후 마이크 앞에 섰다. 멤버들은 태인의 노래에 집중하려는 듯 약속이라도 한 것처럼 고개를 살짝 숙였다. 달랑 네 명이 지켜보는 자리였지만 태인은 수백 명의 관객 앞에 선 것처럼 긴장됐다. 헛기침을 다시 크게 한 후 노래를 시작했다.

This Romeo is bleeding……

태인이 노래를 시작하자마자 리더인 기타를 시작으로 멤버들은 곧바로 자기 악기를 잡은 후 연주하기 시작했다. 태인 옆에 우두커니 서 있던 유성도 부랴부랴 자기 자리에 앉아 베이스를 들고 연주를 시작했다.

전에 합주한 곡인지 멤버들은 바로 합을 맞추었다. 라이브 연주에 노래를 처음 해본 태인은 스포트라이트를 받으며 공연장 무대에 서 있는 록밴드의 보컬이 된 기분이었다.

태인의 마지막 소절과 함께 멤버들 연주도 끝났다. 태인은 연주를 마친 멤버들 얼굴을 훑었다. 멤버들은 만족한다는 듯 서로를 바라보며 고개를 끄덕였다. 기타를 안고 있는 남자가 박수를 치며 자리에서 일어났다.

"자, 환영회 하러 가자고. 태인 씨, 별일 없죠?"

연습실에서 나온 멤버들은 근처 선술집으로 들어가 한 자리에 둘러앉았다. 단골인 듯 나이 지긋한 사장과도 친해 보였다. 음식이 나오기 전 각자 자기소개를 했다. 그들은 서로를 악기와 성을 붙여 불렀다. 기타 윤은 40대로 대기업에서 근무 중이고, 드럼 최는 중소기업 영업부 과장, 건반 손은 자영업을 하고 있었다. 서로 중·고등학교와 대학 선후배로 얽힌 사이였다. 유성은 자기 친형이 기타 윤과 고등학교 동창 사이라서 친형 소개로 밴드에 들어왔다고 했다. 태인과 유성을 제외하고는 모두 유부남이었다.

밴드를 처음 결성한 사람은 기타 윤이었다. 학창 시절 좋아했던 음악을 죽기 전에 한 번은 해보고 싶다는 마음에서 멤버를 모았다고 했다. 지금 아니면 앞으로 밴드 할 시간이 없을 것 같다면서.

잠깐 곁다리로 풀어놓은 직장생활 이야기를 거두고 다시 음악 이야기로 돌아왔다. 각자 좋아하는 록밴드를 찬양했고, 어떤 노래가 명곡이고 어떤 앨범이 명반이라며 자기들끼리는 수차례 한 이야기였지만 허풍으로 범벅된 남자들 군대 이야기처럼 다시 또 해도 질리지 않나 보다.

"태인 씨는 어떻게 록 음악 듣게 된 건가?"

기타 윤의 질문에 태인은 중학교 때 친구가 준 테이프를 듣고 록 음악에 빠졌다고 말했다.

"태인 씨는 본 조비 좋아하나 봐?"

드럼 최가 물었다.

"메탈보다는 듣기 편해서요."

서로 좋아하는 밴드와 음악 취향이 달라 의견 충돌이 많았지만, 그날 두 가지는 의견 일치를 보았다. 스키드 로우, 본 조비가 무슨 록밴드냐는 것과 최고는 역시 비틀즈라는 것.

그때만 해도 본 조비가 그렇게 오랫동안 활동할 줄은 몰랐다. 살아남은 자가 강한 자라는 명제에 대입한다면 단연 본 조비는 강한 밴드다.

이날 태인 환영회는 환한 낮에 시작했음에도 끝나는 시각은 저녁에 시작한 것과 다름없는 자정에 가까워질 무렵이었다.

이렇게 시작된 록밴드 활동은 태인의 단조로운 일상에 적지 않은 활력소가 되었다. 멤버들과 연주를 맞추며 노래하는 것은 단순히 스트레스를 푸는 정도가 아니었다. 자신이 사회에 속해있다는 뿌듯함도 있었다. 특히 공연했을 때 그랬다.

많지는 않지만 드물게 공연도 몇 차례 했다. 대단한 공연은 아니었다. 멤버들 아는 사람 소개로 한 공연이었다. 병원에서 환자들을 대상으로 한 공연도 했고, 작은 지역 행사에 초대받은 적도 있었다. 사례로 받은 돈으로 악기를 사기도 했고, 자선단체에 기부도 했다.

그렇게 한 달에 두 번 모여 연습하는 밴드 활동은 일상생활의 중요한 축이 되었다. 수지와 다시 만난 후에도 밴드 활동에 지장을 주지 않으려고 주말마다 바빴다.

태인은 수지와 데이트 때문에 합주에 몇 번 빠진 적이 있었다. 유부남 멤버들은 애인이 생긴 걸 축하한다면서도 이런 말을 농담처럼 툭 던졌다.

기타 윤은, 결혼식이랑 장례식은 최대한 늦추는 게 좋다고.

드럼 최는, 최대한 신중하게 하라고. 자신을 보라고. 얼마나 징그럽게 행복한지.

건반 손의 말은 두 사람보다 강도가 더 셌다. 당장 헤어지라고. 그게 네 미래 행복을 지키는 유일한 것이라고.

태인 입장에서는 다 가진 부자가 동전 몇 개 잃어버렸다고 투덜대는 하소연처럼 들렸다. 멤버 형들이 그런 말을 할 때마다 태인은 수지와 뭐든 같이 하고 싶다고 했다. 태인의 말에 멤버 형들은 입을 하나로 모아 이렇게 말했다.

"그런 거는 결혼 안 해도 할 수 있잖아. 정말 답답하네."

태인이 록타이 멤버가 된 지 3년 만에 밴드는 해체되었다. 건반 손의 건강이 좋지 않은 것과 드럼 최가 지방으로 일 년간 파견 근무를 하는 일이 동시에 엮이며 어쩔 수 없이 내린 결정이었다. 자식들이 고등학생이 된 기타 윤도 이제는 벅차다는 말을 자주 했다. 결국 크리스마스 전, 송년회를 겸한 마지막 공연을 끝으로 넥타이 밴드 '록타이'는 넥타이를 풀었다.

오, 나의 록타이 멤버들! 어서 와요.

일요일 늦은 오후 멤버들이 도착했다. 환하게 웃으며 반기는 태인과 달리 멤버들 표정은 태인을 찾아온 다른 손님들처럼 밝지 않았다. 눈물 많은 유성은 태인을 보자마자 눈물을 글썽거렸다.

멤버 모두가 한자리에서 만난 것은 십여 년 전 유성의 결혼식 이었다. 경조사에서 만나 얼굴을 보긴 했지만 모든 멤버가 함께 만난 것은 그날이 유일했다.

먹고살기 바빠 모바일 메신저로 연락만 하다 이제야 얼굴을 맞대고 한자리에 모였다. 그사이 다들 많이 늙었다. 가장 나이가 많은 기타 윤은 머리에 서리가 내린 것처럼 하얗게 물이 들었고, 날씬했던 드럼 최와 막내 유성은 배가 불룩했다. 반대로 덩치가 좋았던 건반 손은 몇 년 전 병치레를 한 탓에 살이 빠져 홀쭉했다. 그래도 가장 많이 변한 것은 태인일 것이다.

"오랜만이다. 어… 저기… 뭐라고 말해야 할지 모르겠네."

기타 윤이 머쓱한 미소를 지으며 입을 뗐다.

"그냥 편하게 말씀하세요. 다들 식사 전이죠? 출장뷔페 불러 준비했는데 성의가 없더라도 이해해 주세요. 아내가 바빠서."

"그런데 저… 이건 어떻게……."

재킷에서 흰색 봉투를 꺼낸 유성이 얼버무렸다. 그 모습을 본 건반 손이 못마땅한 표정을 지으며 쏘아붙이듯 말했다.

"아, 저 자식은 정말. 나이를 먹어도 여전히 눈치가 없어. 야, 초 대장에 적혀있잖아, 조의금 필요 없다고. 이게 진짜 장례식이야?

저렇게 감도 눈치도 없으니까 전에 연습할 때도 매번 틀렸지."

"괜찮아요. 유성아, 이왕 가져온 거 식탁 위에 놓고 가. 괜찮아."

태인의 말에 유성은 뽀로통한 얼굴로 건반 손을 보며 핼끔핼끔 눈을 흘겼다. 태인도 멤버들과 함께 식탁에 둘러앉았다. 태인은 차를 가져온 드럼 최를 빼고 나머지 멤버들에게 맥주를 따랐다.

멤버들이 불편하지 않게 태인은 밝은 얼굴로 지난 시간을 물었다. 이런저런 각자 삶의 부침을 하나둘씩 털어놓자 분위기는 연습 끝나고 뒤풀이하던 때와 다름없이 화기애애했다. 대화는 자연스럽게 밴드 시절로 돌아갔다. 연습 때 일화와 공연했던 이야기를 하는 멤버들 얼굴은 추억에 흠뻑 젖은 얼굴이었다. 태인 얼굴도 그랬다. 잠시 현재를 벗어난 듯한 기분에 대화하는 중간중간 미소가 절로 번졌다. 기타 윤은 그리 먼 과거도 아닌데 까마득한 과거처럼 느껴진다며 씁쓸한 미소를 짓기도 했다.

맥주를 들이켠 후 건반 손이 입을 뗐다.

"우리 마지막 공연 기억나? 그날 공연 끝나고 유성이 술에 취해서 엄청 울었잖아. 모르는 사람이 보면 무슨 대단한 밴드가 해체하는 줄 알았을 거야."

건반 손의 말에 태인이 그런 일이 있었냐고 물었다. 태인의 질문을 기타 윤이 받았다.

"아, 맞다. 그날 뒤풀이할 때 태인이는 없었지?"

"그랬죠. 연락도 안 돼서 다음 날 통화했을 거예요. 사고가 나서 병원에 있다고."

부연 설명을 하는 유성의 말이 끝나자마자 드럼 최가 말을 이었다.

"맞아, 그랬지. 그날 제수씨가 교통사고가 났다고 해서. 그때 태인이가 무단 횡단하는 걸 제수씨가 막으면서 차와 부딪쳤다고 했나? 그런데 그날 태인이는 왜 무단 횡단을 한 거야?"

태인은 드럼 최의 시선을 피하며 잘 기억나지 않는다고 둘러댔다. 어떤 여자를 따라가는 상황이었다는 것을 그때도 그렇고 지금도 말하기는 곤란했다.

"그게 운명인 거지. 두 사람이 함께할 운명."

맥주잔을 든 건반 손이 결론을 냈다. 운명이라… 당시 태인도 그렇게 생각했다. 무단 횡단하는 자신을 위해 몸을 던진 아내가 운명일지 모른다고.

"아, 우리 그거 한 번 할까?"

드럼 최가 재킷 주머니에서 휴대전화를 꺼내며 말을 이었다.

"지난번 기타 윤 형 만났을 때 장난삼아 앱으로 연주한 적 있었거든. 재미있더라고."

멤버들은 그러자고 하며 모두 자기 휴대전화를 꺼내 식탁 위에 올려놓았다. 다들 자기가 맡은 악기 앱이 휴대전화에 깔려있었다.

"조용필의 〈여행을 떠나요〉 해볼까?"

기타 윤의 말에 멤버들은 그러자고 했다. 태인은 들고 있는 포크로 마이크를 대신했다. 어린애들 장난감으로 장난하듯 합주를 시작했다. 휴대전화를 두드리는 자신들이 스스로 생각해도 한심한지 키득거리는 웃음이 계속 터졌다. 따로따로 노는 불협화음에 웃지 않을 수 없는 상황이었다. 뚱땅뚱땅하는 어설픈 반주에 맞춰 태인은 노래를 시작했다. 힘이 없어 원래 키보다 낮춰 불렀다. 1절이 끝나기도 전에 유성이 갑자기 흐느끼는 바람에 다른 멤버들도 연주를 그만둘 수밖에 없었다. 연주 시작할 때 아이처럼 키득거리던 명랑한 분위기가 종적을 감추고 무거운 정적이 자리에 있는 사람들 소맷자락을 잡고 늘어졌다.

"자식, 왜 울어. 나 괜찮다니까."

멤버들과 마지막 합주는 그렇게 끝났다.

록밴드 멤버들을 마지막으로 초대장을 보낸 사람들 중 절반은 사전 장례식에 왔다. 못 온 사람들은 전화 통화로 일이 있어 못 갔다면서 며칠 안에 가겠다고 하는 사람들도 있었고, 참석하지 못한 이유를 문자로 보낸 사람도 있었다.

태인은 불편함을 감수하고 자신을 찾아온 사람들에게 고마웠다. 눈을 감기 전에 꼭 보고 싶은 사람들이었다. 자신이 저 사람들보다 먼저 세상을 떠난다는 억울함이 없는 것은 아니었지만, 자신을 위해 찾아온 사람들이 고마웠다. 해야 할 숙제를 끝낸 기분이라고 할까, 한층 마음이 가벼워진 느낌이었다.

예린이가 당신한테 연락 안 했지?

다음 날 오후, 아내 전화가 왔다. 다소 흥분한 – 화를 꾹꾹 누르는 – 목소리였다. 태인에게 예린의 연락을 물은 아내는 곧바로 전화한 이유를 설명했다. 예린 담임선생님에게 전화가 왔는데 몸이 안 좋다며 오전 수업도 하지 않고 병원에 간다고 조퇴했다는 것이다. 아내는 며칠 전부터 그랬다면서 병원에 같이 갔다고 얼버무리며 말했다고 했다. 아내는 며칠 전에도 예린이 학원에 안 갔다면서 갈수록 애가 이상해지는 것 같다는 푸념을 하며 전화를 끊었다.

아내와 통화를 마친 태인은 곧바로 예린에게 전화했지만 받지 않았다. 메시지를 남겼다.

— 우리 딸, 지금 어디야?

예린의 답장이 온 것은 30분 정도 흐른 뒤였다.

— 학교에 있는 게 답답해서 머리 좀 식히려고 나왔어요. 걱정하지 마세요.

태인은 예린이 보낸 메시지 내용을 아내에게 메시지로 보내며 걱정하지 말라고 덧붙였다.

태인은 지금 예린의 마음을 충분히 이해한다. 간간이 장대비처럼 쏟아지는 엄마의 잔소리를 들으며 공부하는 것도 힘들 텐데, 아빠마저 오늘내일하고 있으니 그 속은 들여다보지 않아도 충분히 헤아릴 수 있다. 그렇다고 자기 몸조차 제대로 가누지 못하는 태인이 딸에게 해줄 것도 마땅히 없다. 마음 같아서는 함께 여행을 가고 싶지만… 작년 봄에 그런 것처럼.

작년 봄, 고등학생이 되고 두 달 정도 지난 무렵이었다. 며칠 동안 아침저녁으로 본 예린의 얼굴은 시무룩했다. 새 친구들과 잘 어울리지 못하는 것인지, 학교생활에 문제가 있는 것인지 걱정이 돼 무슨 일이 있냐고 물어도 예린은 별일 없다고 말할 뿐이었다. 태인은 예린의 이런 부분을 아내에게 말했다. 아내는 별일 아니라는 듯 웃었다.

"친한 남자친구가 전학을 갔대. 아빠가 지방으로 발령이 났나 봐. 당신도 전에 한번 봤을걸? 퇴근하고 집에 오는 길에 집 앞에서 예린이 남친 만나서 같이 들어온 적 있잖아. 그 애야. 자기 말로는 아니라고 하는데 예린이가 그 애를 좋아했나 봐. 초등학교 때부터 학교랑 학원에서 매일 보던 애를 못 보니까 시무룩한 거야. 별일 아니야."

아내 말에 그 남자애 얼굴을 떠올렸다. 또렷하게 생각나지는 않았지만 선한 얼굴이었다는 느낌 정도는 남아있었다.

아내가 말한 예전 그날, 태인이 퇴근하고 집으로 가는 길에 집 앞에서 예린과 남학생이 마주 보고 이야기를 하고 있었다. 태인과 마주친 두 사람은 나쁜 짓을 하다 걸린 것처럼 놀란 표정이었다. 태인은 간식이라도 먹고 가라고 남학생을 집에 데리고 들어왔고, 긴 시간은 아니었지만 그 남학생과 이런저런 이야기를 나누었다.

남학생이 집에서 나간 후 "예린, 저 애랑 사귀는 거야?"라고 태인이 묻자 예린은 속마음을 들킨 창피함 때문인지 "아니에요!" 하는 강한 부정을 한 후 계단을 쿵쿵 밟으며 자기 방으로 올라갔다.

아내에게 예린의 비밀을 들은 다음 날, 월차를 낸 태인은 학교에 찾아가 담임선생님에게 이야기하고 예린과 함께 나왔다. 학교에 찾아온 태인을 본 예린은 못 볼 것을 본 것처럼 놀란 표정이었다.

"아빠가 왜 학교에…….'"

"오늘 아빠가 예린이랑 놀러 가려고 왔지. 바닷가 갈까?"

뜻밖의 상황에 예린은 어리둥절하면서도 학교를 벗어난 것 하나만으로도 즐거워하는 표정이었다.

"아빠 어디로 갈 거예요?"

"안면도 갈까? 아빠가 전에 설계한 펜션이 있거든. 그거 구경도 하고 바다도 보고. 내일 출근해야 해서 당일치기로 갔다가 오는 거야."

그날이 아내 없이 태인과 예린 둘이 떠난 첫 여행이었다. 안면도에 도착해 태인이 설계한 펜션을 구경한 후 바다가 보이는 커피숍에 들렀다.

"그 친구 보고 싶어?"

태인의 질문에 잠시 머뭇거리던 예린은 조용히 입을 뗐다.

"그렇게 좋아한 친구는 아닌데 전학 간 후 생각이 많이 나요."

예린의 말을 들은 태인은 빙긋 웃었다. 처음으로 알게 된 딸이 누군가를 좋아하고 있다는 것. 그 모습이 사랑스럽기도 했고, 한편으로는 자신이 좋아하는 여자가 다른 남자를 짝사랑하고 있는 고백을 들은 것처럼 아주 작은 질투심도 일었다.

"앞으로 그런 경험 많이 할지 몰라. 좋아하는 감정은 그때그때 고백해. 창피한 거 아니니까. 성공도 실패를 해봐야 할 수 있는 거고, 이별을 해봐야 사랑의 소중함도 아는 거니까."

태인의 말이 끝나기가 무섭게 예린은 엄마와 아빠의 결혼 과정을 물었다.

"예전에 엄마에게 물어봤는데 엄마는 아빠를 그냥 친구처럼 만났다고만 말씀하셔서."

태인도 어떻게 아내를 만나고 결혼했는지 막상 말하려고 하니까 막막했다. 그 안에는 길고 긴 이야기와 여러 사람의 감정들이 얽혀있어 그것을 간결하게 설명하는 것은 불가능했다. 아내도 그랬을 것이다.

태인도 대학 시절 친구처럼 자연스럽게 만나 연애했고 결혼하게 되었다는 상투적인 내용으로 대신했다. 그것에 거짓은 없으니까. 예린은 부모의 결혼 이야기가 자신이 기대한 것과 달라 실망했는지 콧등을 찌푸리며 커피를 마셨다.

수지를 만나던 시절.

태인은 아내인 서영이 자신에게 호감을 갖고 있다는 것은 눈치채고 있었다. 그렇다고 수지를 만나는 상황에 그녀의 단짝 친구를 몰래 만날 만큼 파렴치한은 아니었다. 사랑의 부등호도 수지를 향해 크게 입을 벌리고 있었기에 서영은 관심 밖 인물이었다. 다행히 서영도 둘 사이를 비집고 들어오지 않았다.

군에 입대 후 수지와 연락이 끊겼다. 기숙사로 편지를 보내도 답장은 없었다. 일병 계급장을 달고 휴가를 나갔을 때 수지는 교생 실습 중이라서 학교에서 볼 수도 없었다. 그즈음 서영이 면회를 왔다. 면회 왔다는 소식을 듣고 위병소에 갔을 때 기다리고 있는 그녀를 보고 사실 놀랐다. 외박 나온 태인은 서영과 술을 마셨다.

"내가 있는 부대는 어떻게 알고 온 거야?"

"너희 집에 전화했을 때 어머니가 알려주셨어."

태인은 술자리가 즐겁지 않았다. 찾아와 준 서영이 고마웠지만 그뿐이었다. 머릿속에서 출렁이는 수지와 빈속에 연거푸 들어간 술이 섞이며 취기는 빨리 올라왔다. 서영은 태인의 마음을 읽고 있는 듯 당시 태인이 가장 마음 쓰고 있는 그것을 툭 던졌다.

"수지가 도영 선배와 사귀는 거 알아?"

태인은 놀라지 않았다. 그 말이 사실일 확률이 높다는 것을 잘 알고 있었기에 정말이냐고 묻지도 않았다. 축제 때 본 도영의 눈빛에서 이미 그런 도발은 예감하고 있었다. 너 군에 가면 수지는 내 것이 될 거라는 그 눈빛을.

아닐 거라고 부정하며 막연하게 했던 걱정을 귀로 들으며 맞닥뜨리는 기분은 눈앞에서 직접 목격한 것보다 더 씁쓸했다.

"나는 어때? 태인이 네 안에 내가 들어갈 자리는 없는 거야?"

술에 제법 취한 태인은 서영의 말에 헛웃음을 지으며 말했다.

"너 비겁한 거 아니야? 상실감에 빠진 사람에게 바로 공격 들어오는 거 말이야."

"사랑도 쟁취하는 전쟁이야. 전쟁 중에 예의, 매너, 격식 이런 거 지키고 하니? 내 공격이 싫으면 네가 수비를 잘하든가. 아니면 수지에게 좀 더 제대로 된 공격을 하던가."

만취한 채 술집에서 나온 태인은 서영과 함께 모텔로 들어갔다. 그날 태인은 서영의 유혹에 맥없이 무너졌다. 정확하게 말하자면 유혹에 무너진 게 아니라 이미 폭삭 무너진 태인을 서영이 자기 쪽으로 끌어당긴 것이다.

입대 전 수지와 모텔에 갔을 때와 다르게 태인은 서영을 뜨겁게 안았다. 입대 전 수지와 함께한 밤은 국가가 강제한 이별 상황을 받아들이기 힘들어서일까, 수지를 침대에 눕히는 음란한 상상을 했던 수많은 밤이 무색하게 그날은 오래전 출가한 스님처럼 성욕은 공염불만 외웠다.

서영과 함께 한 날은 달랐다. 술에 취하기도 했고, 수지와 그 선배와 사귄다는 말에 반쯤은 제정신이 아니었다. 잠시 세상과 단절된 상황에 아무것도 할 수 없다는 좌절과 절망은 반대로 욕구를 뜨겁게 달아오르도록 부채질했다. 그런 욕구 중 절대적인 것은 자신 안에 있는 복잡한 감정들을 지우는 것이었다. 태인은 그런 감정들을 끌어안은 채 깊고 어두운 심연에 깡그리 털어낸 후 현실로 돌아오고 싶었다. 무거운 그리움을 어둠 깊숙한 곳에 처박을 수 있도록 서영이 추락의 문을 열어줬다. 서영도 그것을 바라고 한 것이리라.

겹겹이 쌓여있는 수지를 향한 마음이 무너지기를 바라며 기어오른 절정의 꼭대기에서, 아주 짧게 느낀 쾌감이 잠깐이나마 깊은 곳에 고민을 처박아 둔 기분을 들게 했다.

다음 날, 정오가 가까워진 시각에 눈을 떴을 때 서영은 이미 떠나고 없었다. 간밤에 일어난 일이 떠오르자 자기 모습이 역겨울 정도로 추악하게 느껴졌다. 자신이 느낀 추악함을 대가로 수지가 사라졌으면 그나마 다행이었겠지만 수지는 사라지지 않았다. 지난밤 심연에 처박았다고 착각한 복잡한 감정들은 다시 떠오른 태양과 함께 태인의 머릿속에서 기상나팔을 불며 일어났다.

군대 안에서 할 수 있는 거라고는 수지를 지우는 것밖에 없었다. 복무 날짜를 지우는 듯 그녀 생각이 날 때마다 도리질하며 매일매일 지웠다. 이것을 군 생활처럼 규칙적으로 꾸준하게 반복했다. 그래서일까. 전역할 즈음에는 어느 정도 흐릿해진 수지가 태인에게서 멀리 물러나 있었다.

태인은 전역 후 서영과 사귀지 않았다. 서영의 공격이 계속될 줄 알았는데 공격은 없었고 수지를 다시 만나기 전까지 가끔 연락을 주고받는 정도였다. 그래도 결혼까지 이어질 줄은 몰랐다.

서영과는 수지처럼 뜨거운 사랑의 감정을 갖고 시작하지 않았지만 결국 결혼이라는 삶의 중간 정착지에 함께 도착했다. 새로운 출발을 함께 할 결혼 상대자로 최상은 아니었지만 괜찮은 선택이라 생각했다. 일단 새로운 사랑을 시작할 때 갖는 부담감이 없어 좋았고, 무엇보다 태인 자신을 지극하게 생각하는 마음에 끌렸다.

결혼 후 그런 마음이 집착으로 변한 적도 있었다. 태인이 결혼을 다시 생각할 정도였다. 서영은 태인의 시간을 본인이 컨트롤하고 싶었는지 태인의 일거수일투족을 확인하려고 했다. 특히 야근이 많았을 때는 회사에 전화해서 야근이 왜 그렇게 많냐 며 업무를 확인하려고 했다는 – 어이없는 표정으로 말하는 – 상사 의 말을 들었을 때는 쥐구멍에라도 들어가고 싶을 정도로 창피 했다.

이 일로 태인의 인내에 한계가 왔다. 태인 입에서 이혼이라는 단어까지 나오지는 않았지만, 그런 뉘앙스를 풍기는 강수를 둔 즈음 예린을 임신하면서 서영의 집착에 자유로워졌다.

누군가 자신에게 아내를 사랑했냐고 묻는다면 태인은 그렇다 고 말할 것이다.

다시, 진심으로 사랑했냐고 묻는다면…….

다시, 가슴에 손을 얹고 말하라고 다그친다면…….

그 질문에 곧바로 대답하지 못하겠지만 결국은 그렇다고 말할 것이다. 태인은 당연히 서영을 사랑한다. 물론 불같이 타오르는 감정을 갖고 연애를 시작한 것은 아니었다. 모든 사랑이 뜨겁게 시작하지는 않을 것이다. 잔잔히 시작해 타오르는 경우도 있을 것이고, 확 불타오른 후 꺼져버린 잿더미에서 시작하는 경우도 있을지 모른다. 태인과 서영은 처음부터 은은하게 오랜 시간 그 렇게 이어온 사랑이었다.

야, 이예린! 너 아침 일찍 학교 조퇴하고 대체 어딜 간 거야?

거실에 있는 아내의 우렁찬 목소리가 태인 방에도 울려 퍼졌다. 연락이 없던 예린은 늦은 밤에 집으로 돌아왔다. 아내 목소리 톤을 보니 한바탕 요란한 전쟁이 시작될 분위기였다.

"그냥 바람 좀 쐬고 왔어요. 왔으면 됐잖아요!"

예린은 볼멘소리로 대답했다.

"이게 뭘 잘했다고 큰 소리야! 지금 얼마나 중요한 시기인데 그렇게 돌아다녀! 너 내년이면 고3이야. 한가하게 쏘다닐 때가 아니라고!"

아내 공격에 예린이 대꾸를 하지 않아 잠시 공백이 생겼다.

"저는 아무 생각도 없는 줄 알아요?"

나지막한 목소리로 공백을 채운 예린은 다시 가라앉은 목소리로 자기 행동의 정당성에 무게 싣는 말을 이었다.

"아빠 저러고 계시는데 아무렇지 않게 학교와 학원 가는 게 정상이에요? 제가 로봇도 아닌데… 엄마는 정말 아무렇지 않아요?"

자기감정을 최대한 누르고 말하는 예린의 말은 목청 높여 소리치는 것보다 아내에게 타격이 있었는지 치열할 것 같던 말싸움은 금세 끝났다. 조용한 집 안은 예린이 계단을 오르는 소리만 들렸다. 발걸음 소리에서도 지친 기운이 느껴졌다.

참고 있던 아내와 예린의 감정이 결국 곪아서 터져버렸다. 꿈실거리던 파도가 갑자기 솟아올라 세 사람을 집어삼킨 듯 집 안은 고요했다. 그 고요함이 각자가 억누르고 있는 슬픈 얼룩에게 어서 일어나라고 꼬드기는 것 같았다.

그 유혹에 아내가 먼저 넘어갔다. 주방에서 흐느끼는 아내 울음소리가 닫힌 방 문틈 사이를 비집고 들어왔다. 처음 암 진단을 가족에게 말한 후 펑펑 울었던 날, 다시는 이렇게 울지 말자고 한 약속이 오늘 깨졌다.

적응되었을 거라고, 죽음을 받아들일 마음의 준비가 되었다고 생각했는데 아직 준비가 안 되었나 보다. 아마 예린도 자기 방에서 눈물을 쏟아내고 있을 것이다. 침대에 누워있는 태인 역시 눈물을 훔쳤다. 자신 때문에 생긴 일이다. 어쩌면 빨리 끝나는 게 가족 모두를 위한 일일지도 모른다.

다음 날, 학교에서 돌아온 예린은 학원에 가기 전 간단한 저녁 식사를 한 후 태인 방으로 들어왔다. 예린은 평소처럼 밝은 표정이다. 한바탕 한 후에도 아무 일 없었던 듯 곧바로 평상시 모습으로 돌아오는 아내와 딸의 이런 성격이 태인은 부러웠다. 신혼 때 태인은 아내의 이런 모습이 의아했다. 불과 한 시간 전 말다툼을 했어도 언제 그랬냐는 듯 다시 안기며 입을 맞추는 행동이 도무지 이해되지 않았다.

"어제 일은 죄송해요."

예린은 태인이 기대앉은 침대 끝에 걸터앉아 고개를 숙인 채 시무룩하게 말했다.

"아니야, 그럴 수도 있지. 그런데 어제 학교에서 나와 어디 간 거야?"

예린은 바로 대답하지 못하고 입을 샐룩거린 후 조심스레 열었다.

"그냥… 여기저기 다녔어요."

"그랬어? 답답하면 엄마에게 말하고 그래. 혼자 삭이지 말고."

태인은 예린에게 이런 말을 하면서 슬펐다. 머지않아 자신은 딸의 하소연조차 들어줄 수가 없을 테니까.

"아빠, 저 대학에 가서 영화 공부할까요?"

뜬금없는 영화를 공부하고 싶다는 예린의 말에 놀란 태인은 다시 영화? 라고 물었다.

"영화감독 되고 싶어요."

"갑자기 왜 영화감독이 되고 싶은데?"

태인의 기대와 달리 예린의 답은 간단했다. 그냥이라고.

예린은 아내의 활기차고 도전적인 성격을 닮음과 동시에 태인의 예술적인 성향도 가졌다. 특별활동으로 중학교 때는 아이돌이 되겠다며 댄스 동아리에서 활동하다 춤과 노래에 재능이 없다며 포기하더니, 고등학교에 올라와서는 사진작가가 되겠다며 반년 정도 사진반에서 활동했다. 그러다 이제 영화감독… 또 뭐로 바뀔지 모르겠다. 그래도 뭔가 하고 싶은 게 있다니 다행이다. 나는 저 나이 때 하고 싶은 게 없었는데. 아빠보다 낫다고 해야 하나.

"영화감독이라… 그거 힘들 텐데."

"방학 시작하면 시에서 운영하는 청소년 영화제작 프로그램에 참여하려고요. 엄마한테는 비밀로 해주세요."

"그런 것도 있어? 그래, 하고 싶으면 해봐. 엄마한테는 비밀로 할 테니까."

"저기… 아빠……."

예린이 뭔가를 말하려고 뜸을 들이는 사이 태인의 휴대전화가 울렸다. 인규였다.

"어, 인규야. 이 시간에 무슨 일이야?"

예린은 하려던 말을 하지 못하고 학원에 간다는 인사를 한 후 방에서 나갔다.

"태인아, 정수지 찾았어."

4
행운의 여신과 이별의 파편

정수지는 태인을 다시 만난 후 그와 이별은 단 한 번도 생각한 적이 없었다. 이별은 삶의 마지막 순간에서나 일어날 일이고, 그 순간까지 함께 하는 미래를 그렸다.

그런 강한 믿음 때문이었을까, 아니면 확실하게 끝내지 못해 남은 미련 때문일까, 태인과 이별한 후유증은 생각보다 오래갔다.

태인과 헤어진 후 연애가 없었던 것은 아니다. 같은 학교 동료 교사 소개로 만난 변호사와 회사원도 있었고, 잠시 활동했던 탁구 동호회에서도 수지에게 대시한 두 살 연하 남자도 있었다. 남자들은 모두 적극적이었고 수지도 싫어하는 감정은 없었으나, 사랑의 진도는 좀체 앞으로 나가지 못하고 제자리걸음만 하다 멈추는 상황이 반복되었다.

태인과 했던 사랑의 예습 때문은 아니었다. 새로 시작한 사랑을 하려고 하면 복습을 방해하는 존재가 여지없이 끼어들어 시시때때로 물었다.

'정말 저 사람 사랑해? 네가 생각하는 게 사랑 맞아?'

수지에게 묻는 존재는 세상에 없는 한수지라는 여자였다. 사실 수지 발목을 잡고 있는 한수지라는 족쇄는 수지 스스로가 채운 것이다. 그 족쇄는 작은 상자에서 튀어나왔다.

늦가을 주말이었다.

　빵집을 하는 친척이 추석 연휴에 가족들과 여행을 다녀온 후 선물을 한 아름 들고 수지 집으로 왔다. 친척은 인사를 건네는 수지를 보자마자 손에 들고 있던 상자를 하나 건넸다. 도넛 두어 개 정도가 들어갈 작은 상자였다. 여행지에서 산 선물은 아니었다.

　"수지야, 이거 받아. 몇 년 전에 이걸 받고 가게 구석에 놓았는데 너에게 준다는 걸 깜박하고 이런저런 물건들과 뒤섞여 창고로 들어갔나 봐."

　"삼촌, 이게 뭔데요."

　"음… 몇 년 전에 어떤 여자가 가게에 와서는 너를 찾았어. 네가 학교 발령받아서 알바를 그만둔 직후일 거야. 그 여자가 이걸 너에게 건네주라고 신신당부하고 갔거든. 그런데 까맣게 잊고 있다가 얼마 전에 창고 정리를 하다가 찾았어."

　어떤 여자? 친척이 건넨 상자를 들고 방으로 들어온 수지는 책상 의자를 빼고 앉은 후 작은 상자를 열었다. 상자 안에는 나무를 조각해 만든 작은 조각상 하나가 들어있었다. 조각상을 보자마자 태인이 군에 입대하기 전 자신을 위해 만들었다 망가져서 버렸다고 한 티케 조각상이 생각났다. 조심스레 조각상을 집어 들어 조각상을 뒤집었다.

　'행운의 여신 티케를 너에게, TI♡SJ'

　조각상이 앉아있는 둥그런 단상 밑에는 인두로 새긴 것 같은 문장과 태인과 수지의 영문 이니셜이 선명하게 남아있었다. 상자 안에는 한 번 접힌 노란색 메모지도 들어있었다. 메모지를 펼쳤다. 메모지에는 예쁜 필체의 짧은 문장이 적혀있었다.

'전에 학교에서 만난 한수지라고 기억하시나요? 두 사람 사랑 잘 이어가길 기원합니다.'

짧은 문장 하나에서 많은 것들이 떠올랐다. 주로 물음표가 달린 의문이었다.

수지는 한수지를 한 번 만난 적이 있다.

한수지가 남긴 메모처럼 수지가 다니던 학교에서 그녀를 만났다. 오후 강의 들어가기 전 벤치에 앉아있을 때 처음 보는 여자가 "잠깐 앉아도 될까요?"라고 인사하며 옆에 앉았다. 머리를 뒤로 묶은 꽤 예쁜 얼굴의 여자였다.

"날씨가 참 좋죠? 이거 드실래요?"

그녀는 캔커피를 건넸다. 수지는 낯선 사람이 건네는 커피가 께름칙해 괜찮다고 했지만, 그녀가 수지 손에 쥐어주는 바람에 어쩔 수 없이 커피를 받았다. 그녀는 다른 학교에 다닌다며 친구를 만나러 왔다고 했다. 말투와 표정은 당당했고 뭐가 그리 좋은지 얼굴에는 미소가 가득했다.

"전공이 수학인가 봐요?"

그녀는 수지가 들고 있는 전공서를 보고 물었다.

"예, 수학교육과예요."

그녀는 수학을 전공한다는 것 자체만으로 존경스럽다며 너스레를 떨었다. 대화는 그녀가 이끌었다. 친한 친구 같은 느낌이 들 정도로 그녀는 낯선 사람과 대화를 잘 끌고 갔다. 마음 한 켠에서 얼른 친구나 만나러 가지, 하는 생각이 들면서도 수지는 그녀의 대화에 조금씩 스며들었다. 수지가 만나려고 하는 친구의 과를 물으려고 하는데 그녀가 자기 이름을 말했다.

"아차, 제 이름을 말 안 했네요. 저는 한수지라고 합니다."

"어? 저도 수지예요. 정수지."

게다가 나이도 동갑이었다.

"어머, 우린 공통점이 많네요."

그녀 말에 수지도 그러네요, 하며 마지못해 동의했다.

"혹시 남자친구 있어요?"

그녀의 질문에 수지는 있다고 수줍게 말했다. 그녀도 좋아하는 남자가 있는데 고백할 수 없는 처지라면서 아쉬워하는 표정을 지었다. 그녀는 사귀는 남자친구와 좋은 사랑을 하라고 하면서 반가웠다고 말하며 자리에서 일어났다.

그날 일은 기억에 남을 만큼 인상적인 것이 아니라 잊고 있었다. 학교에서 일어나는 수많은 일 중 하나일 뿐이었다. 커피를 옷에 쏟은, 먹으려고 집은 햄버거를 바닥에 떨어뜨린 것보다도 특별할 게 없는 일이었다. 그런데 조각상과 메모지를 보자 그날 그녀와 만남이 단순한 것이 아니라는 확신이 들었다.

그날 그녀는 일부러 나를 만나러 온 거였어. 처음 인사를 할 때도 나를 알고 있었고. 그럼, 한수지라는 여자가 조각상을 훔쳤던 건가? 왜 그랬을까? 다시 돌려준 이유는 또 뭐고. 태인과 한수지는 어떤 관계였을까? 그날 그녀가 말한 자신도 좋아하는 남자가 혹시…….

수지가 태인을 만나 이 사실을 확인한 것은 가을에서 겨울로 넘어가는 시기였다. 태인은 밴드 마지막 공연을 준비하는 막바지라 시간을 내지 못해 수지가 태인이 살고 있는 곳으로 갔다. 버스 터미널 근처 커피숍에서 한 달 만에 만난 두 사람의 표정은 사뭇 달랐다. 반가워 싱글벙글하는 태인과 달리 수지는 경찰 조사를 앞둔 용의자처럼 얼굴이 굳어있었다.

"미안해, 수지야. 여기까지 오게 해서. 마지막 공연 준비하느라 시간이 안 나네. 이거 받아, 공연 초대장. 그거 3만 원짜리인데 그냥 주는 거야. 그러니까 무슨 일이 있어도 꼭 와야 해."

태인은 밴드가 주최하는 연말 송년회 콘서트 초대장을 건넸다. 수지는 건네받은 초대장 안의 내용을 확인하지도 않고 가방에 넣으며 입을 열었다. 수지에게는 공연 초대장이 문제가 아니었다.

수지는 자기가 담임으로 있는 반에 전학생이 왔는데 자기와 이름이 같은 수지라고 하면서 이야기를 시작했다. 태인에게 한수지라는 존재를 대놓고 묻기가 그래서 떠본 이야기였다. 태인은 수지가 던진 미끼를 의심 없이 물었다.

"그래? 나도 수지라는 이름을 가진 다른 여자 아는데. 한수지라고……."

태인은 꺼릴 게 없는지 예전에 알고 있던 한수지라는 여자를 간략하게 설명했다. 고등학생 때 미팅으로 만났고 사귄 거는 아니고 잠깐 알고 지낸 여자라고. 태인은 사귄 사이가 아니라는 부분을 멋쩍게 웃으며 강조했다. 거짓말 같지는 않았다.

"그 여자 지금은 뭐해?"

수지는 태인의 답을 기대하며 물었다.

"어… 죽었어. 좀 됐지, 나 군 전역하고 복학했을 때니까."

수지가 생각하지 못한 의외의 대답이었다. 어느 하늘 아래서 살고 있을 줄 알았는데. 태인은 커피로 입을 축인 후 한수지 죽음의 이유를 말했다. 간단했다. 자살이라고. 태인이 말을 잇기 전 사고였을까, 하는 수지의 생각은 금세 흩어졌다.

"영화감독이 되고 싶었는데 아버지 반대가 심했어. 우리나라에서 대학 다니다 영화 공부하러 아버지 몰래 미국으로 유학을 갔지. 그러다 건강이 안 좋아지면서 어쩔 수 없이 다시 돌아왔어. 미국으로 떠나기 전 한국으로 다시는 오지 않겠다고 했는데… 아마 꿈이 꺾인 깊은 상실감에 그런 거 같아."

충격이었다. 태인의 말을 듣자마자 수지는 가슴이 뜨겁게 달아올랐다. 뭔지 모를 불길한 불꽃이 이글거리며 피어오르는 느낌이었다. 한수지가 죽었다는 것도 충격이었지만 더한 충격은 그녀가 한 행동이었다. 분명 친척이 운영하는 빵집에 들러 조각상을 돌려준 시점은 죽음을 앞둔 시점일 것이다.

수지는 그녀 행동의 진짜 의도를 정확하게 알 수는 없었지만 뭔지 모를 부정적인 느낌은 본능적으로 느꼈다. 어쩌면 같은 여자라서 느끼는 감정일지도 모른다. 소독약으로 씻어내고 싶은 지독한 불쾌감, 캴캴거리며 비아냥대는 비웃음, 산발한 시커먼 머리를 풀어 헤치고 슬금슬금 기어 나올 것 같은 공포가 동시에 수지를 휘감았다. 불편한 감정의 회오리에 휘감긴 수지는 빨리 밖으로 나가 찬바람을 맞고 싶었다.

"지난번 너 왔을 때 갔던 그 음식점에 갈까? 터미널 뒤쪽에 있는 해물찜 가게. 너 거기 음식 좋다고 했잖아."

태인은 수지 속도 모르고 해맑은 얼굴로 음식 타령을 했다.

"태인아, 미안한데… 나… 먼저 일어날게."

"왜? 어디 안 좋아? 아까부터 얼굴이 안 좋긴 한 거 같은데."

수지는 태인의 말에 대꾸도 하지 않고 자리에서 일어나 커피숍에서 나왔다. 어디가 안 좋으냐 물으며 뒤따라오는 태인을 뒤로 하고 서둘러 택시를 잡아탔다. 빨리 태인에게서 벗어나고 싶었다. 태인은 계속 전화했지만, 수지는 받지도 않았고 문자도 보내지 않았다. 어떤 방해도 받고 싶지 않았다. 지금 느끼는 복잡한 감정을 정리하는 게 먼저였다.

태인과 헤어진 후 집으로 가는 버스 안에서도, 다음날에도 수지는 조각상을 되돌려준 한수지의 의도를 곰곰이 생각했다. 생각을 거듭할수록 조금씩 그녀에게 몰입됐다. 그러다 그녀와 하나가 됐다. 공통점이 그렇게 만들어 주었다.

같은 나이와 이름이라는 공통점에 하나가 더 추가됐다. 한 사람을 사랑하고 있다는 공통점. 한수지는 분명 태인을 사랑하고 있었다. 수지의 본능과 이성이 한수지 내면으로 조금씩 다가갔다.

태인이 군 입대 전에 만든 조각상. 그것을 훔친 한수지는 태인을 사랑하고 있다는 의미다. 먼 타국으로 떠나기 전 느꼈을 불안감과 아쉬움. 조각상을 갖고 있으면 그런 감정에 최소한의 위로가 되었을지 모른다. 한국을 떠나기 전 학교에 찾아와 자신을 만난 이유도, 죽기 전 조각상을 돌려준 이유도 태인을 위한 것이라고밖에 할 수 없다. 사랑하는 그를 위해 자신이 할 수 없는 것을 나에게 부탁하는 그런 마음으로. 한국으로 돌아와 죽음을 결심한 후에도 한수지는 자신이 아닌 태인을 생각하고 있었다.

죽음을 앞두고 사랑하는 사람을 위해서 그 남자가 사랑하는 다른 여자에게 자신의 바람을 부탁하는 것. 꿈이 사라진 극도의 상실감으로 죽음을 생각하고 있던 상황에서 과연 사랑하는 존재를 위한 이타심만으로 그런 행동이 가능할까?

그녀가 조각상을 돌려준 이유는 당연히 태인과 나를 위해 한 것이다. 그 정도는 떠름한 기분 정도를 감내하며 웃어넘길 것도 없는 해프닝으로 여길 일이다. 그러나 한수지의 죽음이 추가되자 본질이 변했다. 불쾌감을 넘어 죽음을 덧씌운 불길함으로. 그것이 수지와 태인 사이에 어깨동무하며 불쑥 끼어들었다.

죽기 전 그녀가 생각한 사람, 그 사람을 위한 그녀의 마음, 사랑하는 사람을 위한 끔찍한 집착. 한수지는 여전히 살아서, 아니 죽은 곳을 떠나지 못하는 지박령처럼 태인 옆에 그림자처럼 달라붙어 있는 유령이 된 것 같았다.

생각을 거듭할수록 한수지의 극단적인 상황이 사랑의 절대적 가치와 기준이 되어버렸다. 그 정도는 해야 사랑이라고 할 수 있다는 기준. 그 기준에 수지가 움켜쥔 사랑의 무게는 기준 미달이었다. 이런 자책은 빠르게 확장되며 수지 마음을 옥죘다.

아니라는 '불'이 들어가는 부정적인 단어들이 교차하며 줄줄이 떠올랐다. 불안, 불신, 불치, 불쾌, 불분명, 불가역, 불가분, 불가피… 이런 부정적 생각이 쭉쭉 뻗어 도착한 막다른 길에는 불가능이 서 있었다. 관계의 불가능.

수지는 한수지가 무서웠다. 태인을 만날 때마다 그의 옆에 붙어 따라다닐 한수지 유령을 도저히 떨쳐낼 수 없을 것만 같았다. 과대망상이 끌고 나온 성급한 추측이 아니었다. 태인에게 한수지의 죽음을 처음 들었을 때부터 그런 징후는 이미 나타났다.

무엇보다 중요한 것은 수지가 갖고 있던 사랑의 자신감이 무너져 버린 것이다. 자신은 죽음 앞에서도 사랑을 먼저 생각한 한수지처럼 할 수 없다는 자괴감과 패배감이 들었다. 이것은 무엇으로도 회복하기 힘든 불치의 절망감이었다.

물에 떨어뜨린 한 방울 잉크가 퍼지듯, 이별의 그림자가 꼬리를 흔들며 널름널름 수지 마음 전체로 퍼져 갔다. 더 이상 태인과 함께 할 수 없다는 마음이 그렇게 굳어졌다. 한수지를 이해하자 순식간에 벌어진 이별의 응고 과정이자, 겁에 질린 수지가 자신 안에 한수지를 살려낸 과정이었다.

다음 날에도 태인의 전화와 문자는 계속 이어졌다. 헤어진 이유를 몰라 답답해서 미칠 것 같은 그의 심정을 이해 못 하는 것은 아니었지만, 수지는 태인에게 뭐라고 말해야 할지 명확한 답이 서지 않았다. 그렇다고 이런 식으로 시간을 질질 끌 수는 없었다. 뭐라고 말은 해야 했다. 퇴근 무렵 수지는 태인의 휴대전화 번호를 눌렀다.

"우리 그만 헤어지자. 이유는 묻지 마. 대답할 수 없는 거니까."

수지의 단호한 이별 선포에 태인은 계속 그 이유를 물었다. 당연하다. 하지만 수지가 말할 수 있는 것은 없었다. 죽은 여자 때문이라며 자기 자존심을 망그러지게 할 수는 없었다. 설령 수지가 자신의 무너진 감정을 아무리 풀어 설명한다고 한들 태인은 이해조차 할 수 없는 것이었다. 그렇게 수지는 태인과 관계에 마침표를 찍었다. 서로에게 완전히 물들었을 때 등을 돌린 것이다. 세상에 존재하지 않는 타인에 의해, 억지로, 반강제로 떠밀려서.

* *

수지를 찾았다는 인규 전화를 받은 태인은 정말 그 여자가 수지가 맞을까 하는 의구심이 먼저 들었다. 인규는 통화에서 수지가 학교를 그만두고 빵 가게를 운영한다고 했다.

"엊그제 수지가 마지막으로 근무한 학교에 갔는데 거기서 수지랑 같이 근무한 교사가 그만둔 것까지만 말하고 다른 거는 모른다고 하더라고. 표정은 뭘 숨기는 것 같았는데 말이야. 여자 동창들 몇 명에게 부탁했는데 다행히 동창 하나가 다른 친구에게 들었다면서 연락을 줬어. 수원에서 빵집을 한다고. 그 동네서 사는 동창이 빵집을 지나가다 우연히 만났다고 하더라고. 결혼은 안 했다고 하고."

다음 날 오전, 아내가 커피숍으로 출근한 직후 인규가 태인의
집으로 왔다.

"정말 수지가 하는 그 빵집에 갈 거야?"

인규는 침대에 걸터앉아 있는 태인을 보며 물었다. 태인이 고
개를 살짝 끄덕이자 인규는 자신도 모르겠다는 듯 작은 한숨을
내쉬었다.

SUV 차량 뒷자리에 휠체어를 실은 인규가 운전석에 올랐다.
인규는 출발하기 전 조수석에 앉아있는 태인을 보며 불편한 속
내를 살짝 드러냈다.

"그런데 이렇게 해도 되는 건지 모르겠네. 제수씨가 너 이렇게
데리고 나간 걸 알면 한 소리 할 텐데."

"괜찮아. 답답해서 잠깐 바람 쐬러 나갔다고 말하면 돼."

차가 움직이자마자 인규는 수지를 만날 거냐고 물었다.

"잘 모르겠어. 일단은… 얼굴이라도…….."

태인은 인규 전화를 받고 밤새 고민했다. 수지를 만나면 어떤
말을 할까. 무릎 꿇고 죽음을 기다리고 있는 처지에 과거 이별한
이유가 궁금해 찾아왔다고 하면 철딱서니 없는 한심한 인간이라
생각할지도 모른다. 그런데 그게 궁금한 걸 어떡하란 말인가.

"나 군대 가기 전에 서산에서 너희 둘 만난 적 있었잖아, 터미
널 근처에서. 기억나?"

차가 시내를 빠져나올 때 인규가 지난 추억을 뒤적거리는 말을

꺼냈다.

"그때 손잡고 있는 너희를 보고 깜짝 놀랐지. 둘이 사귀고 있을 줄은 상상도 못 했으니까. 그때 너희 두 사람 참 잘 어울렸는데."

인규가 말한 것은 방학 때다. 집에 잠시 내려왔을 때, 수지와 영화 보고 나와 길을 걷는데 친척 집에 들른 후 버스 터미널로 가던 인규와 마주쳤다. 놀란 태인은 잡고 있는 수지 손을 무의식적으로 빼려 했고, 수지는 그런 태인의 손을 더 꽉 쥐었다. 왜 그러냐는 표정으로 태인을 보면서.

"정말 궁금해서 그런데, 지난번에 네가 답을 안 했잖아. 지금 와서 왜 수지를 만나려고 하는 거야?"

처음 수지를 찾아달라고 부탁했을 때처럼 인규는 다시 수지를 만나려고 하는 이유를 물었다.

"사실… 수지와 헤어진 이유를 모르거든. 그게 궁금해서."

"뭐? 헤어진 이유를 지금까지 모른다고?"

인규는 실소를 흘린 후 다시 입을 열었다. 말투에서 답답하고 어이없음이 느껴졌다.

"그래, 이유도 모른 채 헤어졌다고 하자. 그런데 그게 지금 왜 궁금해? 너 같은 상황이 되면 그런 게 궁금해지는 건가?"

태인은 자신도 모르겠다고 얼버무렸다. 꿈에 수지가 나타나서 그런 거라는 얼토당토않은 말은 차마 하지 못했다.

라디오에서 나오는 예전 노래가 차 안에 흐르고 있다. 태인은 창밖을 내다보며 수지를 생각했다. 어떻게 변했을까. 이제 와서 헤어진 이유를 물으면 정말 나를 한심하게 생각할까, 아니면 예전 헤어질 때 한 말을 다시 할까. 이유는 묻지 말라고, 여자의 자존심이라고.

인규가 칙칙한 분위기를 바꾸고 싶었는지 갑자기 야구 이야기를 꺼냈다.

"어제 한화 이글스 또 졌다. 4연패야. 젠장, 내가 충청도에서 태어난 죄로 무슨 마음고생이냐."

푸념을 늘어놓는 인규를 보며 태인은 피식 웃었다. 십수 년 전 프로야구에 관심을 끊기 전 자신도 그랬던 게 생각이 나서다.

"야구 안 보면 되잖아. 아니면 다른 팀으로 갈아타던가. 그것도 아니면 나처럼 관심을 끊던가."

"말이야 쉽지. 그게 마음대로 되냐. 나는 너처럼 관심을 끊지는 못하겠어. 그리고 한두 해도 아니고 수십 년 동안 애정을 쏟았는데 그런 팀을 어떻게 헌신짝 버리듯 버려. 그건 예의가 아니지."

"그렇지. 사랑한 것을 쉽게 버리는 거는 예의가 아니지."

인규는 그런데… 라고 말하며 대화의 방향을 다시 틀었다.

"제수씨가 너와 수지가 사귄 거 알잖아. 혹시라도 수지 만나러 나온 걸 알면 기분이 좋지 않을 텐데."

"네 와이프 생각이나 하셔. 너 전에 바람피운 거 제수씨 모르지?"

인규가 30대 후반이던 시절 거래처 여직원과 잠시 바람을 피웠다고 술자리에서 고백한 적이 있었다.

"그 얘기를 지금 왜 꺼내."

"너 전에 술자리에서 그 여자 많이 좋아했다고 그런 거 같은데."

"내가 그런 말을 했어? 뭐… 당시에는 좋아했을 거야. 그때 이혼 얘기가 나올 정도로 아내와 사이가 좋지 않을 때였으니까."

"그 여자 지금도 가끔 생각나고 그래?"

"뭐… 아주 가끔. 기억이 가물가물해서 지금은 그 여자 얼굴 생각이 안 나. 그래서 더 아련한 건지도 모르지."

"어떻게 헤어졌지? 그때 네가 뭐라고 한 거 같기는 한데."

"여자가 먼저 헤어지자고 했어. 나에게 안 좋은 기억으로 남고 싶지 않다고. 더 길어지면 그렇게 될 거라고. 그 여자가 현명했던 거지. 그래서인지 지금도 그 여자에게 나쁜 기억은 없어."

"요즘 아내와는 어때?"

"그냥 그래. 더 나빠지지 않은 것만으로도 다행이지. 난 이제 생산직이 아니고 서비스직이야. 그런데…….."

"그게 무슨 소리야? 넌 기술직이잖아."

태인이 말을 끊으며 말했다.

"너는 농담을 이해 못 하냐. 나 묶었다고."

인규 말에 그제야 태인이 농담을 이해하고 웃었다.

"그런데 갈수록 서비스 업무도 잘 못 해. 그게 문제야. 나이 들어가는 수컷들의 슬픔이지."

인규의 농담에 태인은 크게 웃었다.

"인규야, 나 눈 좀 붙일게."

피곤함이 느껴져 눈을 감았다. 인규는 예전 가요가 흘러나오는 라디오를 껐다.

태인은 결혼 후 외도한 적은 없다. 그렇다고 유혹에 흔들린 적이 없었던 것은 아니다. 태인에게 주파를 던지는 사내 기혼 여직원도 있었고, 사무실 근처 태인이 자주 갔던 바를 운영하는 이혼한 여사장도 태인에게 대놓고 관심을 표했다. 술집 사장과는 따로 만나 식사한 적은 있지만, 그 이상의 관계로 들어가려는 조짐을 느낀 태인이 먼저 관계를 끊었다. 질펀한 연애 상황으로 들어가고 싶지 않았을 뿐 외도나 불륜에 적대적인 마음이 있어서, 인격적으로 훌륭해서 그런 것은 아니었다. 진흙탕 같은 결말이 빤히 보이는데 알싸한 연애의 쾌감을 굳이 맛보고 싶지는 않았을 뿐이었다. 그런 것도 수지와 이상한 이별을 한 후 생긴 후유증일지도 모른다. 좋아하는 감정이 마지막에 이상하게 꼬여버릴 것만 같은 그런 기분. 수지와 그런 이별 경험이 없었다면 유혹에 솔솔 끌려가다 제 발에 걸려 여러 번 넘어졌을 것이다.

어떤 면에서 사랑의 과정보다 이별이 더 중요한 것 같다. 이별은 서로에게 물들었던 사랑의 색을 빼내는 것이라 힘든 일이다. 완전히 빼내는 것은 어쩌면 불가능한 일이고, 다른 사랑으로 덧칠하는 것이 유일한 방법일 것이다. 완전히 다른 색으로, 더욱 짙은 색으로.

태인은 수지와 이별하던 순간으로 들어갔다.

수지의 갑작스러운 이별 통보에 태인은 황당할 수밖에 없었다.

전화로 이별을 통보하면서 그 이유를 말할 수 없다는 것에 누가 수긍하겠는가.

이별을 통보한 후 수지는 일방적으로 태인과 연락을 끊었다. 연락뿐 아니라 문자를 보내도 돌아오는 메아리가 없어 답답해 미칠 지경이었다. 무슨 잘못을 했는지 알기라도 했다면, 그것이 납득할 만한 이유라면 무릎이라도 꿇고 잘못했다고 사정했겠지만 그럴 기회조차 없었다.

생각해 보니 수지가 돌변한 것은 한수지 이야기를 한 이후였다. 그것 때문이라고 해도 이상하다. 사귄 것도 아니고 학창 시절에 알고 있던 여자 이야기를 한 게 무슨 잘못이라도 되나. 혹시 한수지와 연애한 것으로 오해했나. 설령 그렇다고 해도 헤어지자고 과민하게 반응할 이유는 없다. 이미 지난 일이고 그 여자는 세상에 존재하지도 않는다. 성격이 예민해 그것마저도 께름칙해서 그런 거라면 할 말은 없지만, 수지는 그 정도로 과하게 예민한 여자는 아니었다.

어려운 수학 문제를 마주한 것처럼 양미간을 찌푸리고 머리를 벅벅 긁으며 고민해도 답은 보이지 않았다. 어쩌면 답이 없거나 남자로서 절대 찾지 못하는 것일지도 모른다.

태인은 이별을 선언하는 수지와 통화한 며칠 뒤, 이른 퇴근을 하고 그녀가 근무하는 학교 앞에서 무작정 기다렸다. 퇴근한 수지가 교문을 나왔다.

"정수지, 잠깐 이야기 좀 해."

수지는 태인이 올 것을 예상했는지 놀라는 표정은 아니었다.

그녀는 태연한 얼굴로 "할 말 없어"라고 말 한 후 몸을 돌렸다. 태인은 등 돌린 수지의 어깨를 잡았다.

"잠깐 이야기 좀 하자니까!"

버럭 언성을 높인 태인의 목소리가 주위 사람들 시선을 두 사람에게 끌어모았다. 교문 앞에서 하교하는 학생들 몇 명이 드라마 촬영 현장을 지켜보는 것처럼 걸음을 멈추고 두 사람을 흥미롭게 지켜보았다. 난감한 상황이 벌어지는 게 싫은 수지는 포기한 듯한 얼굴로 태인의 차에 올랐다.

차는 학교에서 멀지 않은 공원으로 향했다. 전에 두 사람이 점심을 먹은 곳이었다. 차가 멈추자마자 기다렸다는 듯 수지가 차에서 내렸다. 차에서 내린 수지는 바쁜 일이라도 있는 것처럼 잰걸음으로 공원을 가로질러 걸어갔다. 태인도 차에서 내려 앞서 걷는 수지를 따라잡아 어깨를 잡았다.

"이유를 말해야 할 거 아니야! 네가 이러는 이유를!"

답답한 태인의 목소리가 높아졌다. 억지로 마음을 진정시킨 태인은 마른침을 삼키고 목소리를 낮춰 다시 물었다.

"네가 이러는 이유를 말 좀 해봐. 내가 너처럼 갑자기 헤어지자고 하면 넌 이해할 수 있어?"

태인을 바라보는 수지의 표정은 사늘했다. 옷깃이라도 여며야 할 것처럼 수지 얼굴에서 한겨울 찬바람이 일었다. 처음 보는 표정이었다. 그렇다고 분노와 증오를 껴입은 눈빛과 표정은 아니었다. 그래서 더 의아했다. 대체 이유가 무엇인지.

"수지야, 내가 잘못한 게 있으면 말해. 그런 게 있다면……."

"그런 거 없어. 네 잘못은 아니야. 나 때문에 그런 거야."

태인의 말을 가로챈 수지는 이해할 수 없는 말을 빠르고 건조한 목소리로 계속 이었다.

"잘못은 나에게 있어. 더 이상 묻지 마. 여자의 자존심이니까. 미안해, 그만 갈게."

마지막을 전하는 그녀 눈에는 뭐가 녹아있는지 모를 눈물이 그렁그렁하게 고여 있었다. 몸을 돌리기 전 차갑게 굳어있던 수지 얼굴에 옅은 미소가 번졌다. 눈에 고인 눈물과 입에 머금은 미소, 어떤 의미인지 모를 두 가지를 이별 선물로 남긴 수지는 몸을 돌려 자리를 떴다. 태인은 수지 뒷모습이 눈에서 사라질 때까지 멍하니 서서 지켜보았다.

태인은 수지 뒤를 따라가지 않았다. 이해할 수 없는 뭔가가 있는 것이 분명하지만, 수지 얼굴에서 두 사람 관계가 끝났다는 것만큼은 확실하게 느꼈다. 태인 입장에서는 정말 어처구니없는 결말이 아닐 수 없었다.

납득도 이해도 되지 않는 여자의 자존심이라는 수지 말을 받아들일 수가 없었지만 달리 방법은 없었다. 여자의 자존심 때문이라는 애매하고 장난 같은 말의 정체를 찾으려 제아무리 상상의 나래를 펼쳐도 제자리에서 날갯짓만 할 뿐 실체 근처로 날아가지 못했다. 기껏 생각한 결론은 헤어지려고 하는데 마땅한 이유가 없어 한 말이라고밖에.

이해되지 않는 애매모호함에서 시작된 억측과 상상으로 자란 잔가지들은 추억의 실바람이 살짝 불기라도 하면 간들간들 흔들리며 귀찮게 한다. 이날, 수지가 진심이 아니더라도 이유 없이 네가 싫어졌어, 라고 말했다면 그녀에게 지금 같은 미련이 없을지도 모른다.

수지와 헤어진 후 며칠 동안은 심기가 불편한 얼굴로 지냈다. 눈치 빠른 맞은편 자리의 — 자기 말로는 만난 남자가 한 트럭이 넘는 연애 도사라고 자랑했던 — 여자 선배는 연애 사업이 부도 위기냐며 우울한 태인 앞에서 아랑곳없이 이죽거렸다.

일상이 꼬이는 시기에 그나마 위로가 된 것은 록 음악이었다. 마지막 공연이 얼마 남지 않아 평일에도 퇴근한 후 잠깐이라도 만나 연습을 했다. 멤버들 합주에 맞춰 목이 터져라 노래하면 실패한 연애의 쓴맛이 조금은 옅어지는 기분이 들었다.

태인은 송년회를 겸한 마지막 밴드 공연에서 수지에게 프러포즈하려고 했다. 그래서 준비한 것이 예전 수지와 카페에 갔을 때 스케치한 집 그림이었다. 그날 노트에 스케치한 집의 조감도를 A3 사이즈 종이에 다시 그린 후 파스텔로 연하게 색칠해서 액자에 담았다. 미래를 의미하는 프러포즈 선물이었다.

수지가 이별 선언을 하기 전까지 태인은 출퇴근할 때마다 프러포즈 상황을 상상했다. 상상만으로도 행복이 차올라 혼자 실실 웃었다.

밴드 멤버들의 감미로운 연주가 배경음악으로 깔리고 태인은 수지에게 다가가 집을 그린 그림이 든 액자를 건넨다. 프러포즈할 때 건넬 대사도 준비했다. 드라마와 영화에서나 가능한 대사가 아닌 유치하지 않은 담백한 대사를. 수없이 고민하고 고민한 끝에 완성한 문장은 '저 집에 우리 미래를 채우자'라는 짧은 문장이었다. 이 말로 프러포즈한 후 포옹을 하고 그 자리에 있는 사람들의 환호와 축복을 받는다. 이런 상상은 머릿속에만 남아버렸다.

크리스마스를 며칠 앞둔 토요일. 백여 명 정도가 들어갈 규모의 술집을 빌려 송년회를 겸한 공연을 하는 날이 되었다. 태인의 관심은 공연을 실수 없이 하느냐가 아닌 수지가 공연에 오느냐 아니냐, 였다. 오지 않을 거라는 걸 알면서도 내심 그녀가 오길 바라는 마음에 공연 준비를 하는 태인의 시선은 가게 문이 열릴 때마다 출입문으로 향했다.

조용필의 〈여행을 떠나요〉를 시작으로 공연은 시작됐다. 노래하는 동안 태인의 시선은 공연을 즐기는 사람들 사이를 비집고 다녔다. 한해의 마지막을 며칠 앞둔 사람들의 표정은 제각각이었다. 고개를 까닥거리며 노래를 흥얼거리는 사람, 노래가 유행할 때 추억을 음미하는지 눈을 감고 음악을 감상하는 사람, 콘서트 현장에 온 것처럼 신이 나서 방방 뛰는 사람. 그런 사람들 사이에 다른 눈빛, 다른 얼굴로 태인을 바라보고 있을 수지는 없었다. 혹시라도 오지 않을까, 하는 기대감은 노래 한 곡 한 곡이 끝날 때마다 사그라들었다.

크리스마스 캐럴을 끝으로 준비한 공연이 끝났다. 멤버들끼리 눈빛을 주고받았다. 마지막 공연이라는 아쉬움에 멤버들 모두 눈가가 촉촉했다. 태인도 그랬다. 막내 유성의 볼에는 이미 굵은 눈물이 줄을 긋고 있었다.

태인과 멤버들은 자리에 참석한 사람들에게 고개 숙여 인사했다. 고개를 드는 찰라 태인의 시선이 찬바람을 밀고 들어온 후 닫히는 출입문으로 빠르게 움직였다. 닫힌 문으로 사라지는 검은색 코트를 입은 여자의 뒷모습. 분명 수지의 뒷모습이었다.

태인은 자리에 함께하고 있는 사람들의 인사를 건성으로 받으며 서둘러 가게 밖으로 나갔다. 가게 앞에 서서 좌우로 빠르게 움직이던 태인의 시선이 한 곳에서 멈췄다. 횡단보도를 건넌 수지의 뒷모습이 저 멀리 보였다.

"수지! 정수지!"

태인은 싸락눈을 품은 매서운 겨울바람을 뚫을 기세로 수지 이름을 힘껏 불렀지만 그녀는 돌아보지 않고 건물 모퉁이를 돌아 사라졌다. 수지가 사라진 후 다급해진 태인은 좌우 살피지도 않고 횡단보도를 건넜다. 신호등이 빨간색이었지만 태인의 눈은 방금 본 수지 모습이 판박이처럼 박힌 상태라 신호등 색깔을 구분할 정신이 없었다.

귀신에 홀린 듯 횡단보도를 무작정 건너던 태인이 달려오는 차와 부딪치는 순간 어디선가 나타난 서영이 몸을 던졌다. 그것이 수지와는 진짜 마지막이었고, 서영과는 진지한 시작이었다.

태인아, 이 근처인 거 같다. 아, 저기네.

인규 목소리에 선잠에서 깼다. 인규가 운전하는 차는 수지가 운영하는 빵 가게 맞은편에서 멈췄다. '수지네 빵집' 간판이 걸려 있는 규모가 작은 동네 빵집이었다.

"태인아, 어떻게 할 거야? 들어가서 만날 거야?"

태인은 물끄러미 빵집을 보았다. 가게 안에서 손님과 이야기하는 수지 모습이 흐릿하게 보였다. 막상 눈앞에 그녀가 보이자 선뜻 만날 용기가 나지 않았다. 멋진 모습도 아니고 골골대는 환자 모습이니 더욱 그랬다. 죽어가는 자신에게 아량을 베풀어 과거 이별 이유를 말해달라고 사정하는 모습을 상상하자 너무 처참했다.

"아니, 됐어."

가게 문이 열리고 수지는 손님과 함께 밖으로 나왔다. 초등학교 저학년으로 보이는 여자아이와 엄마는 단골손님인 듯 가게 앞에서 수지와 이야기를 나누는 모습이 정겹게 보였다.

수지는 크게 변하지 않았다. 외모는 아름다운 중년 여자가 되어있었고, 마르지도 살찌지도 않은 몸매는 태인이 기억하고 있는 그대로였다. 손님과 인사를 나눈 수지는 다시 가게 안으로 들어갔다.

수지를 만나 잘 지냈어? 좋아 보인다. 어쭙잖은 이런 인사말보다 이렇게 바라보는 게 나을 것 같다. 이런 추한 몰골 보이는 게 뭐 좋을 게 있다고. 태인은 그렇게 스스로 위로했다.

인규가 운전하는 차는 다시 집으로 향하고 있다.

"태인아, 배고프지 않아? 뭐라도 먹을까?"

차에 붙어있는 디지털시계를 보니 점심시간을 훌쩍 지난 시각이었다.

"그러자."

인규는 뭘 먹을까, 라고 혼잣말을 하며 주위를 둘러봤다.

"인규야, 햄버거 먹을까? 내가 나가는 건 아무래도 번거로우니까 테이크아웃해서 차 안에서 먹자."

인규는 그러자며 햄버거 가게 근처에 주차하고 차에서 내렸다.

태인은 주위를 둘러봤다. 기억을 집어 보니 한수지가 잠들어 있는 납골당이 이곳에서 멀지 않았다. 우연히도 오늘은 두 명의 수지를 한꺼번에 보는 날이다.

한수지가 그렇게 떠날 줄은 정말 몰랐는데.

태인이 20대일 때 가까운 사람 중에서 세상을 떠난 20대는 한수지가 유일했다. 당연히 그녀 죽음은 충격이었다.

한수지가 미국으로 떠나기 며칠 전 태인은 마지막으로 시내 한 술집에서 그녀를 만났다. 정말 부모 허락 없이 몰래 떠날 줄은 몰랐다. 그녀의 당찬 행동에 경의를 표하면서도 다시 만나지 못할 수도 있다는 생각에 마음은 착잡했다. 한수지 역시 착잡한 마음이 얼굴에 고스란히 드러났다. 그래도 서로를 바라보는 얼굴에 미소를 지으려 애썼다.

웃는 얼굴로 마주 앉았지만 고등학생 시절 미팅에서 처음 만났을 때처럼 어색했다. 쾌활한 한수지도 평상시와는 확연히 달랐다. 마지막일지도 모른다는 이유 하나로 분위기는 대학 입시에 낙방했을 때처럼 풀기가 없이 축 처졌다.

태인은 한수지가 유학 간 현지에서 머물 집과 계획을 물었고 한수지는 담담하게 답했다. 소주를 몇 잔 주고받고 나서야 분위기는 평소처럼 밝아졌다. 두 사람이 처음 만난 미팅 이야기를 시작으로 지난 추억을 더듬으며 현재 태인의 연애 이야기를 거쳐 미래 이야기까지 다다랐다. 미래 이야기는 한수지 몫이었다. 말하는 한수지 얼굴에는 곧 맞닥뜨릴 타국 생활의 두려움과 설렘이 뒤섞인 얼굴이었다. 그런 얼굴로 말하는 중간중간 떠나는 아쉬움은 어쩔 수 없이 쓸쓸한 웃음과 함께 피어났다.

평소처럼 소주 두 병이 비었다. 이제 한수지와 이별할 시간이 되었다. 태인은 취기가 오르지는 않았지만, 다시 볼 수 없을지도 모른다는 것 때문에 만취했을 때처럼 긴 한숨을 뱉었다. 구체적이지는 않지만 뭔가 안쓰럽고, 괜히 미안하고, 조금 슬펐다. 성공을 바라는 으쌰으쌰 응원 외침으로 떠들썩해야 할 환송식이어야 하건만 장례식장처럼 쓸쓸한 마지막이었다.

"이 잔이 마지막 잔이네."

한수지가 태인 앞에 놓여있는 잔에 술을 따르며 말했다. 마지막 잔을 앞에 두고 다시 처음처럼 분위기가 가라앉았다. 두 사람은 약속이라도 한 듯 잠시 서로를 바라보았다.

"이번에 떠나면 정말 한국에 안 돌아올 거야?"

"어. 안 올 거야. 성공하기 전에는."

고등학교 때부터 가졌던 계획이라고 말하는 그녀의 얼굴에는 빈말이 아니라는 굳은 다짐이 엿보였다.

"너는 분명 영화감독으로 성공할 거야. 너 같은 애가 성공 못 하면 누가 하겠어. 꼭 성공해서 다시 돌아와. 멀리서 응원할게."

말로는 응원한다고 했지만 표정은 경기에서 대패한 운동선수처럼 실의에 빠진 모습이었을 것이다.

"이태인, 너무 그렇게 애처로운 눈으로 보지 마. 죽기 전에는 얼굴 한번 보겠지. 마지막인데 우리 웃으면서 헤어지자. 자, 막잔 들자고."

웃으며 잔을 든 한수지 얼굴이 억지로 울음을 참는 어린아이 얼굴 같았다. 처음 보는 모습에 마음에 짠했다.

"마지막 잔은 사양할게. 이렇게 남겨둬야 너를 다시 만날 수 있을 것 같아서."

농담이었지만 진심이었다. 평소 같으면 이런 농담에 호탕하게 웃으면서 더 센 농담으로 받아쳤을 한수지는 피식 웃기만 했다.

"너 떠나는 날 공항에 같이 갈까?"

태인이 마지막 잔을 비우는 한수지를 보며 물었다.

"아니야, 그럴 필요 없어. 내가 떠난 후 누군가 공항에 남아있는 게 싫어. 나 혼자 떠나려고 했는데 작은오빠가 그래도 가족이 떠나는데 그럴 수 없다고 하도 우겨서 오빠하고만 가려고. 마음만 받을게."

술집 밖으로 나온 후 재수생 때 팔짱 끼고 전철역으로 가던 날처럼 한수지는 태인의 팔짱을 꼈다. 아무 말 없이 길을 걷던 한수지가 외진 곳에서 갑자기 태인을 끌어당기며 입술을 덮쳤다.

재수생 시절 한강에서 한 첫 키스와는 달랐다. 조심스러운 고백과 같은 첫 키스와 달리 강렬한 욕구가 입안에서 꿈틀댔다. 먼 길 떠나는 여행자가 지금 순간을 잊지 않으려는 듯한 간절함이 굵은 알사탕처럼 태인의 입안에서 굴러다녔다.

키스가 끝나고 잠시 포옹한 채 서 있었다. 한수지는 흐느꼈다. 씩씩하게 참고 있던 감정이 터진 것이다. 태인은 한수지의 울음이 멈출 때까지 선 채로 안고 있었다.

잠시 안겨있던 한수지는 태인에게서 떨어지며 바로 몸을 돌려 뛰어갔다. 다시 만날 기약은 하지 않았지만, 영원한 이별은 아니라는 생각을 하며 뛰어가는 한수지의 뒷모습을 바라보았다. 이것이 태인이 기억하는 마지막 한수지의 모습이다.

그렇게 떠난 그녀가 미국에서 열심히 생활하는 줄 알았다. 부모님 몰래 도망가듯 갔으니 더 열심히 공부하는 줄 알았는데 고등학교 동창인 빤스를 통해 돌아온 소식은 충격이었다.

빤스에게 연락을 받은 것은 군 전역한 후 몇 달이 지났을 때로 복학한 지 얼마 되지 않아 정신이 없을 때였다. 늦은 밤 빤스가 집으로 전화했다. 오랜만의 통화였다. 빤스는 형식적인 안부 인사를 건네자마자 곧바로 한수지 이름을 꺼냈다.

"태인이 너, 한수지하고 연락하고 지냈어?"

빤스를 통해 오랜만에 들은 그녀의 이름. 반갑기보다 어딘가 불길함이 느껴졌다.

"연락은 무슨, 유학 가기 전 잠깐 본 게 전부야. 그런데 왜 갑자기 한수지를?"

"한수지 죽었대. 내일 저녁에 아는 애들이랑 같이 장례식장에 가려고 하는데 너도 갈 거야?"

빤스의 말을 들은 태인은 충격에 잠시 넋이 나갔다. 시간이 멈춘 것 같았고 수화기를 들고 있는 손도 살짝 떨렸다. 눈앞에는 한국을 떠나기 전 술집에서 보았던 불그스레한 그녀 얼굴이 아른거렸다.

"왜… 죽은 거야?"

"나도 자세히는 몰라. 병으로 죽었다고 하던데."

병이라… 건강하던 애가 갑자기.

다음 날, 학교 수업을 마친 후 한잔하자는 예비역 동기들 손을 뿌리치고 서둘러 장례식장으로 향했다. 진짜 죽은 건가. 빤스 전화를 받았을 때부터 그녀의 죽음은 실감 나지 않았다. 미국으로 떠나기 전 자신감을 내비쳤던 그녀 얼굴 때문에 더욱 그랬다.

빤스가 알려준 장례식장에 도착해 로비에서 이름을 확인했다. 그제야 그녀가 죽은 것을 실감했다. 그날 그곳에는 한수지 외에 몇 명 장례식이 더 있었다. 그들 중에서 한수지가 가장 어린 고인이었다.

태인을 맞이한 영정 사진 속 한수지는 반갑다고 인사하는 것처럼 환하게 웃고 있었다. 사진에서 튀어나와 오랜만이라고 살갑게 웃으며 포옹할 것만 같았다.

먼저 도착한 빤스는 한쪽 여자들 무리 속에 앉아있었다. 미팅할 때 보았던 낯익은 여자도 있었고 처음 보는 여자도 있었다.

빤스 아내의 친구들이다. 빤스는 고등학교 때부터 사귀던 여자친구가 임신하는 바람에 2년 전에 결혼했다. 동창 중에서 가장 먼저 결혼한 기혼남이었다. 아내는 둘째 임신 중이라 장례식장에는 오지 않았다.

태인은 테이블에 앉아있는 눈에 익은 사람들에게 가벼운 눈인사를 하고 빤스에게 "어떻게 된 거야?"라고 물으며 옆에 앉았다.

"나도 자세한 거는 몰라. 아내한테 들은 게 전부거든. 아내 말로는 부모님 몰래 미국으로 유학 갔는데 제대로 식사를 못 해서 영양실조로 쓰러졌대. 그 후 한국으로 들어왔고. 급성백혈병이라고 했나? 항암치료를 했는데 호전이 없었나 봐. 너무 늦게 병원에 와서 그랬다나. 죽기 전 집에서 잠시 요양하다가 병원에서 눈감았다는 게 내가 아내에게 들은 전부야."

병이야 그렇다 쳐도 영양실조라니… 부잣집 막내딸과 영양실조라는 단어는 어울리지 않는 조합이었다.

술을 입에 털어 넣은 빤스가 화가 난 말투로 불평을 쏟았다. 태인이 생각한 어울리지 않는 조합에 화가 난 불만이었다.

"수지 같은 집안의 딸이 영양실조라는 게 말이 되냐? 아무리 자식이 부모 뜻에 반해도 그렇지. 수지가 미국에 있을 때 작은오빠가 돈을 몰래 보내줬는데 그걸 아버지가 알게 되었나 봐. 그 후 돈을 보내지 않았고. 그래서 알바를 하고 잘 먹지도 못하고… 수지 부모님은 충격에 드러누우셨대."

그러고 보니 한수지 부모님으로 보이는 어른은 보이지 않았다. 장례식장을 지키고 있는 사람은 오빠로 보이는 남자 두 명뿐이었다.

적적한 분위기를 깨는 목소리가 태인의 등 뒤에서 들렸다.

"여기 혹시 이태인 씨라고 있나요?"

태인은 고개를 돌렸다. 태인을 찾는 사람은 상주복을 입고 있는 한수지의 작은오빠였다. 그는 자기 동생과 비슷한 또래가 모여 있는 테이블에서 태인을 찾고 있었다.

"제가 이태인인데요."

태인은 어색하게 손을 들었다. 태인과 눈을 맞춘 한수지 오빠는 잠시 이야기를 나누자며 태인을 불러냈다. 건물 밖으로 나온 그는 벤치에 털썩 앉았다.

"옆에 앉아요."

태인은 한수지 오빠와 약간 떨어져 앉았다.

"말 놓아도 되지?"

태인은 고개를 끄덕였다. 한수지 오빠는 태인의 위아래를 빠르게 훑었다. 눈빛에는 호기심이 가득했다. 그 눈빛이 부담스러운 태인은 고개를 앞으로 돌려 꽃이 핀 화단을 바라보았다.

"너… 내 동생이랑 무슨 사이냐?"

태인은 다짜고짜 자신과 한수지의 관계를 묻는 오빠에게 고개를 돌렸다. 질문하는 말투는 공손했지만, 표정은 취조하는 수사관 눈빛처럼 매서웠다. 그 질문에 태인은 잠시 머뭇거렸다. 뭐라고 말해야 할지 정리가 되지 않았다. 친구라는 단어 외에 관계를 설명할 단어는 떠오르지 않았다. 연인이라고 하기엔 빈 공백이 많았고, 그렇다고 키스 몇 번 한 사이라고 말하는 것도 우스웠다.

"친구입니다. 고등학생 때부터 알던 사이입니다."

"아, 그래. 그런데 남녀 사이에 친구가 될 수 있나?"

태인도 그렇게 생각하지만 이 상황에서 오빠 말씀에 동의한다며 맞장구를 칠 수도 없었다. 이미 친구 사이라고 말을 뱉었는데 그게 아니라고 하면 한수지와의 관계는 허공에 붕 떠버리는 꼴이 된다.

잠시 정적이 흘렀다. 한수지 오빠의 가라앉은 목소리가 정적을 깼다.

"너… 입 무겁니?"

한수지 오빠는 계속 이상한 질문을 이었다. 태인은 예? 라고 대답한 후 한수지 오빠의 얼굴을 빤히 쳐다보며 이어질 말을 기다렸다.

"내가 하는 말 다른 친구들에게 안 하겠다고 약속할 수 있어?"

뭔지는 모르겠지만 태인은 한수지 오빠 얼굴에 시선을 고정한 채 일단 그렇게 하겠다고 말했다. 새끼손가락 거는 것을 대신하는 굳은 표정을 지으면서.

"내 동생… 사실 병사 아니야. 자살이야."

한수지 오빠 입에서 튀어나온 자살이라는 단어가 태인의 뒤통수를 세차게 때려 어안이 벙벙했다. 벌어진 입에서는 허, 하는 탄식이 저도 모르게 흘러나왔다.

자살? 한수지가? 그 애는 절대 그런 선택을 할 애가 아닌데. 물론 고등학생 때 그런 생각을 한 적이 있기는 하지만.

곧바로 한수지 오빠가 말을 잇는 바람에 어떻게 죽었는지는 묻지 못했다. 집에서 그렇게 되었다면 약이거나 빨랫줄, 투신밖에 없다.

"동생이 죽기 전 메모를 남겼어. 미안하다는 메모에 가족들 이름이 있었는데 모르는 이름 하나가 있더라고. 네 이름, 이태인. 내 동생이 널 특별하게 생각해서 그랬겠지?"

한수지 오빠의 마지막 말은 다시 한번 자기 동생과 무슨 관계냐는 의미가 담겨 있었지만, 충격에 정신이 나간 태인은 그저 멍하니 화단에 핀 이름 모를 꽃만 바라보았다.

"너 혹시 내 동생에게 뭐 들은 말 없어?"

한수지 오빠의 계속되는 곤란한 질문에 태인도 난처했다. 한수지가 말한 것 중에 이 상황에 어울릴 만한 것은 아버지를 독재자라고 한 것과 고등학생 때 한강 다리에서 자살하려고 한 것이 전부다. 지금 그것을 말하는 게 무슨 의미가 있을까. 그녀도 지우고 싶어 했을지 모르는 과거사를 다시 끄집어낼 필요는 없다. 태인은 그런 것은 없다고 답했다.

한수지 오빠는 다시 한번 비밀을 지켜달라는 부탁을 하고 자리에서 일어났다. 태인은 벤치에 굳은 채 앉아있었다. 부모님에게 호되게 꾸지람을 들은 것처럼 마음을 추스르지 못해 멍하니 앉아만 있었다.

고등학생 때 자살하려다 사랑 한 번 못 한 게 억울해서 자살도 포기했다고 했는데. 왜 이제서야 자살을. 그 사이에 미국에서 진한 사랑이라도 한 거야? 아니면 그것조차 사치라고 느낄 만큼 꿈이 사라진 현실이 힘들었던 건가. 내 이름은 왜 메모에 남긴 건데. 좋아한다는 말조차 하지 않았으면서. 하긴 오래전부터 미국으로 갈 생각을 했으니 고백하는 의미가 없었겠지.

태인은 자리로 돌아왔다. 무슨 일이냐고 묻는 빤스에게 태인은 별일 아니라고 대답했다. 하지만 뒤늦게 가슴에서 뜨거운 것이 올라와 진정시키느라 애를 먹었다. 물을 마시고 맥주를 마시며 목을 타고 올라오려고 하는 뜨거운 기운을 억지로 삭였다. 갑자기 이 자리에서 펑펑 우는 것은 이상한 일이다.

집으로 돌아가는 길, 빤스와 한수지 친구들과 헤어진 후 지하철역으로 향하다 눈에 보이는 상가건물 화장실로 후다닥 뛰어들어갔다. 간신히 참고 있던 눈물이 결국 터졌다. 변기 위에 앉아 손으로 입을 틀어막았지만, 입에서는 꺼어꺼어 하는 소리가 흘러나왔다. 그 소리에는 태인이 하고픈 말이 녹아있었다.

'왜 그랬어. 왜! 그렇게 힘들면 내게 전화라도 하지!'

그렇게 독재자 딸은 죽음으로 저항하고 세상을 등졌다. 간절히 바라던 꿈이 파괴된 채 한국으로 돌아왔다. 희망이 깡그리 사라진 상실감에 살아간다는 의미도 사라졌던 걸까. 아무리 그래도 그렇지. 어떻게 스스로⋯⋯.

태인은 한수지 장례식장에 다녀온 후 한동안 그녀에게서 벗어나지 못했다. 처음에는 그런 선택을 한 이유가 이해되지 않았지만, 시간이 지나면서 그런 선택을 한 그녀를 이해했다. 아니 이해하려고 했다. 그래야 마음이 편해지니까.

햄버거를 사 온 인규가 차에 올랐다. 햄버거와 콜라, 태인은 정말 오랜만에 먹어본다. 햄버거를 한 입 크게 베어 문 인규가 입을 오물거리며 말했다.

"마흔이 넘었을 때 가만히 생각해 보니까 내 인생 사이즈가 대충 보이더라. 애들 키우고 아등바등 살다 가는 거구나. 아, 미안해. 네 앞에서 이런 말을 해서."

"괜찮아."

인규는 빨대로 콜라를 힘껏 빨아 마신 후 다시 입을 열었다.

"젊었을 때는 내 미래에 굉장한 뭔가가 있을 줄 알았는데 지금 보니까 별거 없더라고. 앞으로도 대단한 거는 없을 거야."

"인규야, 너에게 네 아이들이 별거 아닌 거야? 네 아내를 만난 것도?"

태인의 말에 인규는 그건 아닌데… 라고 얼버무렸다.

"그 두 가지만 해도 넌 대단한 걸 이룬 거야. 물론 네가 무슨 말을 하고 싶은지는 알겠는데, 지금 네 옆에 있는 사람들 절대 하찮은 사람들 아니야. 어쩌면 네 인생의 전부일 수도 있어."

말은 이렇게 했지만 건강했을 때 태인도 인규와 별반 다르지 않았다. 이상은 늘 현실에서 멀리 떨어져 있고, 잡을 수 없는 이상을 좇으며 옆에 있는 소중한 것들은 모른 척하다가 눈 감을 즈음에 비로소 눈에 들어온다.

"보통 사람들은 죽기 전까지 기억에 남을 만한 사랑을 몇 번이나 할까?"

햄버거를 한 입 베어 문 태인이 입을 오물거리며 물었다.

"글쎄다. 몇 번이나 할까. 아무리 적게 잡아도 두세 번 정도 되지 않을까? 어릴 때 짝사랑 빼고."

"인규 너는 그 정도인가 보네."

"앞으로 일어날 일 빼고 현재까지는 그 정도. 생각해 보니까 그런 기억이 셀 수 없을 정도로 없으면 박복한 인생이긴 하겠다."

햄버거를 먹은 후 차는 다시 출발했다.

"인규야 미안한데, ○○납골당이 여기서 멀지 않을 거야. 거기 잠시 들렀다 갈 수 있을까?"

인규는 그곳에 가는 이유를 물었다. 한수지가 그곳에 있다고 하자 인규는 알았다며 내비게이션에 납골당 이름을 찍었다.

납골당에 도착했다. 한수지 장례식 후 한 번 왔던 곳이지만 워낙 오래전이라 그때 그곳인지 기억이 가물가물했다.

차에서 내려 건물 안으로 들어갔다. 로비는 바닥에 깔린 회색 대리석과 천장에서 떨어지는 노란색 다운라이트 조명이 경건한 분위기를 연출하고 있었다. 태인이 타고 있는 휠체어 굴러가는 소리가 그런 분위기를 흩트렸다.

로비에 있는 고인 검색기를 통해 한수지 납골함 위치를 찾은 인규는 태인이 앉아있는 휠체어를 밀었다. 태인은 휠체어에 앉아 납골당 내부를 둘러봤다. 내부 역시 처음 온 것처럼 흐릿한 기억조차 없었다.

인규가 여기다, 라고 말하며 휠체어를 멈췄다. 인규도 한수지가 궁금한지 그녀의 유골함이 들어있는 곳을 유심히 바라봤다. 한수지 유골함은 중간층에 있지만 태인이 휠체어에 앉아있는 탓에 고개를 들어 올려다봐야 했다.

순간 낯이 익은, 하지만 한수지 옆에 있기에는 낯선 물건이 눈에 크게 들어왔다. 바로 티케 조각상이었다. 아래에서 올려다보는 탓에 조각상 상체 일부만 간신히 보였다.

아니, 저게 왜 저곳에…….

티케가 태인의 몸을 일으켜 세우려 했지만 몸은 티케의 유혹에 바로 반응하지 못한 채 엉덩이만 옴찔옴찔 들썩였다. 게다가 아찔한 높이에서 외줄타기 하는 것처럼 심장은 두근거렸고 현기증도 일었다. 눈이 커질 정도의 놀라움이 허약한 태인의 몸에는 감당하기 힘든 충격으로 전해졌다.

"왜 그래? 일으켜 줘?"

인규가 태인의 겨드랑이에 손을 넣고 몸을 일으켜 세웠다. 잠깐 엉거주춤하게 서 있던 태인의 몸은 곧바로 휘청거리며 맥없이 그대로 바닥에 주저앉았다. 의식이 흐리멍덩해짐과 동시에 몸도 흐무러지며 기력이 풀렸다.

"태인아! 왜 그래?"

태인을 들어 휠체어에 앉힌 인규는 서둘러 119에 전화한 후 휠체어를 밀어 납골당 밖으로 나왔다. 이후 태인은 어떻게 병원으로 갔는지 기억이 없다. 태인과 연결된 가느다란 의식에는 왜 티케 조각상이 한수지 유골함 옆에 있나 하는 의문만 가득할 뿐이었다. 왜, 한수지가 저 조각상을…… 그리고 왜 티케는 결정적일 때 나에게서 멀어지는 건가.

태인이 눈을 뜬 것은 아내 목소리 때문이었다. 인규를 채근하는 날카로운 아내 목소리가 태인을 흔들어 깨웠다.

"왜 그랬어요? 제게 아무런 말도 하지 않고."

태인은 아내 목소리가 들리는 곳으로 고개를 돌렸다. 화가 가득한 표정을 한 아내가 인규에게 불만을 토로하고 있었다. 인규에게 쏘아대는 아내 목소리가 마치 태인 자신에게 그러는 것처럼 느껴졌다.

"남편 상태 잘 아시면서. 인규 씨가 말렸어야죠."

선생님에게 꾸지람 듣는 학생처럼 인규는 고개 숙인 채 말없이 서 있었다.

"여보, 그만해. 인규 잘못 없어. 내가 답답해서 바람 좀 쐬자고 조른 거야."

태인의 말에 눈초리를 치켜세운 아내 표정이 태인에게 향했다. 아픈 환자에게 화를 낼 수 없는 상황이기에 아내는 가득 차오른 불만을 한숨으로 대신했다.

의사의 만류에도 불구하고 태인은 집으로 가겠다고 했다. 마지막에는 결국 병원으로 실려 오겠지만 그전까지는 약품 냄새가 풀풀 나는 병원보다 집에 있고 싶었다.

태인은 인규의 부축을 받으며 아내 차에 올랐다. 집에 가는 내내 두 사람은 말이 없었다. 인규에게 자초지종을 대충 들었는지 아내는 어디에 갔냐고 묻지도 않았다.

집으로 돌아와 쓰러지듯 침대에 누웠다. 아내는 푹 쉬라고 말한 후 방에서 나갔다. 푹신한 침대에 눕자마자 눈이 저절로 감겼다. 잠시 멈췄던 생각이 다시 움직였다. 움직이는 생각의 타깃은 한수지 납골당에서 본 티케 조각상이었다.

오래전 잃어버린 조각상을 한수지가 가지고 간 건가? 왜.

오랜만에 본 티케 조각상은 반가움보다 의문만 들쑤셨다. 생각은 태인의 머릿속에 오래 머물지 않았다. 이제 태인의 몸은 이런 의문을 감당하기에도 버겁다. 의문도 태인을 따라 어둠으로 잠겼다.

다음 날 오전에 태인은 스스로 생사를 확인하려는 듯 잠시 눈을 뜬 후 다시 감았다. 다시 온전하게 눈을 뜬 것은 정오가 넘은 시각이었다. 아내가 한 전화벨 소리에 눈을 뜬 태인은 휴대전화를 받았다. 상태를 묻는 아내에게 괜찮다는 말로 안심시킨 후 통화를 끊었다.

한수지가 왜 티케 조각상을 갖고 있나 하는 그 의문은 더 이상 생각하지 않기로 했다. 답을 알 수 없을 뿐만 아니라 설령 답을 안다고 한들 지금 무슨 의미가 있겠는가. 저승행 티켓을 쥐고 있는 내게 이제 티케든 티켓이든 의미가 없다.

태인은 납골당에서 정신을 잃은 후 몸이 더 안 좋아진 것을 느꼈다. 팔을 움직이는데도 몇 단계를 거쳐 허락받아야 하는 것처럼 힘이 바로 들어가지 않았다.

안간힘을 다해 손끝까지 힘을 보낸 후 간신히 침대 매트리스를 집고 몸을 일으켰다. 침대에 앉은 태인은 방을 되작거리듯 찬찬히 둘러보았다. 십수 년 넘게 그 자리에 있는 가구와 텔레비전,

창문으로 들어오는 집 밖의 풍경.

익숙해서 평소 눈여겨보지도 않았던 그런 물건들과 풍경과 작별한다고 생각하니 새롭게 보였다. 평범한 일상을 이렇게 특별하게 느낀다는 것은 이제 작별과 머지않았다는 것이리라.

이런 생각의 연장선 끝에 굳게 닫힌 딸 예린의 방 문이 나타났다. 갑자기 예린의 방이 보고 싶었다. 예린의 방에 마지막으로 들어간 게 언제인지 기억에 없다. 중학생이 된 후 예린은 태인이 불쑥 들어오는 걸 싫어하는 눈치였고, 그래서 예린이 있든 없든 딸 방 근처에 얼씬거리지 않았다. 몸이 안 좋아진 이후로는 위층에 올라가는 것이 엄두가 나지 않아 더 가지 못했다.

이번이 마지막일지도 모른다는 생각에 침대에서 내려온 태인은 침대 옆에 놓여있는 지팡이에 의지해 거실로 나왔다. 계단 난간을 잡고 계단을 올랐다. 한 단 한 단 오르는 것이 험난한 산의 미끄러운 비탈길을 오르는 것처럼 몸이 긴장됐다.

계단참에서 숨을 크게 내쉰 후 간신히 2층에 올라 딸의 방 앞에 섰다. 마지막이라고 생각하니 문손잡이를 잡는 것조차 감격스러웠다. 손잡이를 돌려 문을 열었다.

은은한 화장품 냄새가 태인을 맞이했다. 중학생일 때와 달라진 것은 없지만 그때보다는 방이 무거워진 느낌이었고 발랄함도 사라진 것 같았다. 책꽂이에 꽂혀있는 많은 수험서가 그렇게 만들었는지 모른다.

의자를 빼고 책상 앞에 앉았다. 책장을 채우고 있는 교과서와 참고서를 훑은 태인의 시선이 서랍으로 이동했다. 굉장한 비밀들이 숨어있는 것 같은 한쪽 서랍을 열었다. 아기자기한 필기구들이 가지런하게 정돈되어 있었다. 옆의 서랍을 열었다. 비닐로 포장된 빵 하나가 노트 위에 있었다.

빵을 좋아하지도 않는 애가 왜 서랍에…… 이런 생각을 하며 서랍에서 빵을 꺼내 들어 포장지를 본 태인의 눈이 휘둥그레졌다. 포장지에 선명하게 적혀있는 글자, 그것은 수지가 운영하는 빵 가게 이름이었다.

'아니… 수지 빵집 빵이 왜 여기에…….'

태인은 다시 서랍 안을 내려봤다. 빵 아래에는 현재와 이질적인 느낌의 – 겉장이 낡아 너덜거리는 – 노트가 한 권 있었다. 겉표지도 요즘 노트 디자인이 아니었다. 태인은 노트를 꺼내 겉장을 넘겼다. 그 안에는 태인을 순식간에 빨아들이는 내용이 담겨 있었다. 태인은 앉은 자리에서 시간 가는 줄 모르게 노트를 끝까지 읽었다.

예린의 방에서 나온 태인 얼굴은 충격의 물세례를 받아 흥건하게 젖은 얼굴이었다. 몸과 마음의 붕괴를 간신히 버티며 계단을 내려오자마자 현기증에 몸 중심이 무너졌다. 바닥에 누워있는 태인의 눈에 비친 천장이 이리저리 흔들리더니 아득히 멀어졌고 의식은 어둠에 잠기려 했다. 그 순간에도 하나의 의문에 매달려 있는 태인의 의식은 어둠으로 끌려가기를 거부했다.

저 노트가 왜 예린이 책상 서랍에 있는 걸까?

노트에는 태인이 한수지에게 말했던 모든 것이 담겨 있었다. 정수지도, 한수지가 키스한 후 말했던 마법도, 조각상도. 노트

안에 있는 내용이 오르락내리락하는 사이 결국 의식은 저항 없이 암흑 속으로 스며들었다.

태인은 정신을 잃었지만 구급차 사이렌 소리와 자신이 들것에 실려 구급차에 오르는 것은 희미하게 느꼈다. 들것에 실려 집 밖으로 나가는 순간이 바람에 흔들리는 해먹에 누워있는 것처럼 편안했다. 그 편안함이 불길함이라는 것을 알면서도 그랬다.

하루 만에 다시 병원으로 실려 가는 신세가 되었다. 어쩌면 이번이 마지막일지도 모른다. 얼마의 시간이 흘렀을까. 여릿하게 의식은 돌아왔지만 눈앞은 여전히 시커먼 어둠이었다. 몸을 움직이는 것은 고사하고 눈을 뜰 수도 없는 상태였다. 유령처럼 몸은 사라지고 의식만이 세상에 존재하는 느낌이다. 이제 어둠과 완전한 하나가 될 시간이 얼마 남지 않았음을 태인은 직감했다.

이런 생각을 할 때 부드러운 감촉이 태인의 손바닥을 타고 전해왔다. 누군가 태인의 손을 잡은 것이다. 그 손 주인이 입을 열었다.

"태인아, 내 목소리 들려?"

이 목소리는… 정… 수지?

＊＊

면회 왔다는 간호사 말에 수지는 휠체어에 몸을 싣고 면회실로 향했다. 도영이 말한 서영이 왔으리라. 면회실 문을 열고 들어가니 등을 보이고 창밖을 바라보고 있던 서영이 몸을 돌렸다. 청바지에 옅은 갈색 코트를 입고 있는 모습은 일흔이 넘은 나이로 보이지 않을 정도로 젊어 보였다.

"오랜만이다. 몸은 어때?"

서영의 말에 수지는 그냥, 그래, 라고 말하며 빙긋 웃었다. 반가움보다는 오랜만에 만난 서먹한 표정을 감추기 위한 미소였다.

"서영이 넌 좋아 보인다. 여전히 씩씩해 보여서 좋아."

"수지 넌 여전히 예전처럼 예쁘고 고와."

서영은 수지 맞은편 자리에 앉으며 수지에게 받은 칭찬을 다시 돌려줬다.

요즘 어떻게 지내? 라고 수지가 물었고, 서영은 노인네가 특별히 할 게 있냐면서 문화센터에서 이것저것 배우고 등산도 하며 시간을 보낸다고 답했다. 한때는 기숙사 룸메이트로, 같은 과 친구로 누구보다 가까웠는데, 오랜만에 만난 지금은 인사말을 건네는 수준의 대화에서도 낯선 사람과 마주하고 있는 것처럼 어색했다.

"널 마지막으로 본 게 남편이 병원에 실려 갔을 때니까 그게 벌써 20년도 넘었네."

서영의 말에 수지는 그런가? 라고 대답했다. 두 사람 사이에 태인이 등장해서일까, 대화에 잠시 공백이 생겼다. 어색한 침묵이 공기 청정기에서 나오는 바람 소리와 함께 두 사람 사이에 있는 탁자 위에 쌓였다. 서영은 헛기침을 한 후 방금 자신이 한 말과 이어지는 질문을 했다.

"예전 남편이 쓰러진 그날, 집에 어떻게 찾아온 거야? 인규 씨가 알려줬어?"

"아니, 네 딸이 초대장을 가져왔어. 사전 장례식 초대장을. 교복을 입은 채 가게에 왔지."

서영은 뜻밖이라는 듯 놀란 표정이었다. 어렴풋이 떠오르는 아주 오래전 기억, 예린이 고등학생 때 아프다는 핑계를 대고 조퇴한 그날의 기억이다. 서영은 아주 오래전 일이었지만 몰랐던 사실을 알아서 그런지 불과 며칠 전에 있던 일처럼 느껴져 내심 자존심이 상했다.

"네 딸이 건넨 초대장을 받고 갈까 말까 고민이 많았어. 며칠을 그러다가 인규랑 통화하고 가게 된 거야. 그날 태인이가 집에서 실려 나올 줄은 몰랐어. 내 초대장은 태인이가 준비한 거야?"

"아니, 내가 한 거야. 남편은 너를 초대하자는 말, 하지 않았어."

"왜 굳이 나를?"

"글쎄… 남편이 널 보고 싶어 할지 모른다는 생각에. 다른 이유는 없어."

다시 두 사람 대화에 공백이 생겼다. 이번은 어색함보다 어떤 말을 할까 서로 고민하는 공백이었다. 서영이 먼저 공백을 깼다.

"너와 내 남편… 혹시 나 때문에 헤어진 거니?"

서영의 말에 수지가 피식 웃었다. 네가 잘못 집었다는 의미의 웃음이었다. 서영은 그 웃음에 살짝 빈정이 상했다. 너는 나와 태인의 이야기 속 주인공이 아니라는 조소가 섞인 웃음처럼 서영은 느꼈다.

"왜 너 때문이라고 생각하는데?"

수지 질문에 서영이 답을 하지 못하고 머뭇거리자 수지가 말을 이었다.

"너 때문은 아니야. 네가 왜 그런 생각을 하는지 모르겠지만 내가 먼저 헤어지자고 한 거야. 태인이 싫어서 그런 거는 아니었어."

＊＊

내 목소리가 들리느냐고 묻는 예상하지 못한 수지 목소리에 침대에 누워있는 태인은 말하고 싶은 욕망이 꿈틀댔다. 하지만 그렇게 할 수 없는 현실의 답답함 때문에 큰 바위가 몸을 내리누르는 기분이었다.

"미안해, 늦게 와서. 좀 더 일찍 왔어야 했는데."

어떻게 알고 왔어? 이런 모습으로 널 맞이해서 미안하다. 잘 지냈지? 너에게 궁금한 게 많은데. 교직은 왜 그만두었는지, 빵집은 잘 되고 있는지, 무슨 빵이 맛있는지.

태인의 입은 자물쇠로 꽉 잠근 것처럼 열리지 않아 어쩔 수 없이 마음속으로 중얼거렸다.

말하고 싶다, 뭐라도 수지에게 전하고 싶다, 하다못해 아, 하는 탄성이라도 지르고 싶다.

폭발할 것 같은 간절함이 찾은 출구는 수지가 잡고 있는 태인의 손이었다. 태인의 기억에 또렷하게 박혀 있는 하나가 반응했다. 손가락 신호.

"태인아, 내 목소리 들려?"

목소리가 들리느냐고 묻는 수지 말에 태인은 손가락을 한번 까딱했다. YES. 아주 작은 움직임이었다. 다른 사람은 눈치채지 못할, 물이 바짝 마른 땅을 기어가듯 흐르는 실처럼 가느다란 물줄기 같은 움직임이었지만 수지는 알았다.

"아, 손가락 신호. 기억하고 있네."

그럼.

"나 보고 싶었어?"

태인은 다시 손가락을 한 번 까딱했다. 수지는 이런저런 질문을 했고 태인은 손가락을 한 번 또는 두 번 까딱거리며 두 사람만의 대화를 이어갔다.

＊＊

"그럼 내 남편과 헤어진 이유가 뭐야?"

서영은 수지에게 태인과 헤어진 이유를 다시 물었다.

"이제 와서 왜 그게 궁금한데?"

서영은 수지의 퉁명스러운 말투에서 나는 네 남편과 헤어진 게 아니라고 말하는 것처럼 느껴졌다. 그래서인지 마치 죽은 남편의 불륜 상대와 마주하고 있는 기분이었다. 자신도 모르게 얼굴에 불편함과 불쾌함이 조금씩 서리기 시작했다.

"서영이 너는 내가 태인이와 완전하게 끝났다고 생각했니? 예전에 인규가 태인이가 나를 보고 싶다고 해서 가게 근처에 왔다고 했어. 그때 태인이가 왜 나를 만나려고 했는지 알아? 나와 이별한 이유를 알고 싶어서 그랬대."

서영은 몰랐던 사실이었다. 과거 인규 씨와 바람 쐬러 나간 외출이 그럼 수지를 만나러 간 거란 말인가.

"내 남편이 너와 이별한 이유를 알고 싶어서 그랬다고?"

새로운 사실을 알게 된 서영은 조금씩 흥분하기 시작했다. 반면에 이런 날을 기다렸던 것처럼 핼쑥한 수지 얼굴은 담담했다.

"그럼, 수지 네가 왔던 날 병원에서 남편에게 한 귓속말은 뭐야?"

태인이 집에서 쓰러진 날, 서영이 인규에게 전화로 상황을 전해 들은 후 병원에 도착했을 때 태인 옆에는 수지가 앉아있었다. 태인 귀에 대고 뭔가를 속삭이며. 삐딱하게 본다면 잠자고 있는 남편에게 불결하고 끈적거리는 사랑의 속삭임을 전하는 장면이었다. 서영은 그날 자신이 목격한, 가장 민감하게 느낀 그 부분을 물었다. 불편한 마음 때문인지 서영의 말투는 힐문조에 가까웠다.

"귓속말? 아, 그날 내가 그랬지. 그때 내가 한 말이 궁금해? 그걸 알고 싶어서 이십 년도 훌쩍 지난 지금 여기 온 거니?"

수지 말투도 서영처럼 조금씩 변했다. 조롱이 섞인 냉소적인 말투였다. 환자와 면회객이 아니었다면 머리채를 붙잡고 한바탕 요란한 싸움을 할 기세였다.

"무슨 말을 했겠어, 마지막을 앞둔 사람에게. 태인이가 듣고 싶어 하는 걸 말했지."

수지는 정확하게 의미를 전달하고 싶은 듯 서영의 눈을 똑바로 쳐다보며 말했다.

"그래서 병원에 누워있는 사람에게 너를 아직도 사랑하고 있다고 말한 거야?"

서영은 말을 하면서 선을 넘었다고 생각했지만 이미 입 밖으로 튀어나와 버렸다.

"왜, 그런 말을 하면 안 되니? 곧 죽음을 앞둔 사람에게 그 사람이 듣고 싶은 말 하면 안 돼?"

"자기가 먼저 차버리고 왜 그런 말을 한 건데? 죽음을 앞두고 있는 과거 남자가 불쌍해서 선심이라도 쓴 거야? 죽기 전에 옛다 선물이다, 이거나 받아라, 라고."

서영의 거침없는 말에 수지 눈빛이 흔들렸다. 그 눈빛은 수지의 미간에 주름을 잡았다. 이어서 흥분했는지 수지는 숨을 거칠게 몇 차례 내뱉더니 한 손으로 자기 가슴을 움켜쥐며 정신을 잃었다.

* *

태인은 귀에 대고 말하는 수지의 숨결이 좋았다. 저승으로 안내하는 천사가 베푸는 마지막 배려라면 좋았겠지만 그녀 입에서 나온 내용은 충격이었다.

"미안해. 네가 궁금해하던 거 이제 답을 하게 돼서. 우리가 헤어진 이유는 전에 말한 것처럼 나 때문이야. 이거 기억나?"

수지는 태인의 손에 작은 물건을 쥐여줬다. 목재 감촉이 손바닥을 타고 전해왔다. 티케 조각상이었다.

"한수지라는 여자가 죽기 전에 나를 찾아왔었대. 이걸 전해주려고."

수지는 태인과 헤어진 이유를 태인의 귀에 대고 속삭였다. 아무도 들을 수 없는 비밀을 이야기하는 것처럼 작은 음성으로. 허공으로 날아가지 않고 오직 태인의 귓속으로 흘러 들어가도록.

수지 목소리가 잔잔한 시냇물 소리처럼 태인의 귓속으로 스며들어 왔다. 하지만 이야기를 듣는 태인은 그 무엇보다 무섭고 거친 파도처럼 느껴졌다. 수지는 태인 안에서 휘몰아치는 파도가 잔잔해지기도 전에 "이만 갈게" 하는 마지막 인사를 건네고 병실을 떠났다.

수지는 이별 이유를 이렇게 말했다.

"한수지가 건넨 그 조각상을 받은 후 너에게서 그 여자가 자살했다는 말을 들었을 때… 나는 본능적으로 너와 함께할 수 없을 거라는 생각이 들었어. 한수지처럼 죽음을 결심한 상황에서 나는 너를 위해 그녀처럼 할 수 없을 거라는 절망과 자책이 들었거든. 그 여자가 유령처럼 계속 네 옆에 있는 것 같은 생각도… 그게 힘들었어. 너는 여전히 이해되지 않겠지."

수지 말에 온몸에 전율이 흘렀다. 수지가 그런 생각을 하고 있을 줄이야. 태인은 한 번도 그런 생각을 한 적이 없었다. 오래전 여자의 자존심이라고 했던 수지 말이 이제야 조금은 이해가 되었다.

조각상을 괜히 만들었군. 역시 신화는 다 거짓이야. 티케는 행운의 여신이 아니었어. 그럼, 한수지 납골당에서 본 조각상은 뭐지, 다른 조각상인가.

병원에 온 지 얼마의 시간이 지났을까. 일주일… 열흘… 이제 태인에게 현실의 시간 개념은 사라졌다. 잠과 죽음의 경계가 사라진 어둠뿐이다. 이렇게 어둠에 기대어 있다가 그 어둠이 무너지며 진짜 어둠 속으로 잠길 것이다.

마음의 준비를 하라는 - 역시 며칠 전인지 모르는 - 의사 말에 병실에 있던 아내와 예린은 울음을 쏟아냈다.

태인은 마음이 아팠지만 슬프지 않았다. 아내와 딸이 함께 하는 눈물의 이중주가 이제 마지막일 테니. 아, 화장터에서 한 번 더 울지도 모르겠네. 그때는 내가 들을 수 없으니 이게 마지막이겠지.

더욱 짙어진 어둠이 만든 고독과 적막이 태인을 무겁게 내리덮고 있다. 이제 작별할 시간이 얼마 남지 않았음을 세상은 이렇게 표현하고 있다.

"아빠, 제 목소리 들려요?"

예린의 목소리다. 태인은 저 낭랑한 목소리를 들을 날도 얼마 남지 않았다고 생각하니 마음이 아렸다. 성인이 된 딸을 보고 싶었는데, 결혼식까지는 아니더라도 성인식에 꽃과 향수를 선물하고 싶었는데.

병실에 온 예린은 학교에서 있던 일을 주저리주저리 떠들었다. 선생님 험담과 친구와 있었던 시시콜콜한 이야기를 평소에 태인에게 말하는 것처럼 떠들었다. 모노드라마 속 배우처럼 태인이 할 말도 자신이 말하면서.

연극일 것이다. 마지막으로 아빠를 위한 연극. 슬퍼하지 않을 테니 마음 두지 말고 편하게 눈 감으라는.

태인은 겉으로 표현할 수 없었지만 속으로는 함박웃음을 지었다. 아직까지 현실의 울림이 남아있다. 태인은 조금 더 현실의 울림을 느끼고 싶었다.

그 남자 말이 새삼 다시 생각났다. 태인이 암 수술을 받은 후 머물던 병실에 함께 있던 태인보다 몇 살 더 많은 환자가 한 말이다. 그는 일 년 넘게 투병 중이라고 했다. 그가 태인에게 이런 질문을 했다.

"선생님은 서서히 가고 싶으세요, 아니면 고통 없이 단번에 가고 싶으세요?"

그때는 수술이 잘되었다고 해서 저런 생각을 전혀 하지 않았다. 태인은 그런 생각을 해본 적이 없다고 말하자 그가 스스로 답을 했다.

"처음에는 이런 고통 없이 단번에 가고 싶었어요. 저도 힘들고 가족들도 힘들어하는 거 보고 싶지 않아서. 그런데 지금은 최대한 천천히 가고 싶네요. 자식과 아내와의 추억을 더 느끼다 가고 싶어요. 지금은 그게 고통이 사라지는 것보다 더 가치 있다는 생각이 들거든요."

태인도 그 남자처럼 서서히 가고 싶은 생각이 간절하지만 이제 늦었다.

내가 없어도 태양은 다시 뜨고, 계절은 바뀌고, 예린은 어른이 되고, 아내는 다른 사랑을 만날 수도 있겠지. 그리고 나는 모두에게서 잊히겠지. 어쩌겠어, 서운하지만 그게 삶인데. 나도 그랬잖아. 잊지 못할 것만 같은 사람들 중에서 지금 내가 기억하는 사람은 얼마나 될까. 훗날 자기 마지막 순간에 나를 기억해 줄 사람은 누가 있을까? 아내…… 그래, 아내 말고 없을 것 같다.

다시 계산할 수 없는 어둠의 시간이 흘렀다. 어둠 사이로 익숙한 의사 목소리가 들렸다. 그가 담담하게 태인의 마지막을 선고했다. 의사의 선고 이후 현실 소리가 사라지기 시작했다. 누군가가 뒷덜미를 잡고 당기는 것처럼 아내와 예린의 흐느낌이 점점 멀어진다. 아늑하게, 마치 오래전에 들었던 것처럼 멀게 느껴졌다.

아직 할 말이 남아있는데. 아내에게는 못난 나와 사느라 고생했고, 예린에게는 하고 싶은 거 마음껏 하고 살라고, 인규에게는 한화 이글스가 한국시리즈 우승한다면 한때 팬이었던 나를 생각해 달라고.

갑자기 중력이 사라진 듯 몸이 허공에 붕 뜨는 기분이 들었다. 이제 이 세상에서 나가라는 신호이리라. 세상이라는 정글에서 살아남으려고 치열하게, 지긋지긋하게 경쟁했고, 조금이라도 더 가지려고 호들갑도 떨었다. 그렇게 살아온 삶의 마지막 순간에 남은 것이라고는 고작 병원에서 준 환자복이 전부였다.

붕 뜬 것 같은 몸이 어둠 속으로 빨려 들어가는 것 같다. 낯선 곳으로 떠나는 두려움에 마음이 움츠러든다. 처음 세상에 태어났을 때도 이런 기분이었겠지, 그래서 무서워 울었던 걸까. 그런데… 막연한 두려움을 사라지게 하는 예상한 적 없는 상황이 태인을 기다리고 있었다.

미소가 입가에 번진다. 가슴 벅찬 감동을 품은 미소다. 이승을 떠나는 순간 내가 나에게 주는 마지막 선물인가 보다.

이제 갈 시간이다. 내가 기억하는, 나를 기억하는 모든 이들이여, 즐거웠고 고마웠다. 다시 만날 때까지 모두 행복하시게.

＊＊

수지가 다시 정신이 돌아왔을 때 서영은 수지 옆에 서 있었다. 눈을 뜬 수지를 본 서영은 안도하는 한숨을 내쉬었다.

"집에 안 갔어?"

수지의 탁한 목소리를 들은 서영은 미안하다며 울먹였다. 조금 전 숨이 넘어갈 뜻 꼴깍대는 수지 모습을 보며 자신 때문에 그런 것 같은 마음이 들었으리라.

"수지 넌… 내가 밉지?"

서영의 말에 수지는 빙긋 웃었다. 지금 그녀의 웃음은 어떤 것도 오염되지 않은 웃음이었다.

"아니, 내가 널 미워할 이유는 없어. 네가 잘못한 게 없는데. 우리는 그때 당시 자기감정에 충실했던 것뿐이야, 사랑도 이별도. 지금 남은 것은 그때 한 선택이 남긴 아쉬운 그림자이고. 실체가 없는 그림자……."

다시 보자는, 처음 만났을 때보다 더 어색한 인사를 하고 떠나는 서영에게 수지는 옅은 미소를 지었다. 마지막 인사라는 것을 두 사람은 알았다.

건강했다면, 아니 태인이라는 존재가 두 사람 사이에 없었더라면 커피를 마시며 시간 가는 줄 모르게 수다로 꽃피웠을 텐데. 두 사람 사이에 태인은 어쩔 수 없이 남아있는 진한 흔적이고, 그 흔적은 굵은 실로 꿰맨 흉터처럼 굴곡이 깊고 울퉁불퉁해서 무엇으로도 가릴 수가 없다.

수지는 서영의 날 선 말에 그렇게 흥분할 줄은 몰랐다. 콧방귀 뀌고 대수롭지 않게 흘려버릴 수 있을 정도의 말이었다.

자기가 먼저 차버렸다는, 죽음을 앞둔 과거 남자가 불쌍해서 선심 썼냐는 서영의 말에 흥분한 마음이 자제가 되지 않았다. 그게 아니라고 억울해서 그랬을 수도, 아니면 오래전 어정쩡하게 이별한 자기 행동이 바보 같았다는 자책에 흥분했는지 모른다.

서영이 돌아간 후 잠시 잊고 있던 과거 흔적들이 다시 살아나서 자신을 한번 봐 달라는 듯 가만히 있는 수지를 흔들며 보챘다. 그 바람에 며칠 동안 과거에 빠져 허우적댔다. 기억에도 가물거리는 오래전 일이라 말끔하게 벗어났다고 생각했는데, 무조건 반사처럼 대수롭지 않은 밋밋한 자극에도 기억은 여전히 예민하게 반응했다.

태인과 이별한 후 2년 정도 지났을 때, 도영 선배에게 태인과 서영이 결혼한다는 소식을 전해 들었다. 태인이 활동한 직장인 밴드가 송년 공연을 하던 날 서영이 길을 건너는 태인을 다치지 않게 하려다 자신이 교통사고를 당했고, 그 인연으로 두 사람이 가까워져 결혼까지 이른 것 같다며 도영은 두 사람의 결혼 배경을 설명했다. 공연이 끝난 후 그런 일이 있을 줄은 몰랐다.

수지는 태인이 속한 밴드 공연에 갈까 말까 고민하다 결국 초대장을 들고 공연하는 곳으로 갔다. 마지막으로 태인이 노래하는 모습이 보고 싶었다. 그가 싫어 이별을 선택한 것도 아니었고, 말로는 이별을 고했지만 마음까지 완전하게 이별 문턱을 넘지 못한 상태였다.

작은 설렘을 안고 공연이 열리는 술집 안으로 들어갔을 때는 공연이 시작되기 직전이었다. 마이크를 잡은 태인이 자리에 함께 있는 사람들에게 인사를 건넸다. 밴드의 마지막 공연에 찾아준 고마움과 새해 인사를 하는 인사말이었다. 태인의 인사말에 이어 밴드 연주가 시작되었다. 곧바로 술집 안은 들썩였다.

수지는 태인에게 자기 모습을 보이지 않으려고 술집 안에 있는 기둥 뒤에 몸을 숨겼다. 혹시라도 자신을 본 태인이 놀라 실수라도 할까 그런 것이다. 기둥 뒤에 있어도 태인의 노래하는 모습은 볼 수 있었다. 가게 통유리창에 무대 모습이 그대로 비쳐서 공연하는 모습은 대형 모니터로 보는 것 같은 느낌이었다.

공연이 이어지는 내내 밴드 연주와 하나가 된 태인 목소리가 수지의 심장을 두드렸다. 특히 수지가 어렸을 때 좋아했던 록밴드의 노래가 나올 때는 무대 앞에서 소리를 지르며 쾅쾅 뛰고 싶었다.

공연이 밤새도록 계속되기를 바랐지만 크리스마스 캐럴 〈Feliz Navidad〉를 마지막으로 공연은 끝났다. 처음 본 무대 위 태인의 모습은 멋있었고, 공연은 훌륭했고, 그곳 분위기는 뜨겁고 흥겨웠다. 무대 앞에서 그와 함께하지 못한 것이 정말 아쉬웠다.

수지는 크리스마스 캐럴이 끝나자마자 부리나케 술집에서 나왔다. 오래 머물 이유는 없었다. 가는 해의 아쉬움과 새해의 기대감으로 들떠있는 그곳 사람들과 수지는 달랐다. 수지에게는 이별의 아쉬움만 있었다.

문을 열고 나왔을 때 가게 앞에 있는 횡단보도는 때마침 녹색 신호등이 켜져 있어 바로 길을 건넜다. 그날은 그해 추위가 처음으로 기세를 떨치는 날이었다. 코트를 여미고 찬바람을 맞으며 아무 생각 없이, 목적지도 없이 걸었다. 추운 날씨 덕분에 부들부들 몸이 떨려 다행스럽게 조금은 슬픈, 조금은 빈 감정의 공백을 느낄 겨를은 없었다.

커피숍이 보였다. 잠시 들어가 몸을 녹일까 하는 생각을 할 때 태인의 목소리가 들렸다. 등 뒤 멀리서 자신을 부르는 그의 목소리가 찬바람에 얼어붙은 채 고막에 스며들어 왔다. 고개는 돌리지 않았다. 그의 간절한 얼굴을 본다면 서로의 행복을 위해 애면글면 결정한 마음이 부서질 것 같아서다. 커피숍을 지나쳐 길모퉁이를 돌자마자 지나가는 택시를 잡았다.

여기까지가 수지가 기억하는 젊은 시절 태인과의 역사다.

서영이 태인을 좋아하고 있다는 것을 눈치채고 있었지만.

두 사람이 결혼까지 할 거라는 예상은 하지 않았다. 도영에게 태인과 서영의 결혼 소식을 들었을 때 서영의 의지로 그렇게 되었을 것이라고 생각했다. 누구보다 서영의 성향을 잘 알고 있으니까.

"내가 공부하는 것 말고 갖고 싶은 건 다 가져야 직성이 풀리는 성격이거든. 그 성격이 공부 쪽으로 방향을 틀었다면 아마도 전국 수석을 했을 거야."

기숙사에서 서영과 맥주를 마실 때 그녀가 한 말이었다. 농담처럼 말했지만 서영과 가까워지면서 그때 한 말이 농담이 아니라는 것을 알게 됐다. 서영은 원하는 것은 기필코 손에 넣어야 직성이 풀리는 소유욕이 강한 애였다.

서영은 갖고 싶은 물건이 생기면 부모님 지원이 없을 때는 스스로 아르바이트를 해서라도 원하는 물건을 손에 쥐었다. 그 짜릿한 쾌감을 오래전부터 경험했기에 사랑의 쟁취에도 적극적이었을 것이다. 사랑하는 대상을 자기가 품었을 때 그 어떤 물건들을 가졌을 때보다 짜릿한 절정의 쾌감을 맛보지 않았을까.

수지는 자기 욕망에 순응하는 서영의 성격이 한편으로는 부럽기도 했다. 성공도, 물건도, 사랑도 결국 간절하게 바라는 사람에게 가게 마련이니까.

서영이 태인을 좋아하는 게 아닐까 하는 생각을 처음 하게 된 것은 대학 축제 때 태인과 함께 한 술자리에서다. 그날 서영이 태인을 바라보던 눈빛에서 그 소유욕을 아주 잠깐 느꼈다. 함께 쇼핑했을 때 보았던, 갖고 싶은 물건을 간절하게 바라보던 눈빛과 닮은 그녀의 눈빛을.

태인이 군 입대 전 건넨 자동카메라가 MT를 다녀온 후 사라졌을 때, 처음부터 서영을 의심하지 않았다. 서영이 탐낼 만큼 비싼 브랜드도 아니었고, 남의 물건을 훔친다는 것도 서영과는 어울리지 않았다. 하지만 그럴 가능성이 있다는 의심은 태인이 주말에 자기 동네에서 서영을 만났다고 했을 때 시작했다. 하지만 의심만으로 일어나지도 않은 일을 상상하며 불길한 재단을 하고 싶지 않았다. 무엇보다 확신이 있었다. 사람과 사랑에 대한 확신. 누구도 비집고 들어올 틈이 없다는 확신은 전혀 예상하지 못한 작은 상자가 파고들어 왔다.

친척에게 조각상이 들어있는 작은 상자를 받은 후 태인에게 그녀 죽음의 내용을 들었을 때, 당시 수지는 사랑하는 남자를 위한 행동이라고 결론을 냈지만 어디까지나 수지 생각일 뿐이었다. 마치 우주에 두려움과 호기심을 동시에 갖고 있는 것처럼 한수지를 이해하면서도 두려움과 의문이라는 양가적인 감정이 존재했다.

이제는 시간이 흘러 수지가 사랑의 중심에서 완전히 벗어나게 되면서 생각이 바뀌었다. 어쩌면 지금 수지도 죽음에 가까워졌기에 과거 한수지의 마음에 더 가까이 다가가 생각이 바뀌었는지도 모른다.

바뀐 생각은 바로 한수지가 한 행동은 태인을 위한 것이 아니라 그녀 자신을 위한 것이라고.

기껏 20대 중반이었던 한수지가 한 행동은 태인을 위해서가 아니라 아무런 때가 묻지 않은 자신만의 사랑을 간직하고 가겠다는, 한수지 자신을 위해서 당당하게 자신만이 기억하는 사랑의 기억을 갖고 떠나려고 한 것이라고. 때 묻지 않은 사랑의 추억과 감정을 갖고 싶어 원래 조각상 주인인 수지에게 티케 조각상을 돌려주려고 한 것이라고.

어느덧 겨울이 지나고 봄이 왔다. 창문으로 들어오는 따스한 오후 햇빛이 수지 침대 위로 쏟아져 내렸다. 수지는 이번 봄이 자기 인생의 마지막 봄이 아닐까, 하는 생각이 들었다. 그래서일까 몸을 감싸는 햇살이 부드러운 솜이불을 덮고 있는 것처럼 감동적이었다. 감동은 졸음으로 이어졌다. 약을 먹은 탓이기도 했고, 식사를 막 마친 후라서 풍족한 노곤함이 졸음을 불러왔다. 눈을 감고 잠으로 들어가는 찰라, 간호사가 병실로 들어왔다.

"정수지 어르신, 면회실에 손님이 오셨네요."

"누군데요?"

"나이가 30대로 보이는 젊은 여자분인데요."

30대… 라면 제자일까. 학교를 떠난 후에도 몇 년간은 졸업한 제자들로부터 연락이 왔지만, 어느 순간부터 제자들 연락은 끊겼다.

수지는 자신을 찾아온 사람이 누굴까 하는 생각을 하며 간호사가 미는 휠체어를 타고 면회실로 향했다. 면회실로 들어가니 자리에 앉아있는 여자가 일어나 정중히 인사를 건넸다. 간호사는 여자 맞은편 자리에 수지 휠체어를 고정한 후 면회실에서 나갔다.

"안녕하세요, 선생님. 오랜만에 뵙네요."

수지는 여자를 보며 빠르게 눈을 깜빡였다. 자신이 가르친 제자 쪽에서 찾으려고 했지만 기억의 커튼은 다른 쪽에서 열렸다. 커튼 뒤에는 교복을 입고 수지 빵집에 찾아왔던 한 학생이 흐릿하게 서 있었다.

"예린… 학생? 아, 이제 학생은 아니지."

예린은 웃는 얼굴로 탁자를 돌아 수지에게 다가온 후 한 쪽 무릎을 접고 손을 잡았다.

"다행히 저를 기억하시네요."

부드러운 손에서 기분 좋은 온기가 전해왔다. 제자는 아니지만 마치 오래전 자신이 가르친 제자를 만난 기분이었다. 예린은 다시 자기 자리로 돌아가 앉았다.

"어휴, 이게 얼마 만이야. 그런데 예린 씨는 내가 여기 있는 거 어떻게 알고."

"인터넷에 올라와 있는 선생님 빵집을 찾아갔어요. 거기 사장님이 동생분이라고 하시던데. 맞죠? 제자라고 거짓말하고 선생님 만나 뵙고 싶다고 하니까 알려주시더라고요."

"아, 그래요. 예전 예린 씨가 내 가게로 찾아온 날이 생각나네요. 그때 참 당돌했는데."

수지는 그날 본 예린의 모습이 지금도 생생하다. 빵 가게 정기 휴일 다음 날 가게 문을 열었을 때 사전 장례식 초대장이 문 앞 바닥에 놓여있었다. 며칠 후 가게에 찾아온 예린은 이태인 씨가 자기 아빠라면서 아빠가 곧 세상을 뜰 거 같다고 했다. 그날 예린은 수지에게 아빠와 어떤 사이냐고 물었다. 대충 눈치를 채고 온 듯했다. 수지는 젊은 시절 잠시 만난 사이라고 말했다. 그 정도 말만으로도 자기 아빠와 어떤 관계인지는 충분히 짐작할 나이였으니까.

탁자를 사이에 두고 마주 앉은 두 사람은 예전 빵집에 찾아온 이야기를 시작으로 수지의 건강과 예린의 근황을 주고받았다.

예린은 잠깐만요, 라고 말하며 자기 옆자리에 있는 쇼핑백에서 크지 않은 액자를 꺼내 탁자 위에 올려놓았다. 집을 그린 그림이었다. 데생처럼 정교하게 그린 그림 위에 파스텔로 색을 칠한 그림으로 창문틀과 문의 철제 부분, 바닥 목재 데크를 제외하면 대부분 흰색이었다.

그림을 본 수지는 순식간에 노을을 삼키기 직전의 바다가 보이는 카페 의자에 앉았다. 태인이 수지가 살고 싶은 집을 그리던 상황이다. 수지는 그날 태인을 바라보았던 것처럼 그림을 어루만지듯 바라보았다.

"이 그림 주인이 나라는 걸 예린 씨가 어떻게 알았어요?"

수지는 그림에 시선을 고정한 채 물었다. 예린은 오래전 일이라며 입을 열었다.

"초대장을 들고 선생님을 찾아가기 전이었어요. 그때 살던 집 제 방 옆에 창고를 대신하는 작은 방이 있었거든요. 그 방에 상자가 있었어요. 하나는 상자 겉면에 아빠 이름이 적혀있는 상자였고, 다른 하나는 엄마 이름이 적혀있는 상자였죠. 두 분이 각자 보관하던 물건들이 그 집으로 이사 올 때 온 것 같아요. 상자 안에는 오래전에 사용했던 엄마와 아빠 물건이 가득했죠. 이 그림도 그 안에 있었어요. 아빠 상자 안에."

　수지는 탁자 위에 놓여있는 그림에서 시선을 떼지 않고 예린이 하는 말을 들었다. 예린의 말을 들으면서 여러 가지가 동시에 둥실 떠올랐다. 파도 소리와 불그스레한 노을빛, 그리고 스케치를 하던 태인의 모습도.

　예린은 그림 주인을 알게 된 과정을 설명하기 시작했다. 예린은 엄마 이름이 적혀있는 상자에 오래전에 사용했던 자동카메라가 하나 있었다고 했다. 예린은 그 카메라를 사진반 친구에게 건네며 안에 필름이 들어있는 것 같은데 인화해 달라고 부탁했고, 인화된 사진에는 수지가 MT 갔을 때 찍은 모습이 있었다. 태인이 사준 흰색 머리띠를 하고 찍은 사진들이었다.

　"여기를 잘 보세요."

　예린은 손가락으로 그림의 2층을 가리켰다. 필로티 구조로 앞으로 튀어나온 곳이었다. 수지는 예린이 가리킨 곳으로 얼굴을 가까이 가져갔다. 예린은 다시 말을 이었다.

　"거기에 흰색 머리띠를 하고 있는 여자 옆모습 실루엣이 있거든요. 보이세요?"

　그림이 크지 않은 데다 여자 모습도 작고 완전한 사람의 형태도 아니었다. 숨은 그림처럼 흰색 여백과 하나로 보여 주의 깊게 보지 않으면 – 주의 깊게 보더라도 사람이라는 것을 인지하지 못하고 본다면 – 2층 창문 앞에 서 있는 여자 모습을 분간하기가 쉽지 않아 보였다. 수지도 예린의 말을 듣고 나서 보았기에 흰색 머리띠를 하고 있는 여자 실루엣을 알아챌 수 있었다.

태인이 수지가 살고 싶은 집을 스케치할 때, 수지가 자신만의 공간을 갖고 싶다고 말한 그곳에 분명 흰색 머리띠를 하고 있는 여자 옆모습이 있었다.

"선생님 맞죠?"

수지는 고개를 천천히 끄덕였다. 이 집이 수지의 집이라는 메시지를 이런 식으로 표현한 태인의 섬세함에 감탄하면서.

"저도 얼마 전에야 그림을 다시 보다가 2층에 있는 여자 모습을 발견했어요."

예린이 마지막 인사를 하기 전까지 수지는 계속 그림과 예린을 번갈아 보았다.

"선생님, 이제 가볼게요. 건강 잘 챙기세요. 다음에 한 번 더 올게요."

예린은 중요한 것을 잊은 듯 일어나려던 엉덩이를 다시 의자에 붙이고 앉았다.

"참, 깜박했네. 선생님, 궁금한 게 있는데 여쭈어도 될까요?"

수지는 그러라고 말하며 예린의 입을 바라보았다. 그녀 입에서 수지가 생각하지도 못한 이야기가 흘러나왔다.

병실로 돌아온 수지는 침대에 앉아 창밖을 내다보고 있다.

뜻밖의 손님이 예상하지 못한 선물을 주고 갔다. 티케 조각상이 수지에게 돌아온 것과 마찬가지로 집 그림도 다른 사람을 통해 수지에게 돌아왔다. 바다가 보이는 집. 그림에 바다가 등장하지 않지만 수지는 그림의 제목을 그렇게 정했다.

예상하지 못한 것과 만났을 때 어떤 것은 감당하기 힘든 충격을, 어떤 것은 이해할 수 없는 질문을 던진다. 방금 예린은 이 두 가지를 한꺼번에 수지에게 남기고 떠났다.

20여 년 전, 예린에게 초대장을 받은 수지는 동창에게 연락해 알아낸 인규 휴대전화로 전화했다. 인규는 태인의 삶이 얼마 남지 않았고, 태인이 널 보고 싶어 해서 네가 운영하는 빵 가게에 갔다는 사실을 말했다. 자신을 보고 싶어 한다는 태인의 마음을 알게 된 수지는 결국 인규와 함께 태인의 집으로 향했다.

태인의 집에 도착했을 때 먼저 집 안으로 들어간 인규가 다급한 목소리로 태인의 이름을 불렀다. 그 소리에 놀란 수지도 집 안으로 들어갔다. 다시 만난 태인은 수지가 기억하고 있는 모습이 아니었다. 가뭄에 말라버린 나무 같은, 죽음의 수의를 입고 있는 것 같은 야윈 남자가 거실에 쓰러져 있었다.

인규가 부른 구급차가 도착했고, 인규 차에 오른 수지는 구급차를 따라 병원으로 갔다.

"태인이가 너와 헤어진 이유가 궁금했나 봐."

병원으로 가는 길에 인규가 한 말이다. 삶의 끝 언저리에 서 있는 그가 자신을 보고 싶어 했고 이별 이유를 궁금해할 줄은 몰랐다. 석연치 않은 이별을 했으니 그랬을 것이다. 그런데 죽음을 앞두고 왜 그게 궁금했을까. 그것이 그의 인생에서 그렇게 중요한 것이었을까.

수지는 생각했다. 삶의 마지막 언저리에 와서 돌이켜보니 삶이라는 것은 죽음이 연장된 시간이자 공간이 아닐까 하는. 그사이에 존재하는 것들은 시간과 공간이 부서진 파편들이고, 내리막길에 접어든 후의 삶은 그 파편들을 모으는 과정이라고. 아마 삶의 끝에 다다른 태인에게 가장 큰 파편은 수지와 이별한 이유였나 보다.

수지는 예린이 건넨 그림 액자를 다시 쇼핑백에서 꺼내 들었다. 물끄러미 그림을 보던 수지는 눈을 감았다. 머릿속에 태인이 그린 그림을 옮긴 후 집 안으로 들어갔다. 거실을 둘러보고 계단을 통해 2층으로 올라갔다. 복도를 지나 자신이 태인에게 말했던 자신만의 공간에 들어가 창가에 섰다. 노을을 품고 출렁대는 바다가 보인다.

수지는 한동안 바다가 보이는 그 집에 머무는 시간이 많을 것 같다. 태인아, 이렇게 좋은 선물을 남겨줘서 고마워.

한수지라는 이름, 기억하시죠?

수지는 조금 전 예린이 한 말을 떠올렸다. 자리를 뜨기 전 그녀는 오래전 빵 가게에 왔을 때 물었던 한수지 이름을 다시 꺼냈다.

예린이 고등학생 시절, 빵 가게에 와서 한수지라는 분을 아느냐고 물었다. 수지는 태인이 자신에게 말한 것을 그대로 반복했다. 아빠가 어릴 때 알던 친구라는 것과 자살로 삶을 마감했다는 것까지. 예린은 조금 전 뜻밖의 말을 했다. 바로 감당하기 힘든 충격과 이해할 수 없는 질문을 동시에 느낀 말이었다.

한수지… 참, 특이한 여자야. 그녀는 태인에게 왜 그랬을까, 좀체 이해되지 않는다. 태인은 그 사실을 알았을까?

5

내 장례식 하루 전

외출을 준비하는 서영은 거울 앞에 앉았다. 풍성했던 머리숱이 많이 성글어졌다. 염색한 머리칼이 서영의 본 나이를 말해주고 싶은 듯 허연 서릿발이 다시 기어 나오려고 한다. 오늘 저녁에는 염색해야겠네. 아직은 밀가루를 뒤집어쓴 것 같은 머리로 다니고 싶지 않다. 여든이 넘어도 등을 꼿꼿이 세우고, 빈티지 청바지에 달라붙는 티셔츠를 입고 싶다.

흰머리는 염색으로 가릴 수라도 있지만 문제는 피부다. 적지 않은 투자와 노력을 하며 버텨왔는데 이제 한계가 온 것 같다. 탄력을 잃고 자글자글한 주름이 이제는 어지간한 화장으로도 가릴 수 없는 지경이다. 그렇다고 화장을 진하고 두껍게 하고 싶지는 않다. 화장한다고 나이가 가려지는 것도 아니고 미모를 받쳐주지도 못한다. 그런 것도 젊었을 때나 가능한 일이다. 이 나이에 과한 화장은 세월을 거스르려고 발악하는 노인네라는 핀잔과 함께 사람들 눈살만 찌푸리게 할 뿐이다. 오늘 외출도 기초화장에 자외선 차단제로 마무리했다.

서영은 여유로운 노년의 삶을 살고 있다. 경제적인 여유가 아닌 정신적인 여유다. 폭풍우가 휘몰아치는 바다를 건너 이제는 잔잔한 파도가 흔들어 주는 요트에 누워있는 것처럼 마음이 편하다. 결혼하지 않은 딸이 평온한 삶에 유일한 걸림돌이지만 딸의 인생이라고 포기하고 나니 그것에도 자유로워졌다.

태인이 세상을 떠난 후 그가 사라진 상실감은 생각보다 오래 지속되지 않았다. 자신이 그토록 원했던 사람과 결혼했기에 그가 떠났을 때 무력감과 그리움에 힘들 것 같았는데 전혀 그렇지 않았다. 너무나도 빨리 그리움이 무뎌져 스스로 놀랄 정도였다. 오히려 태인이 떠난 후 되레 마음이 홀가분했다.

왜 그럴까. 서영이 내린 결론은 아쉬움이 없을 정도로 모든 감정을 쏟아부었기에 그런 게 아닐까라고 생각했다. 정답이 아니어도 좋다. 실제 서영에게는 태인에게 남은 아쉬움이 없으니까. 그렇게 사랑이 떠난 빈자리에는 상실감이 아닌 편안함이 들어왔다.

태인을 처음 만난 것은 그가 수지를 만나러 학교에 왔을 때다. 이후 태인이 수지와 만날 때 서영도 몇 번 같이 만났다. 서영은 조금씩 태인이 친구의 연인이 아닌 자기 남자로 만들고 싶다는 욕망에 사로잡혀 갔다. 수지를 바라보는 그의 눈빛을 자신에게 향하게 하고 싶었다. 주말이나 방학에 인천 집에 올라오면 태인에게 전화를 했고 몇 차례 만났다. 그럴수록 소유하고 싶은 욕망은 점점 커졌다.

서영은 태인이 군 입대 전 수지에게 건넨 자동카메라를 훔쳤다. 태인이 카메라를 건네며 수지의 일상 모습을 찍은 사진을 군에 있는 자신에게 보내달라고 했다는 수지 말에 저 물건을 먼저 처리해야겠다고 생각했다. 두 사람의 관계 단절을 위해서 가장 먼저 사라져야 할 물건이었다.

과 MT에 간 날, 돌아오기 전 민박집 방에 있는 수지 가방에서 그 카메라를 몰래 훔쳤다. 죄책감보다는 짜릿한 전율이 흘렀다. 두 사람이 헤어지기 전이었지만 이미 그를 차지한 듯한 기분마저 느껴졌다.

그다음은 편지였다. 태인이 훈련소에서 수지에게 보낸 편지를 우편함에서 먼저 발견하고 몰래 뜯어보았다.

구구절절 그리움으로 버무려진 편지를 읽으며 태인의 마음을 부숴버리고 싶은 잔인한 생각이 들었다. 악녀로 변하는 자신이 무섭기도 했지만, 사랑의 쟁취를 위해 발 담근 고행길에 끝맺음하기 전 발을 뺄 수는 없었다.

자대배치 받으면 다시 보내겠다는 태인의 편지를 서영은 자신에게 올 편지처럼 수시로 기숙사 우편함을 기웃거리며 기다렸다. 도서관에서 공부하다 늦게 기숙사로 오는 수지의 성실함 덕에 두 번째 편지 역시 서영이 먼저 발견했다.

무슨 일이든 시간을 질질 끄는 것은 위험하다. 밑바탕을 다졌으면 얼른 기둥을 세워야 한다. 서영은 사랑 쟁취를 위한 행동을 본격적으로 시작했다.

첫 번째가 태인이 보낸 편지 주소에 적혀있는 부대로 면회를 간 것이다. 면회 장소로 나온 태인은 수지를 기대했겠지만 그래도 자신을 찾아온 서영에게 실망한 내색은 드러내지 않았다.

그날 서영은 수지가 도영 선배와 연애하고 있다는 거짓말을 했다. 외부와 차단된 군대에서 태인이 느낄 절망은 그의 몫이었다.

잔인하지만 원하는 것을 얻기 위한 어쩔 수 없는 희생이고 과정이었다. 그날 태인과 외박을 나왔고 처음으로 단둘이 하룻밤을 보냈다.

마음은 급했지만 전초전으로 그 정도면 충분했다. 조바심 태우며 서두르다 제대로 시작도 못 하고 일을 그르칠 수가 있다. 수지에게 쏠린 태인 마음을 조금이라도 흔들어 놓은 것으로 만족했다. 태인이 군 전역 후 서영은 천천히 다가가기로 했다. 면회할 때 태인이 자신에게 보인 거부감을 지우기 위해서는 일정한 거리를 두고 지루한 시간을 보내야 했다. 시간이 예상보다 오래 걸렸지만 결국 서영이 계획한 대로 태인을 자기 남자로 만들었다. 프러포즈도 서영이 먼저 했다. 태인을 대신해 다리를 다쳤을 때 병원에 함께 있던 태인에게 먼저 프러포즈를 했다.

"우리 이렇게 같이 있을까? 앞으로도 계속."

서영의 말에 생각해 볼게, 라고 말한 태인은 서영이 퇴원하는 날 비로소 사귀자고 했다. 그렇게 본격적으로 연애를 시작했고, 일 년 남짓 연애한 후 결혼했다.

그를 소유했다는 짜릿함은 금세 고꾸라졌다. 기대치가 컸던 탓일까, 흐뭇해할 만족감은 기대를 따라가기 벅찼는지 마냥 행복할 거라는 결혼 생활은 시작한 지 얼마 지나지 않아 삐걱거리기 시작했다. 태인이 서영의 지나친 집착과 간섭에 불쾌감을 드러낸 것이다.

"계속 이런 식으로 나를 물건 취급하듯 소유하려고 하면 우리 결혼 생활은 힘들어. 난 자기 아들이 아니고 남편이야. 자기 자식도 그런 식으로 통제하고 간섭하려 들면 반항하게 되어있다고. 이건 내가 원한 결혼이 아니야."

태인은 최대한 자제해서 한 말이었지만 그의 말 속에는 여차하면 펼칠 거라는 이혼이 구겨져 숨어있었다. 이혼… 그것은 서영이 그동안 들인 시간과 노력의 붕괴이자 자존심이 허락하지 않는 패배였다. 그런 자신을 보고 비웃는 정수지의 얼굴까지 그려졌다.

태인의 강한 저항 이후 서영은 태인이 원하는 대로 해줬다. 태인에게 늘어난 자유만큼 서영에게는 스트레스가 층층이 쌓여갔다. 그를 사랑한 만큼 자신에게는 고통이, 그를 갖은 만큼 자신을 비워야 했다. 그 정도의 희생은 필요하다고, 실패로 낙인찍을 이혼 꼬리표를 달지 않으려면 어쩔 수 없다고 스스로 위로하면서.

다행히 그 무렵 예린이 태어나면서 서영은 태인에게 집착하는 마음이 어느 정도 해소되었다. 예린이 태어나지 않았다면 제풀에 꺾여 쓰러졌을지도 모른다.

사랑의 소유는 축복이 아닌 자신을 감추고 숨겨야 하는 고통이었다. 그것이 서영의 결혼 생활 전반전 성적이었다. 후반전은 그런 고통에서 빠져나와 여유로움 속에서 그와 여생을 즐기고 싶었지만, 서영의 바람과 다르게 후반전은 시작되기도 전 태인이 사라지며 경기는 종료되었다.

엄마가 밑반찬 준비해 갈 거야.

서영은 예린에게 줄 밑반찬 통 여러 개를 큼지막한 쇼핑백에 넣은 후 예린에게 전화했다.

"인스턴트만 먹지 말고 밥 잘 챙겨 먹어. 오늘 저녁 약속은 몇 시에 할 거야?"

예린은 개봉을 앞둔 영화 인터뷰 때문에 바쁘다며 저녁 약속은 인터뷰 후에 연락하겠다고 한 후 전화를 끊었다.

예린은 영화감독이 되었다. 데뷔 연출작이 곧 영화관에 걸릴 예정이다. 서영은 예린이 영화감독이 될 줄 꿈에도 몰랐다. 대학에 입학한 후 영화 동아리 활동을 하는 것까지는 알았다. 대학 3학년이 되면서 촬영한다며 허구한 날 밤새고 들어오기 시작하면서 예린과 갈등이 시작됐다. 서영이 아무리 반대해도 예린은 자기 의지를 굽히지 않았다. 실패하더라도 자신이 감수하겠다면서 단호한 의지를 보였다. 서영은 자기 성격을 빼다 박은 딸에게 결국 두 손을 들었다.

서영은 예린이 어렸을 때도 크게 집착하지 않았다. 공부하라는 잔소리 정도가 전부였다. 자식에게 독하게 공부시키는 부모들이 서영의 자식 교육을 보았다면 고개를 절레절레 흔들며 친엄마가 맞냐며 타박했을 것이다. 물론 서영의 생각이다.

딸은 원래 내 것이라는 생각에 소유욕이 없어서였을까, 태인에게 그렇게 애타게 매달렸던 것과 다르게 예린에게는 그렇지 않았다.

예린은 대학 졸업 후 영화 아카데미에 들어갔다. 아카데미 졸업 작품으로 만든 단편 영화가 이런저런 영화제에서 상을 받으며 주목받았고, 졸업 후 영화계에 발을 들여놓았다. 십 년 가까이 조감독 생활을 하다 드디어 장편 상업 영화 연출을 하게 되었다. 본인 스스로 이룬 결과에 서영은 박수를 보냈다. 자랑스럽고 대견할 따름이다. 결혼은 고사하고 연애도 하지 않고 일에만 매달려 사는 게 안쓰럽기도 하지만 서영이 할 수 있는 거라고는 가끔 만날 때마다 연애 좀 하라는 푸념이 전부다. 그럴 때마다 예린은 엄마나 연애하라고 되받아친다.

태인이 떠난 후 몇 번 연애는 했다. 혼자 사는 농익은 중년 여자를 노리는 하이에나들은 주위에 많았다. 친구들 성화에 못 이겨 때늦은 소개팅도 몇 번 했고, 남편과 사별한 것을 알고 있는 커피숍 단골손님 중에서 대시하는 남자도 몇 명 있었다. 그런 하이에나들 가운데 제법 괜찮은 하이에나도 있었다.

대기업에 다니는 이혼한 남자였는데 첫인상이 좋았다. 그 남자와 몇 번 만났다. 그것이 전부였다. 남자가 같이 살자는 제안도 했지만 서영은 단칼에 거절했다. 이유는 단순했다. 청춘에서 멀어진 나이 때문은 아니었다. 태인에게 느꼈던 그런 소유욕이 일지 않아서다. 이미 처절하게 사랑을 소유했던 경험 때문에 사랑의 감정이 메말라 버렸는지 더 이상 사랑이라고 포장할 소유욕은 솟아나지 않았다.

반찬이 들어있는 쇼핑백을 들고 집을 나서는 찰라 휴대전화가 울렸다. 도영 선배였다.

"어, 선배. 무슨 일이야?"

"수지가 오늘 새벽에 저세상으로 갔어."

서영은 쇼핑백을 들고 굳은 채로 서 있었다. 결국, 그렇게 갔구나.

통화를 마친 서영은 옷을 갈아입기 위해 다시 방으로 들어갔다.

아파트 지하 주차장으로 내려온 서영은 뒷좌석에 반찬이 들어 있는 쇼핑백을 내려놓고 운전석에 올랐다.

작년 겨울이 시작될 즈음, 오랜만에 도영의 연락을 받았다. 수지가 요양 병원에 있다며 한번 찾아오라고.

동기들에게 간간이 수지 소식을 들었다. 교직을 그만두고 빵가게를 한다는 말을 들었을 때는 수지가 누구보다 교직을 원한 것을 알고 있었기에 놀랐다. 어쩌다 가끔 수지가 생각이 나긴 했지만, 굳이 보고 싶은 대상은 아니었다.

태인이 사전 장례식을 하겠다고 할 때 태인이 준 명단에 수지 이름은 없었다. 수지에게 보낼 초대장은 서영이 준비했다. 사실 수지에게 초대장을 보내고 싶은 마음은 없었다. 남편의 과거 연인에게 그런 초대장을 보내고 싶은 아내가 어디 있겠는가. 그러함에도 서영이 수지에게 초대장을 보내려고 한 이유는 태인이 그녀를 보고 싶어 할지 모른다는 마지막 배려 때문이었고, 자신이 태인을 차지했다는 자신감이기도 했다.

우체국에서 초대장을 보낼 때 수지가 받을 초대장이 사라진 걸 알게 됐다. 서영은 태인이 뺐을 거라고 생각했다. 사라진 그 초대장이 예린의 손을 거쳐 수지에게 건네졌을 줄은 몰랐다. 지난번 수지와 만남에서 그 이야기를 들은 후 예린에게 그때 왜 그 초대장을 들고 수지의 빵집에 갔냐고 물었다. 예린은 잘 기억나지 않는다면서 아마 호기심에 그랬을 거라고 건성으로 대답했다.

내키지 않았지만, 젊은 시절 굵고 뚜렷한 흔적이 남아있는 수지를 그녀가 눈감기 전에 보고 싶었다. 마음속에 남아있는 찝찝한 기분을 떨쳐내기 위해서라도 한번은 수지를 만나 사과하고 싶었다. 용서를 하지 않는 일방적인 사과일지라도.

수지를 요양 병원 면회실에서 만난 날, 그녀 머리는 절반 이상이 하얗고 몸은 앙상했다. 축 꺼진 눈두덩은 눈을 깊은 우물처럼 보이게 했고, 윤곽이 선명해진 해끔한 얼굴에서는 성스러운 광채가 느껴져 숙연해지는 마음이 들 정도였다. 쪼그라든 풍선처럼 추레하고 볼품없을 거라는 생각과 달리 수지의 우아함은 여전했다.

대학에서 만난 수지는 공부도 잘했을 뿐 아니라 동기와 선후배들도 그녀를 좋아했다. 선하고 예쁜 외모 덕분도 있었지만 서영처럼 드센 성격이 아니어서 그랬을 것이다. 성격이 드센 여자들은 웬만한 외모가 아니면 나이를 불문하고 남자들에게 어필하기 힘들다. 서영은 그런 수지가 부러웠고 한편으로는 질투의 대상이었다. 20대 시절 수지에게 느낀 질투와 열등감을 노인이 된 아픈 환자에게 다시 느낄 줄은 몰랐다.

요양 병원에 수지를 만난 날, 서영은 태인과 얽힌 부분에서 수지를 거칠게 몰아붙였다. 그럴 생각은 전혀 없었다. 그저 오랜만에 얼굴이나 보려고 했다. 기회가 되면 과거 일을 사과하려는 마음도 있었다.

하지만 느닷없이 등장한, 예린이 들고 수지를 찾아갔다는 그 사전 장례식 초대장 때문에 꼬이기 시작했다. 미리 준비한 말들은 뒤섞여 버려 쓸모가 없어졌고, 태인에게 수지가 귓속말을 한 부분에서 격한 감정이 일어 마음에 없던 말이 튀어나왔다. 게다가 수지가 정신을 잃을 때는 자신 때문에 저렇게 가는 게 아닐까 하는 생각에 두렵기까지 했다.

한두 해 정도는 더 살 줄 알았는데 생각보다 빨리 세상을 떴다. 수지가 세상을 떴다는 말을 듣자 비로소 그녀에게 갖고 있던 열등감과 자격지심이 사라지고 우월감마저 생기는 것 같았다. 나는 아직 건강하다는, 나는 원하는 사랑을 가졌고, 그와 얽힌 추억이 가득하고, 네가 갖지 못한 사랑의 결실인 딸도 있다는 그런 유치한 우월감이.

죽은 사람을 위한 추모보다 산 사람들의 인간관계로 버글거리는 장례식장에 도착했다. 영정 사진 속 수지는 대략 50대 중후반때 얼굴이었다. 밝게 웃고 있는 얼굴이 예뻤다. 서영을 맞은 것은 수지의 남동생이었다. 학창 시절 수지와 함께 학교에 놀러 왔던 남동생을 몇 차례 본 기억이 있다. 그때는 짧은 머리에 호리호리한 체격의 중학생이었는데 지금은 머리도 성글어지고 배도 제법 나온 중년이 되었다.

"왔어?"

고인에 예를 올리고 나오는데 등 뒤에서 도영의 목소리가 들렸다.

"선배는 수지 가족 같네."

검은색 정장을 입고 있는 도영은 수지의 가족처럼 장례식장에서 일을 돕고 있었다. 서영의 자리를 안내한 도영은 손수 서영이 먹을 식사가 담긴 쟁반을 들고 왔다. 음식을 놓고 서영 맞은편에 앉은 도영은 찾아온 조문객을 맞으러 앉자마자 다시 일어났다.

식사를 마친 서영은 도영과 함께 장례식장 밖으로 나와 입구 근처 벤치에 나란히 앉았다.

"선배는 수지 마지막에 함께 있었어?"

"임종이 새벽이라 나는 자리에 없었어."

"그런데 왜 갑자기 그렇게 된 거야? 몇 년은 더 살 줄 알았는데."

"최근 건강이 많이 안 좋았어. 거기에 폐렴까지 걸려서 그렇게 된 거야."

"선배는 혼자된 후 왜 수지랑 같이 안 살았어? 수지 챙기는 걸 보면 여느 남편들보다 더 지극정성이던데."

"수지가 원하지 않았어. 그냥 내가 좋아서 한 것뿐이야."

"그래, 선배는 수지를 무척 좋아했지."

도영은 서영의 고등학교 선배로 두 사람은 대학 내 고등학교 동문 모임에서 만났다. 서영과 같이 다니는 수지를 본 도영은 서영에게 수지를 소개해 달라 졸랐고, 서영이 수지에게 사정해서 어렵게 자리를 만들었다.

"난 별 느낌이 없는데."

소개팅이 끝난 후 수지가 서영에게 한 말이다. 더 구체적인 말은 도영에게 들었다. 도영이 여러 차례 대시했지만 수지는 도영처럼 덩치 큰 사람을 좋아하지 않는다며 사귀자는 도영의 말을 딱 잘라 거절했다고 했다. 그럼에도 도영은 계속 수지 곁을 맴돌았다.

"선배는 수지가 결혼 안 한 이유 알아?"

"나도 몰라. 전에 결혼 왜 안 했냐고 물은 적이 있었는데 그냥, 이라고만 말하더라고."

도영은 손에 들고 있는 음료수로 입을 축인 후 갑자기 한수지를 아느냐고 물었다.

"선배가 한수지를 어떻게 알아? 수지에게 들었어?"

도영은 먼저 답을 하라는 표정으로 서영을 바라보았다.

"어릴 때 알던 친구야. 내 남편과도 친구였고. 수지는 한수지를 모를 텐데."

서영의 말을 들은 도영이 입을 열었다.

"눈감기 보름 전 즈음인가, 수지가 이상한 말을 하더라고."

＊＊

자신이 감독한 영화 개봉이 확정된 후 예린은 홍보 때문에 정신없이 바빴다. 여기저기서 들어오는 인터뷰를 소화하는 것만으로도 하루가 금세 갔다. 내일은 관객과 만남이 있는 시사회가 잡혀있다. 오늘은 모처럼 스케줄이 없어 오전에는 집에서 빈둥거리다 정오가 지난 후 영화 홍보회사 사무실로 나왔다.

홍보팀과 미팅을 한 후 사무실에서 나와 기자와 인터뷰가 잡혀있는 커피숍으로 향했다. 기자와 인터뷰는 개인적 연락으로 성사된 인터뷰다.

예린은 자신이 연출한 영화가 영화관에 걸린다는 게 꿈만 같다. 오랜 시간 꿈꾸던 일이 막상 현실에서 일어났을 때 느끼는 기분 좋은 괴리감을 며칠째 느끼고 있다. 몽롱한 꿈을 꾸는 것 같은 상황에서 여러 얼굴이 떠올랐다. 그중에서 가장 또렷하게 생각나는 얼굴은 돌아가신 아빠였다. 아빠가 이 영화를 보신다면 무슨 말씀을 하실까.

약속한 커피숍 근처에 도착했을 때 전화가 울렸다. 엄마다.

"전에 엄마가 냉장고에 넣어둔 반찬 아직 남았는데. 알았어요. 냉장고에 넣어두세요. 그리고 저녁 약속은 인터뷰 끝나고 연락할게요."

짧은 통화를 마치고 휴대전화를 재킷 주머니에 넣을 때 커피숍 문이 눈앞에 서 있었다. 문에 비친 자기 얼굴을 보며 머리를 매만진 후 커피숍 문을 열었다.

커피숍 안을 훑다 자리에서 일어난 남자와 눈이 마주쳤다. 오늘 약속한 기자다. 커피숍에 먼저 나와 기다리고 있던 기자가 예린과 눈을 마주치자 번쩍 손을 들었다. 기자는 다름 아닌 고등학생 때 전학을 간 친구 민우다.

"오, 이예린 감독님. 축하해."

민우는 함박웃음을 지으며 자기에게 다가오는 예린을 향해 손을 내밀었다. 예린도 웃으며 민우가 내민 손을 잡고 흔들었다.

"예린이 네가 영화감독이 되었을 줄은 정말 몰랐어."

"나도 민우 네가 기자가 되었을 줄은 몰랐어."

꽉 잡은 손을 풀고 마주 앉은 두 사람의 얼굴에는 교복을 입은 학창 시절로 돌아간 것처럼 천진난만한 미소가 가득했다.

두 사람이 만난 것은 고등학교 1학년 때 민우가 전학 간 후 처음이다. 전학 간 후에도 간간이 SNS로 연락을 주고받아 어떻게 지내는지 대충은 알고 있었다. 서로의 안부가 끊긴 것은 20대 중반이었다. 민우는 군 전역 후 복학을 하며 바빴고, 영화판에 뛰어든 예린은 어떻게든 살아남으려 아등바등 버티느라 가까운 친구들과도 제대로 연락하지 못하며 살았다. 두 사람 모두 각자 세상에서 꿈과 생존을 위해 청춘의 시간을 투쟁하며 보냈다.

예린이 연출한 영화가 개봉된 것을 알게 된 친구들은 예린의 SNS에 영화감독 데뷔를 축하하는 글을 올렸다. 그런 글들 가운데 생뚱맞게 인터뷰하고 싶다는 글이 있었다. 글을 올린 사람을 확인해 보니 민우였다.

두 사람은 연락이 끊긴 후 있었던 일들을 웃고 떠들며 주고받은 후 본격적으로 인터뷰를 시작했다.

"영화 만들기까지 꽤 힘들었을 텐데. 투자받는 것부터 배우 섭외 등등, 할 게 너무 많잖아."

민우 말에 예린은 촬영하며 힘들었던 기억이 떠올라 한숨을 크게 내쉬었다.

"힘들었지. 그래도 나는 운이 좋았어. 많은 분들 도움을 받았으니까."

민우는 영화 내용을 물었고 예린은 줄거리를 간단하게 설명했다. 민우가 묻고 예린이 답하는 식의 인터뷰가 계속 이어졌다.

"다음 영화 준비하고 있어?"

"하드보일드한 범죄 스릴러. 시나리오 쓰고 있는 중이야."

민우는 인터뷰에 사용하는 태블릿을 덮었다. 이제 개인적인 시간이다. 민우가 부모님 안부를 물었다.

"부모님은 건강하시지?"

"아빠는 나 고2 때 돌아가셨어."

놀란 민우가 하, 하는 탄식을 뱉었다.

"그랬구나. 네 아버지 참 좋은 분 같았는데. 제대로 뵌 거는 한 번밖에 없지만."

"그랬나? 네가 언제 아빠를 만났지?"

"전에… 그때가 중학교 3학년이었나? 학원 끝나고 너랑 같이 집으로 가다 집 앞에서 네 아버지를 만났지. 그날 네 아버지가 집으로 들어오라고 하셔서 같이 들어갔어. 네 아버지와 식탁에 마주 앉아서 네 엄마가 주신 과일을 먹으며 이런저런 이야기를 나눴지. 너는 2층 방에 올라가서 옷 갈아입고 한참이 지난 후에 나왔고. 기억 안 나?"

예린은 잘 기억나지 않는다며 민우 말에 귀를 기울였다.

"그날 네 아버지가 내게 하나를 물으셨어. 친구 부모님들 만났을 때 받은 질문과는 달랐지. 보통은 공부 잘하냐, 뭐 잘하냐, 이런 건데 네 아버지는 넌 뭘 좋아하냐고 물으셨어. 나는 그 자리에서 대답을 못 했고. 그때까지 그런 걸 진지하게 생각한 적이 없었거든. 그때 좋아하는 게 기껏해야 애들하고 피시방에서 게임하고 노는 거잖아. 그런 자리에서 그런 걸 좋아한다고 말하기는 그렇고. 그래서 그날은 대답을 못 했어.

그런데 이상하게 그 질문이 집에 와서도 계속 생각나는 거야. 나는 무엇을 좋아할까. 고등학생 때도 나 자신에게 그 질문을 자주 했어. 대학생이 돼서도 마찬가지였고. 수년간 해결하지 못한 고민이었지. 그러다 알게 됐어. 해외 연수를 가고 하면서 내가 사회에 관심이 많고 글도 남들보다 잘 쓴다는 걸. 작가까지 될 자신은 없었고 기자가 되기로 했지. 대학 졸업 전에 영화 평론을 잡지사에 보냈는데 그게 상을 받았어. 그 덕분에 요즘은 영화 관련 취재를 많이 해."

"앞으로 영화평론가가 되는 거야?"

"계획은 그런데 모르지, 어떻게 될지. 지금의 나를 만든 거는 어쩌면 네 아버지일지도 몰라. 내가 좋아하는 게 무엇인지 진지하게 생각하게 해준 분이니까."

커피로 입을 축인 민우가 웃으며 물었다.

"예전에 학원 땡땡이친 거 기억나? 너 공부하기 싫다고 툭하면 나를 끌고 나간 거."

민우 말에 예린도 웃으며 입을 열었다.

"그랬지. 그때 일 지금이라도 사과할게. 그때 내가 널 너무 괴롭힌 거 같아. 나 때문에 너 많이 혼났지?"

"엄마한테 많이 혼났지. 그런 추억이라도 만들어 줘서 고맙다."

두 사람은 즐거운 웃음을 지었다.

"이 감독. 언제 우리 땡땡이치고 영화나 보러 갈까?"

"나는 상관없어. 직장인인 네가 문제지. 아, 그리고… 이번 영화 시사회에 초대 못 해서 미안해. 다음 영화를 언제 만들지 모르겠지만 그때는 꼭 부를게."

"그래, 고맙다. 이번 영화는 영화관에서 표 끊어서 볼게. 오늘 시간 내줘서 고마워. 다음에 술 한잔하자."

민우가 먼저 자리에서 일어났다. 그때 예린은 민우와 이야기 나눌 때 엄마가 보낸 메시지를 뒤늦게 확인했다.

― 이 감독, 저녁 식사는 다음에. 엄마는 친구 장례식에 간다.

✳ ✳

"수지가 선배한테 무슨 이상한 말을 했는데?"

서영의 질문에 도영은 수지가 죽기 전 그녀와 나눈 이야기를 풀기 시작했다.

"수지가 자기와 이름이 같은 한수지라는 여자를 한 번 만난 적이 있대. 대학 다닐 때."

도영은 한수지가 학교에 와서 수지를 만났던 이야기를 했다. 처음 듣는 이야기에 서영은 도영의 이야기를 집중해 들었다.

"그래서 수지가 했다는 이상한 말은 뭔데?"

마음 급한 서영은 다시 물었다.

"수지가 한 말은, 한수지라는 여자가 네 남편에게 거짓말을 했다는 거였어."

"거짓말? 수지가 그렇게 말했어? 그게 뭔지도 말했고?"

"그게 뭔지는 말하지 않았어."

한수지가 내 남편에게 한 거짓말이라. 서영은 그게 뭔지 전혀 감이 오지 않았다.

"너 지난번 면회 왔을 때 수지와 무슨 일 있었어?"

도영이 화제를 바꿨다. 수지가 정신 잃은 일을 말하는 것이다.

"그게… 사실……."

서영은 딱 부러지게 말하기가 애매해서 길게 뜸 들이다 말을 이었다.

"사실 그날, 수지에게 미안하다는 말 하려고 간 거였어."

도영은 서영이 무슨 말을 하려고 했는지 짐작한 듯 고개를 끄덕였다.

"그래서 미안하다는 말 했어?"

"아니, 못했어."

서영이 사과하려고 한 것은 학창 시절 수지의 자동카메라를 훔친 것과 록밴드 공연 날에 일어난 교통사고였다. 도영은 그 사고를 입에 담았다. 두 사람만 아는 비밀이다.

"그날 일어난 그 교통사고를 네가 제안했을 때 놀랐어."

서영은 입을 다문 채 고개를 숙였다. 도영도 잠시 조용히 있다

입을 뗐다.

"지금이라면 네가 그 부탁을 했을 때 냉정하게 거절했을 거야. 그때는 나도 철이 없었지. 내가 가질 수 없으면 다른 누구도 가질 수 없다고, 파괴해 버리겠다고 생각했으니까. 사랑이 그런 게 아니란 걸 몰라 무모했던 때지. 그때 서영이 너 무서웠어. 네가 그런 생각을 할 줄 상상도 못 했으니까. 우리는 공범이지. 너는 사랑을 차지하려고 한 거고, 나는 사랑을 부수려고 한 거고. 결과적으로 목적을 달성했으니 성공한 건가? 정말 성공했는지는 모르겠네."

"그 일 수지에게 말했어?"

"어떻게 말해. 우리 치부인데. 말할까 여러 번 고민했는데 끝내 말하지 못했어. 나도 비겁한 놈이야."

"그 일 때문에 미안해서 수지 옆에 있던 거야?"

"그것 때문은 아니야. 난 수지에게 씻을 수 없는 상처를 줬어. 다른 일로."

다른 일이라는 도영의 말에 앞을 보고 있던 서영의 시선이 도영의 얼굴로 이동했다.

"사실 수지가 학교를 그만두게 된 게 나 때문이거든."

"선배 때문이라고?"

서영은 수지가 얼마나 교사라는 직업을 원했는지 잘 안다. 학생을 가르치는 게 자기 운명이라고 말한 수지는 대학 2학년 때부터 모든 시간을 임용고시 준비에 쏟아부었다. 그래서 수지가 학교를 그만두었다는 말을 들었을 때 의아했다.

"내 아내가 수지가 근무하는 학교에 가서 난리 친 적이 있어. 사실 그것도 내 잘못이지. 결혼하고 몇 년 지나서 내가 외도를 했거든. 아내에게 걸렸지. 그 일 이후 아내 집착이 거의 병적이었어. 내 일거수일투족을 확인하려고 했지. 내가 이혼하자고 해도 그럴 수 없다고 그러고. 이혼 소송까지 하기는 그래서 별거를 했어. 당시 내가 운영하는 헬스클럽을 친구에게 맡기고 나는 후배가 지방에서 운영하는 헬스클럽에서 잠시 일을 돕고 있었지. 우연인지 그 헬스클럽이 수지가 근무하는 학교에서 그리 멀지 않은 곳에 있었어. 그래서 수지를 몇 번 만나 식사도 했고. 그걸 아내가 알게 된 거야. 사람을 붙여 나를 미행했나 봐. 아내가 수지가 근무하는 학교 교무실에 가서 아주 생난리를 쳤어. 경찰까지 오고 요란했지.

내가 학교에 가서 아내 상태를 말하고 수지와는 학교 선후배 사이일 뿐 아무런 사이가 아니라고 했어. 하지만 내 사과와 별개로 수지는 힘들었을 거야. 학교에 이상한 소문이 돌았을 거고, 버티기 힘들었겠지. 자기 인생의 큰 오점이라고 생각했을 거야. 그 일이 없었더라면 어떻게든 정년까지 버티다 퇴직했을 텐데. 그래서 수지가 학교 그만두고 빵집을 시작한 거야. 너무 열심히 해서 몸도 많이 망가졌고. 교직에 계속 있었다면 좀 더 오래 살았을지도 몰라."

수지에게 그런 일이 있었다니. 서영은 몰랐던 수지 삶에 안쓰러움이 느껴짐과 동시에 도영의 아내에게 자기 과거 모습이 겹치는 것 같은 기분도 들었다. 두 여자 모두에게 공감이 가는 흔하지 않은 경우였다.

"수지는 편안히 잘 갔을 거야. 수지 남동생한테 임종 순간을 들었는데 수지가 마지막 순간에 미소를 지었다고 하더라고."

도영의 말에 서영은 태인의 마지막 순간이 떠올랐다. 태인 역시 미소를 지었다. 도영은 자리에서 일어나기 전 쓸쓸한 말투로 수지의 생전 모습을 전했다.

"수지는 마지막 순간에 뭐가 그렇게 좋았을까. 돌이켜보니 수지가 눈감기 몇 달 전부터 전과 달리 자주 웃기는 했어. 기분 좋은 웃음이었지. 내가 뭐가 좋아 웃느냐고 물으면 수지는 어느 집에서 바다를 보고 있다는 이상한 말을 했어. 마치 다시 사랑에 빠진 것 같은 생기가 도는 얼굴로."

* *

엄마가 보낸 문자를 확인한 예린은 커피숍에 혼자 앉아있다. 친구 장례식에 간다는 엄마의 문자에 예린은 '친구 누구?'라는 문자를 보냈다. 엄마는 '너도 알겠네. 예전에 갔던 빵집 사장'이라는 답을 보냈다.

영화 촬영을 마친 후 후반 작업을 하기 전, 예린은 잠시 시간을 내서 요양 병원에 있는 수지를 만났다. 수지를 만나 집을 그린 그림을 건넨 날, "선생님, 한수지라는 이름 기억하시죠?"라고 물었다. 오래전 빵집에 찾아갔을 때 그녀는 한수지라는 여자는 예린 아빠의 친구였고 자신은 단 한 번 본 게 전부라고 했다. 그러면서 예린의 아빠에게 들었다며 그녀는 자살했다고 말했다.

의사인 한수지 오빠를 만난 것은.

예린이 조감독으로 참여한 영화를 끝낸 직후였다. 노년의 그는
꽤 유명한 사람이었다. 억대 연봉의 병원장을 관두고 지방 작은
소도시에 동네의원을 개원한 후 의료 혜택 사각지대에 있는 사
람들을 왕진하며 의료 활동을 하고 있었다. 그 사연이 방송을 통
해 세상에 알려지며 유명세를 얻은 것이다. 삐딱한 시선으로 보
면 호사스러운 인생이 질려 늘그막에 좋은 일 하며 자기 양심을
위로하는 얄팍한 행동으로 볼 수도 있다. 설령 그렇다고 해도 아
무나 할 수 있는 일은 결코 아니다.
    그는 방송에서 가족 이야기를 하며 동생 이름을 한 번 언급했
다. 오래전 죽은 여동생이 있다면서 살아있다면 영화감독이 되
었을 거라고 말하며 눈시울을 붉혔다.
    예린은 그가 일하고 있는 병원을 인터넷으로 알아낸 후 그곳
을 찾아갔다. 군 소재에 있는 작은 병원이었다. 진료 시간이 끝
날 무렵 병원으로 들어가 한수지 오빠를 찾았다. 안내 데스크에
앉아있는 나이 지긋한 간호사는 환자로 보이지 않는 젊은 여자
가 찾아와 한수지 오빠를 찾자 기자로 생각한 듯 시큰둥한 표정
에 말투도 차가웠다. 이런 일이 처음은 아닌 듯했다.
    "오늘 진료 시간은 끝났거든요. 내일 예약해 드릴까요?"

"진료 때문에 온 거는 아니고요. 한 선생님께 한수지 씨를 알고 있는 사람이 왔다고 말씀 좀 전해주시겠어요?"

간호사는 귀찮다는 표정으로 한수지요? 라고 되물으며 자리에서 일어나 진료실로 들어갔다. 잠시 후 진료실에서 나온 간호사가 다시 자리에 앉으며 들어가라고 말했다.

진료실로 들어가니 의자에 앉아있는 한수지 오빠가 자리에서 일어나 "제 동생을 아시는 분이라고요?"라고 말하며 인사했다. 방송에 나왔을 때와 달리 머리를 검은색으로 염색해서 영상에서 본 것보다 젊어 보였다. 균형 잡힌 체형에 피부도 노인치고는 팽팽하고 윤기가 흘러 여든을 바라보는 노인이라고는 믿기지 않을 정도로 정정했다.

자리에 앉으라고 말하는 한수지 오빠의 눈빛은 호기심이 가득했다. 예린은 환자들이 진료받을 때 앉는 의자에 앉았다. 의사 가운에 달린 명찰에 적힌 이름은 '한수길'.

"누구신데 제 동생을… 나이로 봐서는 제 동생을 알만한 나이가 아닌 것 같은데요."

수길은 자기 동생 친구로 생각했나 보다.

"사실 선생님 동생분을 잘 모릅니다. 이거 드리려고 왔습니다."

예린은 낡은 노트 한 권을 수길 앞에 내밀었다.

* *

수지 장례식장에서 나온 서영의 차는 예린이 살고 있는 오피스텔로 향했다. 가는 내내 조금 전 도영이 한 말이 계속 신경에 거슬렸다.

'수지가 한 말은… 한수지라는 여자가 네 남편에게 거짓말을 했다는 거였어.'

거짓말… 대체 무슨 거짓말일까. 한수지가 내 남편에게 할 거짓말이 뭐가 있을까.

서영은 한수지를 잘 안다.

태인이 한수지를 만날 때 서영이 자신도 같이 만나도 되냐고 해서 그녀를 처음 만났고, 이후 친하게 되어 미국으로 유학 떠나기 전까지 여러 차례 만났다. 서영과 한수지는 죽이 잘 맞는 사이였다. 정수지에게 거리감이 느껴졌다면, 한수지에게는 첫 만남부터 그런 거리감이 없었다. 아마 자신과 닮은 부분이 많아서 그럴지도 모른다고 서영은 생각했다. 한수지가 미국으로 유학 간 후에는 연락을 주고받지 않았다. 그녀를 다시 만난 것은 몸이 안 좋아 귀국한 후 병원에 있다는 연락을 받고 나서다.

서영은 병실에서 한수지를 만났다. 그녀 얼굴은 편안해 보였다. 분명 죽음을 앞둔 사람의 모습은 아니었다. 어디가 아프냐는 서영의 질문에 한수지는 "그냥 좀 안 좋아. 괜찮아"라고 말했다. 당연히 퇴원하고 다시 일상으로 돌아올 줄 알았다. 그래서 그녀가 세상을 떠났다는 소식을 들었을 때는 거짓말 같았다.

"서영이 너 태인이 소식 알아? 요즘 어떻게 지내? 정수지와 연애하느라 바쁜가?"

"두 사람 헤어졌어. 태인이는 군 전역하고 복학해서 바쁠 거야."

"헤어졌다면… 혹시 네가 그런 거야?"

서영의 침묵을 한수지는 긍정으로 생각했다.

"그럼, 절반은 성공한 거네. 그런데 태인이가 네 남자가 될까? 노력으로도 되지 않는 게 인간의 감정인데."

"노력으로 될 수도 있을 거야. 승자는 마지막에 결정 나겠지."

"서영이 네 생각이 그렇다면 내가 할 말은 없지만……."

한수지는 어둠이 깔린 창밖을 바라보며 다시 말을 이었다.

"사랑은 미스터리 그 자체 같아. 갑자기 나타나 태풍처럼 휩쓸고 가고, 슬그머니 기어들어 와서는 자리 틀어 앉아 떠나지 않고 속 타게 부채질만 하고. 원하는 대로 되지도 않고, 시작과 끝이 정해진 것도 아니고, 결과도 예상할 수 없고. 아마 분노, 증오, 질투 같은 감정들 기원도 사랑일 거야. 아름답지만 정말 골치 아픈 단어지. 게다가 소유하는 것도, 정복할 수 있는 것도 아니잖아. 사람의 의지로 할 수 없는… 그래서 진정한 사랑의 승자는 어쩌면 사랑에 굴복하고 끌려가는 사람이 아닐까."

한수지가 나름 정리한 철학적인 말에 서영도 공감은 했지만 네 말이 맞아, 라고 말하지 않았다. 방금 자신이 말한 노력으로 될 수도 있다는 말과 모순되는 말이었다.

"정수지라는 여자는 요즘 뭐 하고 지낸대?"

한수지가 물었다.

"임용고시 합격하고 발령 대기 중이라고 들었어. 고향 터미널 근처 친척 집이 하는 빵 가게에서 아르바이트하면서. 그런데 그건 왜 물어?"

"아니, 그냥. 혹시 그 가게 이름 알아?"

서영은 정확하지 않다면서 전에 수지가 말한 가게 이름을 말해 줬다.

한수지는 미국 가기 전 왜 학교까지 찾아가서 수지를 만난 걸까.

오피스텔 건물 지하 주차장에 주차한 서영은 예린이 살고 있는 오피스텔 문을 열고 안으로 들어갔다. 예린이 살고 있는 오피스텔은 단출하다. 집주인처럼 공간 가운데 자리를 잡고 있는 – 책상과 식탁을 겸하는 – 큰 책상 하나와 침대로도 사용하는 소파가 전부다. 사무실도 이보다는 사람 냄새가 날 텐데 예린의 오피스텔은 올 때마다 냉기만 가득하다.

서영은 쇼핑백에 들어있는 밑반찬 통을 냉장고에 넣으며 개수대를 보았다. 설거지 거리는 없었다. 대신 재활용 쓰레기봉투에는 인스턴트 용기가 수북했다.

"어휴, 계집애. 이런 거는 빨리빨리 치우고 살지."

쓰레기봉투를 치운 후 이곳저곳 물걸레질을 한 서영은 마지막으로 탁자 위를 정리하려고 그 앞에 섰다. 노트북 옆에 가로세로 늘어놓은 필기구를 집어 연필꽂이에 넣을 때 탁자 위에 있는 제

본된 책이 서영의 눈길을 끌었다.

＊＊

"이게 뭐죠?"

한수지 오빠 수길은 안경 너머로 보이는 눈을 동그랗게 뜨고 예린을 보며 물었다.

"동생분께서 세상을 뜨기 전 남긴 거 같습니다. 마지막 페이지에 한수지라는 이름이 적혀있거든요."

노트를 건네받은 수길은 자기 동생이 남긴 노트의 겉장을 물끄러미 바라보았다. 그 표정에는 여러 감정이 뒤섞인 것처럼 보였다. 놀람과 반가움, 희미하게 남아있는 동생과의 추억을 떠올리며 감회에 젖은 표정이었다.

노트를 빠르게 휙휙 넘기며 마지막 페이지에 있는 동생 이름까지 확인한 수길은 다시 예린을 보며 물었다.

"이걸 어떻게 그쪽이… 참, 이름이…….."

예린은 자기 이름을 말했다.

"아, 예린 씨. 예린 씨가 왜 이걸 갖고 있나요?"

예린은 수길이 동생과 친구였던 부모님 이름을 알고 있지 않을까 해서 엄마 상자에 노트가 들어있던 이유로 엄마 이름을 먼저 말했다. 수길은 전혀 모르는 눈치였다. 예린은 아빠 이름을 말했다.

수길은 이태인이란 이름에 반응하며 혼잣말로 이름을 두 번 중얼거렸다.

"아… 이태인. 기억나네요. 이태인 씨가 아버지 되시는구먼. 오래전 동생 장례식장에서 잠깐 만난 기억이 있는데. 잘 계시죠?"

"돌아가셨어요. 제가 고등학생 때요."

작은 탄식을 내뱉은 수길은 잠깐 노트를 보겠다고 말하며 노트 겉장을 다시 넘겼다. 담담했던 수길의 표정이 페이지가 넘어갈수록 조금씩 흔들리며 무너져 갔다. 결국 수길은 절반도 읽지 못하고 노트를 덮었다. 복받치는 슬픔을 간신히 참는 표정이었다. 그는 노트 내용이 아닌 동생의 흔적을 느꼈으리라. 동생이 직접 손으로 쓴 글들이 젊은 시절 동생과 함께 한 추억들을 후후 불며 먼지처럼 일어나게 했으리라.

그 노트는 바로 한수지가 남긴 시나리오였다.

"고마워요, 이걸 지금까지 잘 보관하고 계셔서. 또 이렇게 내게 전해주셔서."

"선생님, 제가 영화감독을 준비 중입니다. 동생분이 쓴 그 시나리오를 제 데뷔 작품으로 하고 싶은데 허락해 주시겠습니까? 사실 제가 영화감독 꿈을 키우기 시작한 게 고등학생 때 그 시나리오를 읽고 나서거든요. 그래서 선생님께 허락받고자 이렇게 온 겁니다."

예린의 말에 슬픔이 가득했던 수길의 표정이 바뀌었다. 굳은 표정에서 기대감이 살짝 얼비쳤다.

"내 동생이 영화감독 되려고 한 거 아시나요?"

"저는 한수지 씨에 대해서는 잘 모릅니다. 아빠와 친했다는 정도밖에."

수길은 자기 동생 이야기를 간단히 전했다. 영화감독을 꿈꾸었지만 아버지 반대로 하지 못한 것과 혼자 미국으로 유학을 떠난 후 몸이 좋지 않아 귀국한 것까지.

"내 동생이 알면 좋아하겠네요. 그토록 바라던 영화감독 꿈을 이루지는 못했지만 이렇게 자기 시나리오가 영화로 되는 걸 알면 좋아하겠어요. 그럼… 나도 돕고 싶은데."

"선생님께서 도우실 거는 없습니다."

"내가 아는 후배 중에 영화 제작사 대표가 있어요. 잠깐만요."

수길은 책상 위에 놓여있는 휴대전화를 들어 어디론가 전화했다.

"송 대표. 내가 내일 서울 갈 건데 저녁에 잠깐 볼 수 있나? 시나리오가 하나 있는데 한 번 봐줘. 그래, 내일 오전에 다시 통화하자고."

통화를 마친 후 휴대전화를 뒤적거리던 수길은 휴대전화 화면을 예린에게 보여주었다. 방금 통화한 영화 제작사 대표의 명함이었다. 예린도 알고 있는 영화 제작사였다.

"이렇게 된 이상 나도 이 시나리오가 영화로 되는 데 최대한 돕겠습니다. 그런데 제목이 없네요?"

"동생분께서 제목을 정하지 않으셨더라고요. 그래서 제목은 제가 정했습니다. '내 장례식 하루 전'으로. 그 시나리오를 처음 읽었을 때 제 머릿속에 떠오른 제목이거든요."

수길을 만난 일주일 뒤 예린은 수길의 전화를 받았다. 영화 제작사에서 투자하겠다는 소식을 전하며 자신도 제작비 일부를 투자하겠다고 했다.

이렇게 해서 '내 장례식 하루 전' 프로젝트가 시작되었다. 한수지 오빠 수길에게 동생이 쓴 시나리오를 영화로 만들어도 되겠냐는 허락을 받으려고 한 것인데, 생각하지도 못한 행운으로 커버렸다.

＊＊

서영은 의자에 앉으며 시나리오 책을 들었다. 이번에 예린이 영화감독으로 데뷔한 시나리오다. '내 장례식 하루 전'이라는 제목이 적혀있는 제본된 책의 첫 페이지를 넘겼다. 몇 페이지 넘기자마자 옅은 기시감이 밀려왔다. 그런 기시감이 페이지가 한 장 두 장 계속 넘어가면서 오래전 기억을 간질거렸고 점점 또렷하게 형태를 잡더니 결국 왈카닥 일어났다.

혹시… 이게 오래전 한수지가 내게 건넨 그 노트에 있던 시나리오?

입원한 한수지를 만난 후 보름 정도 지났을 때.

한수지는 서영을 병원으로 다시 불렀다. 당시 학원 강사로 근무하던 서영은 학원 강의를 마친 늦은 밤 한수지가 있는 병실에 갔다. 그녀는 침대에 앉아 노트에 뭔가를 열심히 쓰고 있었다. 서영을 본 한수지는 노트를 덮고 반갑게 웃었다. 서영은 침대 옆에 있는 접이의자를 펴고 한수지 옆에 앉았다.

"뭘 그렇게 열심히 쓰는 거야?"

"시나리오. 병원에 있으니까 심심해서. 다 썼어."

"몸은 괜찮은 거야?"

"어, 괜찮아."

시나리오를 쓴다는 한수지의 말은 열정이 살아있다는 의미였고, 그녀가 건강하게 일상으로 돌아올 것이라는 희망이었다. 서영은 한수지 기억을 뒤로하고 다시 시나리오를 읽었다.

시나리오에는 네 명의 주인공이 등장한다.

남자 1과 남자 2, 여자 1과 여자 2. 네 사람 모두 친구 사이다. 남자 1과 여자 1은 어릴 때부터 친구였던 사이로 성인이 되어 다시 만난 후 연인으로 발전한다. 동시에 남자 2는 여자 1을, 여자 2는 남자 1을 사랑하지만 남자 1과 여자 1의 관계를 알고 있어 다가가지 못한다.

그러던 어느 날 여자 2는 남자 1에게 자기 마음을 고백한다. 남자 1은 매정하게 거절한다. 자신은 여자 1밖에 없다면서 그녀와 결혼할 거라고 말한다.

남자 1의 사랑을 갈구하는 여자 2는 남자 1의 마음을 자신에게 돌리기 위해 사고를 계획한다. 남자 1과 여자 1이 교외로 나간 것을 알고 돌아오는 길에 남자 1이 운전하는 차에 자기가 운전하는 차로 달려들 계획을. 자신이 갖지 못하면 어느 누구도 가질 수 없다는 생각에서다.

남자 1은 자신에게 달려오는 차를 피하지만 차가 전복되는 사고가 난다. 차 안에 있던 남자 1과 여자 1은 중상인 상태. 여자 2는 남자 1만 차에서 끌어내 병원으로 향하고 여자 1은 길가 숲에 방치한다.

여자 2에게 교통사고 계획을 들은 남자 2는 여자 2 몰래 뒤를 밟다가 교통사고 현장에서 방치된 여자 1을 차에 태워 병원으로 간다.

몸이 회복된 남자 1은 여자 1의 행방을 찾으려고 하지만 찾지 못하다 남자 2에게 여자 1이 살고 있는 곳을 듣게 된다. 한적한 곳에서 요양하며 작가가 된 여자 1은 자신을 찾아온 남자 1에게 이별을 고한다.

남자 1은 사고를 계획한 여자 2의 의도를 모른 채 여자 2의 끈질긴 구애에 결국 여자 2와 결혼을 하게 되고 시간은 흐른다.

어느덧 노인이 된 남자 1은 병을 앓게 되고 삶이 얼마 남지 않은 즈음에 자신을 찾아온 남자 2를 병실에서 만난다.

남자 2는 여자 1이 얼마 전에 교통사고 후유증으로 평생을 고생하다 숨진 사실을 알린다. 여자 1은 생전 열심히 재활하며 누구보다 삶의 의지가 강했다는 사실을 전하며 남자 1을 만나지 않은 이유는 남자 1을 보호하기 위해서라고 말한다. 그렇지 않았다면 남자 1도 위험했을 거라면서 남자 2는 과거 교통사고의 진실을 말한다.

그 사고는 여자 2가 계획했다는 것과 여자 2는 여자 1에게 남자 1과 헤어지라고, 그렇지 않으면 남자 1도 위험할 거라는 협박한 사실까지.

충격받은 남자 1에게 남자 2는 여자 1이 남자 1에게 돌려주라고 했다는 조각상을 건네며 남자 1과 첫 키스를 한 후 말했다는 마법에 대해 말한다. 그 마법은 남자 1의 마지막 순간에 자신을 기억해 달라는 것이라고.

남자 1은 굳은 얼굴로 남자 2에게 자기 죽음이 얼마 남지 않았다면서 한 가지 부탁을 한다. 자기 마지막 순간을 기록하고 싶다는 부탁을.

시나리오 마지막은 남자 1이 아내인 여자 2에게 죽임을 당하며 끝나는 비극이다.

시나리오를 읽은 서영은 도둑질하다 들킨 것처럼 마음이 움찔했다. 마른침을 삼키며 마지막 장면을 다시 읽었다. 남자 1과 그의 아내인 여자 2가 병실에서 만나는 장면이다.

병실 안, 밤이다.

남자 1은 병실 침대 위에 누워있다. 여자 2가 들어온다.

여자 2가 남자 1에게 묻는다. 저녁은 맛있게 먹었어?
남자 1은 싸늘한 표정을 한 채 대답하지 않는다.

남자 1은 병실에 들어온 여자 2에게 묻는다. 예전 교통
사고 당신이 계획한 거야?
놀란 여자 2는 통명스럽게 말한다. 무슨 소리를 하는
거야.
눈을 부릅뜬 남자 1은 소리친다. 당신이 한 거 다 알아.
당신은 그 여자와 내 영혼을 죽인 거야!

남자 1의 말에 화가 치민 여자 2는 분노에 찬 표정으로
작게 소리친다. 난 당신을 위해 내 모든 걸 희생했어.
남자 1은 여자 2의 말을 강하게 받아친다. 그게 왜 날
위한 거야! 당신 자신을 위한 거지.
잠시 호흡을 가다듬은 남자 1은 나지막한 목소리로 말
한다.
내가 사랑한 사람은 그 여자뿐이야. 나는 지금까지 단
한 번도 당신을 사랑한 적이 없어. 당신이 가진 것은 내
껍데기뿐이라고. 지금 난 당신을 경멸하고 증오해. 난
절대 당신을 용서하지 않을 거야.

남자 1의 말에 이성을 잃고 흥분한 여자 2는 침대에 누
워있는 남자 1의 얼굴을 베개로 누른다. 격분한 표정의

여자 2는 폭발할 것 같은 분노를 짓누르며 남자 1에게
속삭이듯 말한다.
난 내 사랑을 위해 그런 거야. 그게 당신이라고. 내가 한
모든 것은 다 당신을 위해 한 것이라고. 예전에도 그랬
고, 지금 이것도 그런 거야.
남자 1의 저항은 금세 끝난다.

그 장면을 지켜보고 있는 것은 맞은편 캐비닛 위에 설
치된 소형 감시 카메라.

며칠 전 병실에서 만난 남자 1과 남자 2.
남자 2는 병실에서 나가기 전 여자 1이 남긴 메모를 남
자 1에게 건넨다.
메모를 펼치는 남자 1.

난 네가 행복했으면, 마지막 순간 사랑의 기억이 가득
했으면 좋겠어. 지금의 나처럼. 네 마지막에 내 기억은
얼마나 남아있을까. 설령 내 기억이 없더라도 다른 사
랑의 기억이 가득했으면 좋겠다. 아, 내가 전에 말한 마
법은 네 마지막 순간 나를 기억해 달라는 거야. 물론, 그
렇지 않아도 상관은 없어.

메모를 읽은 남자 1은 젊었을 때 여자 1과 첫 키스 하던

순간을 떠올린다. 키스 후 마법의 주문을 걸었다며 웃던 여자 1의 얼굴을.

남자 1은 맞은편 침대 옆 캐비닛을 가리키며 남자 2에게 마지막 부탁을 한다. 저 위에 소형 감시 카메라 하나를 설치해 줘.

남자 2는 그 이유를 묻는다.

남자 1은 말한다. 복수하기 위해서. 죄를 지었으면 당연히 벌을 받아야지. 그것이 사랑 때문이라고 해도.

여자 2는 남자 1의 얼굴을 누르고 있는 베개를 든다. 미소 짓고 있는 남자 1의 얼굴.

남자 1의 독백이 흐른다.

네가 존재했다는 것 자체만으로도 난 행복했어. 나는 내 장례식 하루 전에 다시 사랑을 느꼈다. 그녀가 남긴 마법이다.

남자 1은 첫 키스를 한 후 웃는 여자 1의 얼굴을 생각하며 웃는다.

서영은 마지막 장면이 마치 얼마 전에 본 영화처럼 눈앞에 생생하게 그려지다 못해 자신이 한수지 시나리오의 주인공이 된 기분이었다. 서영의 감정이 몰입한 대상은 여자 2였다. 자기 분신 같았다.

서영이 넌 태인이 어디가 그렇게 좋아?

시나리오를 읽은 후 불어닥친 충격이 과거 한수지가 있는 병실로 서영을 다시 불러 세웠다. 현재의 서영은 과거 한수지 옆에 다시 앉았다.

태인의 어디가 좋냐고 묻는 한수지에게 서영은 별다른 말 없이 쓸쓸한 웃음으로 답했다. 마땅히 대답할 답이 없어서가 아니었다. 답은 잘 알고 있다.

서영은 한수지가 물은 질문을 자기 자신에게 한 적이 있다. 태인을 갖고 싶다는 욕망이 커질 무렵에.

그의 눈빛과 목소리, 미소 등 모든 게 좋았다. 어쩌면 처음 만났을 때부터 친구의 남자라는, 시작부터 가질 수 없다는 조건이 더욱 간절한 소유욕을 자극했을지도 모른다. 부정할 수 없는 사실이다. 하지만 그게 전부는 아니었다. 시작은 그랬어도 정말 그를 사랑했다. 자신을 잘 이해하는 친구라고 해도 이런 말은 할 수가 없었다. 누가 들어도 핑계일 뿐이니까.

태인의 어디가 좋냐는 질문에 서영이 대답을 머뭇거리자 한수지는 다른 질문을 했다.

"태인에게 고백했어?"

한수지 질문에 서영은 시무룩한 표정으로 입을 열었다.

"고백은 했어. 군대 면회 갔을 때. 그런데 태인의 마음에 누가 있는지 너도 알잖아. 수지 너도 태인이를……."

"나도 태인이 좋아하냐고?"

한수지가 서영이 하는 말을 막고 다시 말을 이었다.

"그래, 좋아했지. 고등학생 때부터. 태인이는 내 말을 가장 잘 들어준 사람이었어, 가족보다도. 내가 하는 말을 진지하게 들어준 사람은 태인이가 처음이었거든. 같이 이야기를 나누다 보면 내 마음에 숨어있던 것까지 나올 정도였으니까."

이번에는 서영이 한수지에게 왜 고백하지 않았냐고 물었다.

"난 태인이를 만나기 전부터 한국을 떠나려고 마음먹었어. 이렇게 돌아올 줄은 몰랐지. 나와 태인이는 각자 다른 세상에서 살 사람이었어. 애초부터 인연은 아닌 거지. 금방 끊어질 사랑의 끈을 억지로 서로에게 묶을 필요가 없어서 그런 거야."

"그래서 태인이를 안 부른 거야?"

서영이 태인과 함께 가도 되냐고 물었을 때 한수지는 절대 태인에게 연락하지 말라고 신신당부했다.

"지금 내 모습 보여주기 싫어. 지금 내 모습을 태인이가 본다면 나중에 나를 생각할 때 예전 기억은 다 잊고 지금 이 우중충한 모습만 기억할 거 아냐. 난 그게 싫어."

한수지는 울음을 참으려는 듯 입을 앙다문 후 다시 웃으며 입을 열었다.

"다 나으면 그때 봐도 돼."

한수지는 침대 옆 탁자 위에 있는 컵을 들어 물을 마신 후 다시 말을 이었다.

"서영이 너 그런 기억 있어? 자기 기억인데 자기 모습이 3자처럼 보이는 기억. 며칠 전 그런 기억이 갑자기 떠오르더라. 초등학교 1, 2학년 때 같아. 아빠가 아끼는 물건이 고장 났는데 아빠는 내가 그랬다고 나를 혼내셨어. 그리 심하게 혼내시지는 않았는데 나는 오빠들이 했다며 펑펑 울었던 것 같아."

"네가 하지 않았는데 억울해서 그랬나?"

"아니, 내가 그런 거야. 아빠에게 혼나는 게 무서워서 거짓말 했겠지. 그런데 왜 내 모습이 3자로 보이는지 생각해 봤어. 너무 오래전 기억이라 가물가물해서 나와 분리된 탓일까, 아니면 아빠에게 미안해서 그런 걸까."

"너 아빠 싫어하잖아."

"지금은 아니야. 사실 아빠를 이해한 후 그 기억이 생각났거든."

한수지 표정은 아빠와 화해한 듯한 표정이었다. 아빠 이야기를 할 때면 불편해하던 표정이 아니었다. 서영은 곧 이어질 한수지의 결론을 주목하며 그녀를 쳐다보았다.

"내가 내린 결론은 나 자신을 속인 게 부끄러워서 그런 것 같아. 한편으로는 내 잘못이 아니라는 변명이나 위로를 해주고 싶은 것도 있고."

당시 서영은 한수지가 왜 저런 말을 했는지 눈치채지 못했다. 그저 아빠와 사이가 좋아진 후 느낀 감정을 말한 것 정도로만 여겼다. 그것도 서영을 위한 것이라는 것을 50년 가까운 시간이 흐르고 나서야 알았다.

내가 나중에 느낄 마음을 말해주고 싶었던 건가? 내가 나 자신에게 속고 있다고, 내가 태인을 사랑하는 게 아니었다는 생각이 들 것을 알고.

"그리고 이건… 선물. 너에게 주려고 오늘 부른 거야."

한수지는 서영이 병실에 들어올 때 뭔가를 쓰던 노트를 서영에게 건넸다.

시나리오를 읽은 서영은 오래전 시나리오를 읽었을 때의 감정이 다시 일어나는 기분이었다. 물론 그때와 지금은 다르다. 오래전 시나리오를 읽었을 때는 한수지가 만든 이야기 자체에 관심이 있었지만, 지금은 한수지가 서영을 보며 느낀 감정을 서영 자신도 느끼고 있다. 그런 기분은 한수지가 병실에서 말한 자신을 3자의 시선으로 보는 기억으로 이어졌다. 태인을 갖고 싶다는 강렬한 욕망이 절정에 달했을 때의 상황이었다.

그 기억이 떠오르며 서영 역시 한수지가 말한 것과 같은 생각을 했다. 나 자신을 속인 게 부끄럽다는, 내 잘못이 아니라는 변명과 위로를.

오래전 그날, 서영은 차 안에서 이런 생각을 했다. 내 잘못이 아니야, 난 사랑을 위해 이러는 거라고. 지금 서영은 그날 그곳에 있던 자신을 3자의 시선으로 바라보고 있다.

오래전 그날 서영과 도영 두 사람은.

태인이 속한 록밴드가 공연하는 술집 근처 주차장에 주차된 차 안에 있었다.

"대체 그놈 매력이 뭐라고 이렇게까지 하는 거야? 서영이 넌 그놈 어디가 좋아?"

"몰라, 그런 거 생각하는 게 이상한 거 아냐? 선배는 수지 어디가 좋은데?"

도영은 음, 하는 감탄사를 할 뿐 그 역시 딱 부러진 이유를 말하지 못했다.

"선배도 마찬가지야. 서로가 좋아하면 그게 인연이고 운명이지. 그렇지 않으면 일방통행이고. 포기하는 게 아니라면 방법은 두 가지밖에 없어. 앞뒤 잴 것 없이 그냥 밀어붙이며 쭉 가거나 아니면 나처럼 방향을 틀어 다른 길을 만드는 거."

"그런데 성공할까? 곧 일어날 사고가 아니고 네가 원하는 게 성공하겠냐고, 사랑의 쟁취가."

"일단 해봐야지. 되고 안 되고는 나중 일이야. 해보지도 않고 포기하면 나중에 그걸 더 후회할걸? 어쩌면 그게 진짜 실패일 거야."

"아무튼… 너 참 대단하다. 이렇게까지 하다니."

"수지가 공연하는 술집으로 들어가는 거 봤어. 내가 근처에 있다가 전화할게. 어떻게 해서든 내가 태인이랑 같이 길을 건널 테니까 타이밍 잘 맞춰서 선배가 차를 잘 멈춰."

"후… 계획한 대로 될까. 벌써 손이 떨리는데. 심장도 두근거리고."

"선배는 덩치에 맞지 않게 왜 그리 소심해?"

"야, 이게 그냥 장난이야? 범죄라고. 만에 하나 내가 브레이크를 늦게 밟거나 해서 네가 잘못되면… 그래서 경찰이 너랑 나, 이태인과의 관계를 알고 추궁하면… 우린 쇠고랑 찰 수도 있다고."

"그러니까 브레이크 잘 밟으라고. 선배 운동신경 좋잖아. 다리 하나 부러지는 정도는 나도 각오하고 있으니까. 선배만 믿어. 전화할게."

사건이 일어나기 전 상황은 서영을 돕는 것처럼 흘렀다. 공연한 술집에서 먼저 나온 수지가 횡단보도를 건넌 후 태인이 밖으로 나왔다. 두 사람 분위기가 이상했다. 대판 싸운 후 토라진 여자를 달래려고 남자가 따라가는 익숙한 그런 분위기였다.

서영의 계획은 할 말이 있다며 공연한 술집 안에서 태인을 데리고 나온 후, 길 건너 조용한 카페에서 이야기하자고 하면서 같이 길을 건널 때 도영이 운전하는 차가 덮치는 것이었다.

어찌 됐든 서영이 할 수고는 덜었다. 이후는 모든 게 완벽했다. 수지를 따라가려는 태인이 무단으로 횡단보도를 건너고, 때맞춰 서영이 등장하고, 도영의 적절한 순간에 브레이크 밟는 것까지.

그날 도영이 절묘하게 브레이크를 밟은 덕분에 서영은 한쪽 다리가 조금 골절되는 부상을 입었다. 다리 골절 정도는 각오했지만, 막상 당해보니 자신이 얼마나 광기에 사로잡혀 있는가를 새삼 실감했다. 결과적으로 그 부상이 태인과 더 가까워지게 했으니 도영은 자기 역할을 제대로 한 셈이다.

　사고 직후 도영이 운전하는 차에 탄 태인과 서영은 곧바로 병원으로 향했다. 도영이 마스크를 쓰고 있기도 했고, 자신을 대신해서 서영이 다친 상황에 태인도 경황이 없어 운전석에 앉아있는 도영을 눈치채지 못했다. 태인은 서영과 도영이 그런 일을 꾸몄을 거라고 상상조차 하지 못했을 것이다.

　서영이 이 일을 계획한 것은 사실 한수지가 쓴 시나리오를 읽고 난 후다. 시나리오 속 여자 2가 자기 차로 남자 1의 차에 달려드는 부분을 현실에 맞게 수정한 것이다. 한수지의 시나리오를 읽고 그 부분이 기억에 남아 숙성되었고, 자신도 모르게 그런 생각을 한 것이리라. 돌이켜보니 정말 무모하고 철없는 행동이 아닐 수 없다. 사랑을 소유하려고 했던 광기에 눈이 멀어 두려움도 양심의 가책도 느끼지 못했으니까.

　그런 광기가 사라진 지금에서야 시나리오를 읽은 후 무서움에 몸서리쳤다. 서영은 50여 년 만에 한수지가 쓴 시나리오를 다시 읽으면서 시나리오 속 주인공들에게서 과거 서영 자신과 남편 태인, 정수지, 한수지의 얼굴이 번갈아 떠올랐다. 그 얼굴 중에서 가장 추악한 얼굴은 자신이었다. 이제야 비로소 추악했던 과거를 절절하게 느꼈다.

　한수지 네가 나에게 바라는 게 이거였니? 내게 노트를 건넨 이유가 네가 생각하는 것은 사랑이 아니라는 걸 알려주고 싶어서? 지금이라도 고맙다고 해야 하나. 그래, 네 시나리오 덕분에 내 딸이 영화감독이 된 것은 정말 고맙다.

내 딸이 만든 영화를 본 사람들은 네가 말하고 싶었던 사랑은 소유하는 게 아니라는 그 명제를 다시 한번 생각하겠지. 지금의 나처럼. 태인을 향한 내 마음은 정말 사랑이었을까. 질투와 시기라는 뿌리에서 뻗은 착각의 줄기에 휘감긴 내가 그것을 사랑이라 착각한 것은 아닐까. 여전히 모르겠다.

서영은 태인의 마지막 모습이 생각났다. 시나리오 속 남자 1처럼 마지막 순간 수수께끼를 품고 있는 것 같은 미소를 짓고 있던 마지막 모습이.

태인이 마지막 순간 지은 미소의 의미는 무엇일까. 시나리오 속 남자 1은 여자 1을 떠올리며 웃었는데. 정말 시나리오 남자 1처럼 그 역시 다른 누군가를 떠올리며 지은 미소일까.

* *

한수지 오빠 수길과 영화 제작사 대표가 마련한 조촐한 영화 개봉 축하 파티 자리에 있던 예린은 파티가 끝나기 전에 슬그머니 빠져나왔다. 며칠 동안 빠듯한 일정에 덧쌓인 피로가 휴식을 재촉했다. 술을 몇 잔 더 마셨다가는 그 자리에서 쓰러질 것만 같았다.

예린은 늦은 시각 오피스텔로 돌아왔다. 엄마가 다녀간 흔적들이 예린을 맞이했다. 엄마가 다녀갔을 때마다 남는 기분 좋은 선물이다. 내일은 버려야지, 하며 미루던 배가 터질 듯한 쓰레기봉투는 사라졌고, 물걸레 청소를 한 듯 형광등 빛에 번들거리는 윤기가 집 안에 가득했다. 냉장고에는 엄마가 남긴 메모가 붙어있었다. 전화와 문자로 항상 하는 말이다.

'밥 잘 챙겨 먹어. 인스턴트만 먹지 말고'

샤워를 마친 예린은 소파에 누웠다.

우연에서 시작된 행운 덕분에 수년이 더 걸릴 감독 데뷔가 앞당겨졌다.

오래전 그 노트를 본 것은 우연이었다. 예전에 살던 단독주택의 잡다한 물건들을 모아둔 창고를 대신한 방은 엄마와 아빠의 과거 시간이 보관되어 있는 유적지였다. 엄마와 아빠가 어렸을 때 본 소설과 연예잡지부터 졸업 앨범, 소형 게임기, 지금은 사라진 카세트테이프와 카세트플레이어도 있었다.

예린이 고등학생이던 당시 아빠가 아프게 된 후 아빠의 과거를 보고 싶은 마음에 그 방에 들어가 상자를 들춰보았다. 그날 발견한 것은 자동카메라와 노트 마지막 장에 한수지라는 이름이 적혀있는 시나리오 노트였다. 자동카메라 안에 있던 필름을 현상했을 때 이십여 장 되는 사진에는 한 여자가 주인공처럼 등장했다. 그중 몇 장에는 엄마도 있었다. 두 사람이 팔짱을 낀 채 다정하게 웃으며 카메라를 바라보는 사진이었다. 그 여자 이름이 정수지라는 것은 엄마 대학 졸업 앨범에서 확인했다.

엄마와 아빠에게 한수지, 정수지가 누군지 묻지 않았다. 물어보아도 예린이 원하는 답은 듣지 못했을 것이다. 그냥 아는 사람이라는 빤한 답을 할 게 보였으니까. 비밀스러운 자신들의 과거를 자식에게 말할 부모는 없을 것이다.

학원에 가기 전 아빠에게 슬쩍 물어보려고 했을 때 아빠에게 전화가 와서 묻지 못했다. 아쉽기는 했지만 그분들 삶의 흔적이다. 내가 상세하게 알 이유는 없다.

방에서 부모님의 과거 유물을 발견하고 일주일 정도 지난 후, 학교에 가려고 거실을 지나가다 주방 식탁 위에 놓여있는 사전 장례식 초대장을 보았다. 별생각 없이 초대장을 들춰보다 정수지라는 이름을 발견했다.

아빠가 초대한 건가, 아니면 엄마가? 엄마가 화장실에 들어간 사이 정수지 초대장을 몰래 뺀 후 집에서 나왔다.

예린이 수지를 찾아간 이유는 하나였다. 아빠의 과거를 알고 싶은 작은 호기심.

몸이 아프다는 핑계를 대고 학교에서 나온 예린은 초대장에 적혀있는 주소로 향했다. 그곳은 정수지가 운영하는 빵 가게였다. 초대장을 들고 간 날은 아쉽게도 정기 휴일이라 가게 문은 닫혀있었다. 어쩔 수 없이 초대장을 문 아래에 밀어 넣고 집으로 돌아왔다. 아빠 사전 장례식에 그녀는 오지 않았다.

다시 찾아갔을 때 비로소 정수지를 만났다. 역시나 그녀에게 들은 것 중에서도 특별한 것은 없었다. 아빠에게 들었다면서 한수지가 자살했다는 게 그나마 특이한 내용이었다.

한수지가 남긴 시나리오는 여러 번 읽었다. 처음 읽었던 고등학생 때는 별다른 생각 없이 재미 측면에서만 보았는데, 시간이 흘러 시나리오를 다시 읽을 때는 전에 느끼지 못한 새로운 것들이 보였다. 사랑과 배신, 복수로 이어지는 과정에서 등장인물들의 격정적인 감정 교차와 변화를.

한수지 상상으로 만들어진 내용이었지만 그 상상의 기초는 엄마와 아빠, 정수지와 한수지 자신, 네 사람의 관계에서 비롯되었을 것이다. 그 증거는 아빠가 쓰려져 병원에 입원한 날 아빠가 손에 쥐고 있던 조각상이었다. 시나리오에도 등장하는 목재로 만든 조각상.

한수지는 아빠를 사랑했고 죽기 전 자기 생각과 감정을 시나리오에 담았다. 이유는 모르겠지만 시나리오 노트는 한수지가 엄마에게 전달했을 것이다. 예린이 내린 결론은 그 정도다.

예린은 한수지 오빠를 만난 후 집을 그린 그림 액자를 들고 정수지를 찾아갔다. 고등학생 때는 그 그림이 아빠 물건이라고만 생각했다. 단독주택에서 이사할 때 아빠 물건들을 정리하다 다시 그림을 보았다. 전에 보지 못했던, 2층 창가에 서 있는 흰색 머리띠를 하고 있는 아주 작은 크기의 여자가 눈에 들어왔다. 얼굴 윤곽도 제대로 없고 흰색 바탕에 실루엣으로 표현해 자세히 보지 않으면 사람이라는 것을 눈치채지 못할 정도로 흰색 배경 속에 묻혀 있었다. 그 여자 존재는 자동카메라 안에 있던 필름 속 주인공인, 흰색 머리띠를 하고 있던 정수지였다.

영화 촬영이 시작되기 전 예린은 영화 제작사 사무실 근처 커피숍에서 수길을 만나 잠시 이야기를 나눴다.

"이 감독, 영화 잘 부탁합니다. 동생도 기뻐할 거예요. 나 때문에 동생이 그렇게 된 거 같아서 미안했는데, 지금이라도 이렇게 도울 수 있어서 죄책감이 아주 조금은 사라지는 것 같네요. 아버지도 영화를 보셨으면 좋아하셨을 텐데. 아버지가 돌아가시기 전 정신이 오락가락하셨어요. 눈감기 얼마 전에는 미국에서 유학 중인 수지에게 돈 보내주라고 그러시더군요. 수지에게 못해 준 게 죄책감으로 남았나 봐요. 후회는 항상 사랑을 앞서가는 것 같아요."

"후회가 사랑을 앞서간다… 그게 무슨 의미인지…….'"

예린은 수길이 한 말이 선뜻 이해되지 않아 물었다.

"자신이 규정한 사랑이라는 착각에 빠져 있다가 늦은 후회를 한 후 진짜 사랑의 의미를 알게 되는 게 아닌가 하는 거죠. 제 아버지가 바로 그런 케이스죠. 아마 대부분이 그럴 거예요. 그리고… 이 감독에게 부탁이 하나 있는데. 혹시라도 인터뷰할 때 시나리오를 내 동생이 쓴 걸 말하지 않았으면 좋겠어요. 이제 와서 동생 죽음이 다시 회자되는 게 가족 입장에서는 좀 불편해서요. 그건 시간이 좀 더 흐른 뒤에 말했으면 좋겠어요."

"예, 알겠습니다."

"최근에 오래전 박완서 작가가 쓴 산문집을 보았어요. 한 문장이 너무 좋아서 메모하고 외웠죠. '내 힘으로 이룩한 업적이나 소유는 저세상에 가져갈 수 없지만, 사랑의 기억만은 가져갈 수 있을 것 같은 생각이 들면 죽음조차 두렵지 않아진다'라는 문장을. 내 동생이 죽기 전 노트에 남긴 글이 있는데 비슷해서 놀랐어요. 동생이 남긴 글은 '이제 죽음이 두렵지 않아. 사랑이 충만한 기억이 생겼으니까'라는 문장이었어요. 맥락이 비슷하죠?"

예린은 고개를 끄덕였다.

"동생이 미국에서 쓰러졌다는 말을 듣고 곧바로 미국으로 가서 동생을 데리고 왔어요. 한국으로 온 후 자기 운명을 예감해서 그랬는지 동생이 예민했죠. 화도 잘 내고 자주 울고, 감정 기복이 심했어요. 그런데 어느 순간부터 차분해지고 편안해졌어요. 거의 죽음에 가까워졌을 무렵이었을 거예요. 마음의 변화가 있었던 것 같아요. 시나리오도 그 무렵에 썼겠죠."

"오래전 제 아빠 아는 분을 통해서 들었는데 동생분이 자살하셨다고 하더라고요. 실례인 줄 알지만 동생분께서 왜 그런 선택을……"

예린의 말에 수길은 말을 할까 말까 주저하는 듯 두툼한 입술을 꽉 다문 후 잘끈 씹는 동작을 했다.

"아니에요."

수길은 말을 먼저 한 후 고개를 살짝 가로저었다.

"내 동생은 자살이 아니에요."

수길의 말에 놀란 예린의 눈이 휘둥그레졌다. 오랫동안 굳게 믿고 있던 진실이 바보 같이 지금까지 속았냐며 혀를 내밀고 야죽거리는 것 같은 기분이었다.

"그게… 무슨 말씀이신지."

"동생이 내게 부탁했어요. 이 감독 아버지를 만나면 자기 죽음을 자살로 말해 달라고."

"제 아빠에게요?"

"이상하죠? 동생이 그런 부탁을 하기에 나도 그 이유를 물었죠. 동생은 말하지 않았어요. 동생이 이 감독 아버지를 특정해서 부탁한 걸 보면 그럴 만한 이유가 있을 텐데…….”

당연히 이상한 부탁이다. 예린은 그 답을 기다리는 표정으로 수길의 얼굴을 집중했다. 그는 어색한 미소를 지었다. 본인도 전혀 모른다는 의미다.

“그 이유가 뭔지 감이 잘 안 와요. 왜 동생이 그런 부탁을 했는지. 방금 내가 말했던 ‘이제 죽음이 두렵지 않아. 사랑이 충만한 기억이 생겼으니까’라는 동생 메모로 추측해 보면 언급한 사랑의 대상이 이 감독 아버지인 거 같은데… 그게 이상해요. 왜 그런 사람에게 자기 죽음을 자살이라고 말해 달라는 부탁을 했을까. 두 사람 사이에 우리가 모르는 뭔가 있을 거라는 거 말고는 모르겠네요. 그 답은 내 동생과 이 감독 아버지만이 알고 있겠죠.”

예린은 이날 수길이 말한 내용을 요양 병원에서 정수지를 만났을 때 그녀에게 전했다. 한수지 죽음은 자살이 아니라는 말에 그녀 역시 놀라는 표정이었다.

왜 한수지는 아빠에게 그런 거짓말을 한 걸까. 두 사람만이 알고 있는 비밀이 있는 걸까. 마지막 순간 아빠의 미소는 무슨 의미였을까.

시나리오 속 남자 주인공도 마지막 순간 미소를 지었다. 마법이라고 하면서. 그것과 관련이 있는 걸까? 시나리오에서는 여자 1이 남자 1과 키스를 한 후 마법을 걸었다고 했다. 남자 1의 마지막 순간에 여자 1을 생각하게 하는 마법을. 아빠도 남자 1처럼 한수지와 비슷한 일이 있었던 걸까.

태인 장례식 후 집으로 돌아온 예린은 서랍에 있는 노트 위치가 바뀐 것을 알았다. 서랍 속 노트가 뒷면이 보이게 놓여있었다. 아빠가 그 노트를 읽은 것이다. 아빠 마지막 웃음에 그 노트가 어떤 역할을 한 걸까.

정말 궁금하다, 아빠가 세상을 떠나던 마지막 순간이.

에필로그

태인은 허공에 붕 뜬 것 같은 자기 몸이 어둠과 포개지는 순간, 현실의 허물이 벗겨지는 기분이었다. 완전한 자유로의 귀환이라는 태어날 때 임무를 완수하는 순간이다.

두껍게 늘어진 어둠 자락이 무슨 이유로 아침 햇살에 안개가 걷히는 것처럼 천천히 사라졌다. 어둠이 사라진 태인 앞에 뜻밖의 상황이 기다리고 있었다. 태인이 기억하는 장소, 바로 꿈에서 정수지가 초대한 그곳에 서 있는 것이 아닌가. 마지막 순간에 왜 다시 나를 초대한 걸까. 내 무의식이나 잠재의식에 숨어있는 바람을 마지막 순간 보여주려는 것일까.

지금은 그때 꿈과 달랐다. 태인이 결혼식장이라고 생각한 꿈속 장소는 결혼식장이 아닌 환송회 자리였다. 아무도 없던 그곳에 많은 이들이 태인을 배웅하기 위해 모여 있다. 결혼식에서 환송식으로 바뀐 것은 수지에게 갖고 있던 의문이 해소되면서 그런 걸까. 그래서 지금 상황이 꿈과 다른 것일까.

태인을 바라보는 그들의 표정은 약속이라도 한 듯 모두 같았다. 기분 좋은 미소가 태인 반대편에 가득했다. 그런 사람들 가운데 아내와 딸 예린이 있고, 주위에 친구인 인규, 직장 동료와 록밴드 멤버들 모두가 밝은 얼굴로 먼 곳으로 떠나는 태인에게 손을 흔들고 있다. 완전한 이별을 위한 완벽한 피날레. 내가 마지막 순간 나에게 보내는 선물인가 보다.

태인은 자신을 바라보는 사람들 한 명 한 명을 눈에 담았다. 마지막으로 태인이 바라보는 존재는 예린이다. 예린의 얼굴에 멈춘 눈길이 좀체 떨어지지 않는다. 가장 눈에 밟히는 존재… 맞잡은 아쉬움과 미안함이 떠나는 태인의 발을 붙잡고 있다. 미안하다, 예린아.

괜찮다는 듯 웃는 예린의 얼굴이 조금씩 멀어진다. 사람들이 멀어진다. 아니, 내가 멀어지는 것 같다.

환송식 끝을 알리는 웃음소리가 들린다. 예전 꿈속 상황과 같지만 이것 역시 꿈과 다르다. 꿈에는 한 명의 웃음소리였는데 이번에는 두 명의 여자 웃음소리다. 누군지 짐작이 간다. 환송식에 보이지 않은 두 사람, 정수지와 한수지.

마법 램프에서 뭉게뭉게 피어난 연기가 휘감듯 웃음소리가 태인을 휘감으며 마지막 환상 여행으로 이끌었다. 마지막 여행자는 두 명의 수지일까. 그런데…… 내가 보인다. 예상과 달리 두 명의 수지가 아닌 태인 자신이 눈앞에 나타났다. 마지막 여행지는 오래전 태인이 재수했던 학원이다.

학원 책상에 앉아 연습장에 낙서하듯 여자 얼굴을 그린 후 창밖을 보며 두 명의 수지를 생각하던 상황이다. 태인은 갓 스무 살이던 자기 모습을 물끄러미 바라보다 책상에 앉아있는 자신과 만났다. 오래전 그날의 자신과 함께 창밖을 내다본다.

밝게 웃고 있는 두 명의 수지 얼굴이 시꺼먼 창밖에 보인다. 버스 안에서 보았던 길에 선 채 손을 흔들며 웃던 정수지, 마법을 걸었다며 웃던 한수지. 그녀들은 이렇게 만났다. 아마 저 때가 가장 사랑이 충만했던 시간이었나 보다. 두 명의 수지가 존재하는 것만으로 사랑의 마음이 가장 풍성했던 때였을까.

수많은 욕망과 고민, 방황으로 포화상태였던 삶의 시간들이 한낱 포말처럼 느껴진다. 결국 마지막에 갖고 가는 것은 사랑의 기억 하나다. 삶이 더 길었다면 마지막 순간이 지금과 달랐을까.

모든 것이 꿈 같다. 살아온 49년 삶이 하룻밤 꿈처럼 느껴진다. 지금 이 상황도 꿈일 것이다. 완전한 잠으로 들어가는 꿈.

마음이 가볍다. 깊은 잠을 잘 수 있을 것 같다. 수지와 이별한 이유를 알았고, 한수지의 마법도 알았다. 동시에 의문이었던 한수지 죽음의 진실도 눈치챘다. 그녀가 남긴 노트 덕분이다. 그 노트 덕분에 한수지 마음을 알게 되었다. 그녀 죽음의 진실은 그녀가 쓴 시나리오를 읽었을 때 깨달았다. 두 명의 수지가 투영된 여자 1의 죽음에서.

시나리오 속 여자 1은 살려는 의지가 강했다. 병에 걸린 한수지 마음이었을 것이다. 시나리오에서처럼 마법을 걸었다는 의미가 마지막 순간 자신을 기억해 달라는 것이라면 오빠를 통해 왜 내게 자살이라고 전했는지 이해가 된다. 한수지를 만나면 물어야겠다.

한수지, 너 나에게 거짓말한 거지? 네 마지막 순간에 나를 기억하고 있다는 말을 전하고 싶어서.

나는 소년의 마음을 갖고 떠난다. 이런 결말은 한 번도 예상하지 않았는데. 내 삶의 시간에 존재했던 나는, 어쩌면 마지막 순간 다시 만나게 될 나인 것 같다. 그래서 다시 만날 때 후회하지 않도록 매 순간 최선을 다하라고 하는가 보다.

어둠이 이제 오라고 나를 보챈다. 곧 끊어질 내 현실의 시간이여, 이제 안녕. 내가 기억하는, 나를 기억하는 모든 이들이여, 즐거웠고 고마웠다. 다시 만날 때까지 모두 행복하시게.

마지막으로 태인은 학원 창밖을 보며 미소를 지었다. 삶의 의미를 알게 된 현자가 지을 미소이자 사랑이 넘치는 미소를.

* *

한수지는 둘째 오빠와 공항에서 내린 후 곧바로 오빠가 근무하는 병원으로 가서 입원 수속을 밟았다. 엄마를 시작으로 가족들이 병원으로 모였다. 늦은 저녁에 퇴근한 아버지가 마지막으로 병원에 왔다. 검사 결과를 기다리는 가족들 얼굴에는 긴장감이 맴돌았다. 그런 긴장감도 아버지의 분노를 가라앉히지는 못했다.

"너 이 새끼, 어떻게 애비 몰래 그런 짓을."

한수지 아버지의 분노가 다시 수길에게 향했다. 수길이 여동생을 몰래 도와준 것이 처음 들통났을 때처럼 한수지 아버지는 또한 번 날카로운 언어폭력을 무당 칼춤 추듯 휘둘렀다. 환자인 한수지도 예외는 아니었다. 병실에 들어온 아버지는 침대에 누워 있는 딸에게 그동안 꾹꾹 참아온 분노를 불같이 토해냈다. 급성 백혈병이라는 병명을 듣기 전까지.

울그락불그락하며 화를 뿜어대던 아버지는 의사가 전한 검사 결과를 듣자마자 그 자리에 털썩 주저앉았다. 꽃망울이 피지도 못하고 지게 될 운명에 처한 딸을 그제야 가엽게 느낀 걸까.

한수지는 억울했다. 왜 내게 이런 일이. 미국에 있을 때 건강에 이상 신호가 왔지만 몸살 정도로 생각해 크게 개의치 않았다. 그러다 수업 중에 쓰러졌고 병원으로 옮겨졌다. 평소 삶의 길이가 전부가 아니라고 생각했지만 그래도 너무도 빨리 찍게 될 인생의 마침표를 지우고 싶었다. 항암치료를 하며 다시 건강했던 몸으로 돌아가고 싶었지만, 미국에 있을 때 제때 치료하지 못하고 방치한 탓에 상태는 좀체 회복되지 않았다.

병원에 입원 후 며칠 지났을 때, 잠자던 수지는 흐느끼는 소리에 눈을 떴다. 무젖은 달빛이 덮고 있는 침대 옆 의자에 두 손으로 얼굴을 감싼 채 고개를 숙인 아버지가 목울음을 하고 있었다. 집으로 간 줄 알았던 아버지가 다시 돌아와 수지 옆을 지키고 있던 것이다.

그 모습이 낯설었다. 처음 보는 아빠의 우는 모습. 정말 아빠가 우는 건가, 바늘로 찔러도 피 한 방울 나올 것 같지 않던 아빠가. 슬픔을 억누르는 목에 걸린 울음소리가 목 놓아 울부짖는 소리보다 더 구슬펐다. 그 순간은 독재자가 퇴진하는 것과 동시에 한수지 자신이 정말 죽는다는 것을 새삼 실감하는 순간이었다.

마지막이 머지않음을 직감한 수지는 뭔가를 남기고 싶었다. 지금 느끼고 있는 복잡한 감정들, 보고 싶은 사람, 마음속에 꿈틀대는 삶의 미련과 갈증과 욕망의 마그마가 들끓었다. 터질 듯 뒤섞인 감정은 창작 욕구로 폭발했다.

한수지는 병원 침대에 기대앉아 영화감독이 된 자신을 상상하며 시나리오를 썼다. '레디! 액션! 컷!'을 외치는 상상을 하면서.

등장인물을 만들고 이야기를 만드는데 막힘은 없었다. 이야기 소재는 이미 한수지 머릿속에 가득했다. 태인에게 들은 이야기, 미국 가기 전에 정수지를 보았을 때의 느낌, 서영이 고백한 사랑앓이, 마지막으로 한수지 자신의 감정까지.

짧은 시간에 격정적으로 한 편의 시나리오를 완성했다. 완성한 시나리오 노트는 서영에게 건넸다. 사랑을 소유하고 싶어 안달이 난 그녀에게 해주고 싶은 말이 시나리오에 있으니 스스로 알게 되길 바라는 마음에서였다.

서영이 갈구하는 그런 것들이 의미가 없다는 것을, 사랑은 그렇게 갖는 게 아니라는 것을 깨닫게 해주고 싶었다. 그것이 힘들거라는, 어쩌면 불가능할지도 모른다는 것을 알면서도.

한수지가 바람 쐬고 싶다는 말에 수길은 쉬는 날 동생을 위해

기꺼이 시간을 냈다. 두 사람이 향한 곳은 정수지가 아르바이트 한다는 그녀의 친척 빵집. 한수지는 조각상이 들어있는 상자를 정수지 친척에게 건네고 다시 올라왔다. 그녀를 만나지 않은 것은 천만다행이다. 훔친 물건을 돌려주는 주제에 그녀 얼굴 앞에서 두 사람 사랑이 잘되길 바란다는 것은 어쭙잖고 밉살스러운 일이니까.

한국을 떠나기 전 태인이 보여준 조각상을 보았을 때 한수지는 사사로운 욕망에 사로잡혀 태인이 화장실 갔을 때 조각상을 몰래 훔쳤다. 한국을 떠나면서 이곳과 연결된 뭔가를 손에 쥐고 싶었다. 간절한 그 마음 하나에 이성을 잃고 조각상을 훔쳤다. 집에 돌아온 후 괜한 짓을 했다고 후회했지만, 흐뭇한 마음이 든 것도 사실이었다.

한국으로 돌아온 후 가장 먼저 조각상을 돌려줘야겠다고 생각했다. 두 사람이 잘되길 바라는 순수한 마음에서였다. 원래 주인에게 돌아간 행운의 여신이 본연의 역할에 충실하길 바라면서.

"그런데 거기 빵집은 왜 간 거야?"

수길은 룸미러로 동생을 보며 물었다.

"친구에게 꼭 돌려줘야 할 게 있어서."

수길이 운전하는 차가 한강 대교를 지나가고 있다.

"오빠, 차 잠시 세워줘."

수길은 비상등을 켜고 갓길에 차를 세웠다.

"왜, 어디 불편해? 멀미할 거 같아?"

"아니, 한강 바람 좀 맞고 싶어서."

차에서 내린 한수지는 다리 위에 서서 한강을 바라보았다. 바로 자신이 고등학생 때 죽음을 생각하며 섰던 그 한강 대교다. 한강 수면을 쓰다듬고 올라온 바람이 수지의 뺨을 어루만지며 지나갔다. 그때와 비슷한 계절이다. 죽음을 다짐하며 섰던 고등학생 때는 서늘한 한겨울 바람처럼 느껴졌는데 지금 부는 바람은 연인의 손길처럼 따뜻하게 느껴졌다.

수지는 세상의 모든 것을 그렇게 느끼고 있다. 이전과 다르게. 삶의 마지막에 다다른 사람이 바라보는 세상은 분명 다르다. 자기 뒤에 펼쳐진 지난 흔적들이 알고 있는 것과 다른 색깔임을 깨닫기도 하고, 부끄러워 숨어있던 것들도 다르게 보인다. 그것들의 진위는 중요하지 않다. 삶 가운데에 존재하고 있다는 것 자체에 의미가 있다. 고통스러웠던 시간들이 사실은 내가 꿈꾸던 시간이라는 생각에 끌어안고 보듬어 주고 싶다. 얼룩도 흉터도 아닌 내 살이고 피이며 영혼이다.

이런 여유로운 생각은 보통 사람들은 절대 느낄 수 없는, 삶의 끝에 다다른 사람만이 느낄 수 있는 슬픈 특권일지도 모르겠다.

사랑의 기억이 없어 억울했던 전과 달리, 지금은 충분하지는 않지만 다행히 사랑의 기억이 있다. 그것 하나만으로도 고맙다.

삶이 이렇게 짧을 줄 알았다면 어떤 삶을 살았을까. 지금보다 불량하게 살았을까, 아니면 독재자 아빠에게 순응하며 착한 딸로 살았을까. 분명한 것은 미국에는 가지 않았을 것이고, 그 시간에 사랑하는 사람들과 많은 시간을 보냈을 것이다.

다시 차에 오른 수지는 룸미러에 비친 수길을 보며 입을 열었다.

"오빠, 부탁이 있어. 나 죽은 후에 이태인이라는 애 만나면 나 자살했다고 말해줘."

"죽기는 누가 죽는다고 그래. 그리고 자살? 왜 그런 말을… 그 친구가 누군데?"

룸미러에 놀란 수길의 표정이 잡혔다.

"친한 친구야. 그냥 그렇게만 전해줘. 그리고 아까 공방에 맡긴 조각상 부탁한 거 다음 주에 찾아 주고."

수길은 동생의 황당한 부탁에 궁금한 얼굴이었지만 더 이상 이유를 묻지 않았다.

잔인한 것일까, 태인에게 그런 거짓말을 하는 것이. 태인이 내 거짓말에 죄책감을 가질 일은 없다. 죄책감은 나에게 있다.

내가 그에게 바라는 것은 내가 느낄 마지막을 알아달라는 것뿐이다. 태인만이 알고 있는 사실, 고등학생 때 자살하지 못한 이유를, 내가 죽기 전 이태인 너를 마지막으로 기억하고 있다는 것을, 그것을 알아달라는 것이다. 어려운 부탁은 아니겠지. 내가 느끼는 처절한 죽음의 두려움을 알아달라는 것도 아닌데.

두려웠다, 죽는다는 것이. 겨우 20대 중반인데. 두려움을 떨쳐 내려고 행복하고 아름다운 기억을 찾았다. 그런 기억이 생각보다 많지 않았다. 얼마 되지 않은 그런 기억을 생각하고 또 생각했다. 기억하고 다시 기억했다. 모자란 사랑의 기억도 거듭 반복하니 실제보다 과장되어 부풀어 올랐다. 그렇게 커진 사랑의 기억이 두려움을 쪼그라들게 했고 조금씩 지웠다.

이제 죽음이 두렵지 않다. 나름 충만한 사랑의 기억이 생겼으니까.

하루를 불태우고 지친 태양이 하늘을 붉게 적셨다. 하늘은 붉은 광야 그 자체였다. 머지않아 나는 저곳을 달리고 있겠지. 두려워하지 말자, 기쁜 마음으로 달리고 있을 테니까.

고층 건물에 반쯤 가려진 태양의 온기 끝물이 한수지 얼굴에 수평으로 스며들어 왔다. 한수지는 따스한 온기를 깊이 들이마시며 언제일지 모르는 미래의 그에게 물었다.

너는 어때? 지금 무슨 고민을 하고, 어떤 사랑을 하고 있어?

너는 마지막 순간에 무엇을 생각하고 무슨 기억을 떠올릴까.

정말 궁금하다.